岩 波 文 庫

31-186-2

死者の書・口ぶえ

折口信夫作

岩 波 書 店

目　次

死者の書

一

彼《か》の人の眠りは、徐《しず》かに覚めて行った。まっ黒い夜の中に、更《さら》に冷え圧するものの澱《よど》んでいるなかに、目のあいて来るのを、覚えたのである。

した　した　した。耳に伝うように来るのは、水の垂れる音か。ただ凍りつくような暗闇の中で、おのずと睫《まつげ》と睫とが離れて来る。

膝が、肱《ひじ》が、徐《おも》ろに埋れていた感覚をとり戻して来るらしく、彼《か》の人《ひと》の頭に響いて居るもの――。全身にこわばった筋が、僅《わず》かな響きを立てて、掌《たなそこ》・足の裏に到るまで、ひきつれを起しかけているのだ。

そうして、なお深い闇。ぽっちりと目をあいて見廻す瞳に、まず圧《あっ》しかかる黒い巌《いわお》の天井を意識した。次いで、氷になった岩牀《いわどこ》。両脇に垂れさがる荒石の壁。したしたと、岩《いわ》伝《づた》う雫《しずく》の音。

時がたった――。眠りの深さが、はじめて頭に浮んで来る。長い眠りであった。けれども亦《また》、浅い夢ばかりを見続けて居た気がする。うつらうつら思っていた考えが、現実に繋《つな》がって、ありありと、目に沁みついているようである。

ああ耳面刀自《みみものとじ》。

甦《よみがえ》った語が、彼の人の記憶を、更に弾力あるものに、響き返した。

耳面刀自。おれはまだお前を……思うている。おれはきのう、ここに来たのではない。それも、おとといや、其《その》さきの日に、ここに眠りこけたのでは、決してないのだ。おれは、もっともっと長く寝て居た。でも、おれはまだ、お前を思い続けて居たぞ。耳《み》面刀自《ものとじ》。ここに来る前から……ここに寝ても、……其《それ》から覚めた今まで、一続きに、一つ事を考えつめて居るのだ。

古い――祖先以来そうしたように、此世《この》に在る間そう暮して居た――習《ならわ》しからである。彼の人は、のくっと起き直ろうとした。だが、筋々が断《き》れるほどの痛みを感じた。骨の節々の挫《くじ》けるような、疼《うず》きを覚えた。……そうして尚、じっと、――じっとして居る。射干玉《ぬばたま》の闇。黒玉の大きな石壁に、刻み込まれた白々としたからだの様に、厳かに、だが、すんなりと、手を伸べたままで居た。

耳面刀自の記憶。ただ其《それ》だけの深い凝結した記憶。其が次第に蔓《ひろが》って、過ぎた日の様々な姿を、短い聯想《れんそう》の紐に貫いて行く。そうして明るい意思が、彼の人の死枯《しにが》れたからだに、再《ふたたび》立ち直って来た。

耳面刀自。おれが見たのは、唯《ただ》一目――唯一度だ。だが、おまえのことを聞きわたった年月は、久しかった。おれによって来い。耳面刀自。

記憶の裏から、反省に似たものが浮び出て来た。

おれは、このおれは、何処に居るのだ。……それから、ここは何処《どこ》なのだ。其《それ》よりも第一、此《この》おれは誰《だれ》なのだ。其をすっかり、おれは忘れた。

だが、待てよ。おれは覚えて居る。あの時だ。鴨が声《ね》を聞いたのだっけ。そうだ。訳《お》語田《さだ》の家を引き出されて、磐余《いわれ》の池に行った。堤の上には、遠捲《とおま》きに人が一ぱい。あしこの萱原《かやはら》、そこの矮叢《ぼさ》から、首がつき出て居た。皆が、大きな喚《おら》び声を、挙げて居たっけな。あの声は残らず、おれをいとしがって居る、半泣きの喚《わめ》き声だったのだ。

其《それ》でもおれの心は、澄みきって居た。まるで、池の水だった。あれは、秋だったものな。はっきり聞いたのが、水の上に浮いている鴨鳥《かもどり》の声《こえ》だった。今思うと――待てよ。其は何だか一目惚《ぼ》れの女の哭《な》き声だった気がする。――おお、あれが耳面刀自だ。其《その》瞬間、肉体と一つに、おれの心は、急に締めあげられるような刹那《せつな》を、通った気がした。俄《にわ》かに、楽な広々とした世間に、出たような感じが来た。そうして、ほんの暫《しば》らく、ふっとそう考えたきりで……、空も見ぬ、土も見ぬ、花や、木の色も消え去った――おれ自分すら、おれが何だか、ちっとも訣《わか》らぬ世界のものになってしまったのだ。

ああ、其時《そのとき》きり、おれ自身、このおれを、忘れてしまったのだ。

足の踝《くるぶし》が、膝の膕《ひっかがみ》が、腰のつがいが、頸《くび》のつけ根が、顳顬《こめかみ》が、ぼんの窪《くぼ》が――と、段々上って来るひよめきの為に蠢《うごめ》いた。自然に、ほんの偶然強《こわ》ばったままの膝が、折り屈められた。だが、依然として――常闇《とこやみ》。

おおそうだ。伊勢の国に居られる貴い巫女《みこ》――おれの姉御《あねご》。あのお人が、おれを呼び活《い》けに来ている。

姉御。ここだ。でもおまえさまは、尊い御《おん》神に仕えている人だ。おれのからだに、触《さわ》ってはならない。そこに居るのだ。じっとそこに、蹈《ふ》み止《とま》って居るのだ。――ああおれは、死んでいる。死んだ。殺されたのだ。――忘れて居た。そうだ。此《これ》は、おれの墓だ。

いけない。そこを開《あ》けては。塚の通い路の、扉をこじるのはおよし。……よせ。よさないか。姉の馬鹿。

なあんだ。誰も、来ては居なかったのだな。ああよかった。おれのからだが、天日《てんぴ》に暴《さら》されて、見る見る、腐るところだった。だが、おかしいぞ。こうつと――あれは昔だ。あのこじあける音がするのも、昔だ。姉御の声で、塚道の扉を叩きながら、言って居たのも今《いんま》の事――だったと思うのだが。昔だ。

おれのここへ来て、間もないことだった。おれは知っていた。十月だったから、鴨が鳴いて居たのだ。其《その》鴨みたいに、首を捻《ね》じちぎられて、何も訣《わか》らぬものになったことも。こうつと――姉御が、墓の戸で哭き喚《わめ》いて、歌をうたいあげられたっけ。「巌石《いそ》の上《うへ》に生ふる馬酔木《あしび》を」と聞えたので、ふと、冬が過ぎて、春も闌《た》け初《そ》めた頃だと知った。おれの骸《むくろ》が、もう半分融《と》け出した時分だった。そのあと、「たをらめど……見すべき君がありと言はなくに」。そう言われたので、はっきりもう、死んだ人間になった、と感じたのだ。……其時、手で、今してる様にさわって見たら、驚いたことに、おれのからだは、著《き》こんだ著物《きもの》の下で、腊《ほじし》のように、ぺしゃんこになって居た――。

臂《かいな》が動き出した。片手は、まっくらな空《くう》をさした。そうして、今一方は、そのまま、岩《いわ》牀《どこ》の上を掻《か》き捜《さぐ》って居る。

　うつそみの人なる我や。明日よりは、二上山《ふたかみ》を愛兄弟《いろせ》と思はむ

誄歌《なきうた》が聞えて来たのだ。姉御があきらめないで、も一つつぎ足して、歌ってくれたのだ。其で知ったのは、おれの墓と言うものが、二上山の上にある、と言うことだ。よい姉御だった。併《しか》し、其歌《そのうた》の後で、又おれは、何もわからぬものになってしまった。

其から、どれほどたったのかなあ。どうもよっぽど、長い間だった気がする。伊勢の巫女様、尊い姉御が来てくれたのは、居睡《いねむ》りの夢を醒《さま》された感じだった。其に比べると、今度は深い睡りの後《あと》見たいな気がする。あの音がしてる。昔の音が――。手にとるようだ。目に見るようだ。心を鎮《しず》めて――。鎮めて。でないと、この考えが、復《また》散らかって行ってしまう。おれの昔が、ありありと訣って来た。だが待てよ。……其にしても一体、ここに居るおれは、だれなのだ。だれの子なのだ。だれの夫《つま》なのだ。其をおれは、忘れてしまっているのだ。

両の臂は、頸の廻り、胸の上、腰から膝をまさぐって居る。そうしてまるで、生き物のするような、深い溜め息が洩《も》れて出た。

大変だ。おれの著物は、もうすっかり朽《くさ》って居る。おれの褌《はかま》は、ほこりになって飛んで行った。どうしろ、と言うのだ。此《この》おれは、著物もなしに、寝て居るのだ。肱を支えて、筋ばしるように、彼の人のからだに、血の馳《か》け廻るに似たものが、過ぎた。

上半身が、闇の中に起き上った。

おお寒い。おれを、どうしろと仰《おっしゃ》るのだ。尊いおっかさま。おれが悪かったと言うのなら、あやまります。著物を下さい。著物を――。おれのからだは、地べたに凍りついてしまいます。

彼の人には、声であった。だが、声でないものとして、消えてしまった。声でない語《ことば》が、何時《いつ》までも続いている。

くれろ。おっかさま。著物がなくなった。すっぱだかで出て来た赤ん坊になりたいぞ。赤ん坊だ。おれは。こんなに、寝床の上を這いずり廻っているのが、だれにも訣らぬのか。こんなに、手足をばたばたやっているおれの、見える奴が居ぬのか。

その唸《うめ》き声のとおり、彼の人の骸《むくろ》は、まるでだだをこねる赤子のように、足もあがかに、身あがきをば、くり返して居る。明りのささなかった墓穴の中が、時を経て、薄い氷の膜ほど透《す》けてきて、物のたたずまいを、幾分朧《おぼ》ろに、見わけることが出来るようになって来た。どこからか、月光とも思える薄あかりが、さし入って来たのである。

どうしよう。どうしよう。おれは。――大刀までこんなに、錆《さ》びついてしまった……。

二

月は、依然として照って居た。山が高いので、光りにあたるものが少かった。山を照し、谷を輝かして、剰《あま》る光りは、又空に跳ね返って、残る隈々《くまぐま》までも、鮮やかにうつし出した。

足もとには、沢山の峰があった。黒ずんで見える峰々が、入りくみ、絡みあって、深々と畝《うね》っている。其《それ》が見えたり隠れたりするのは、この夜更《よふ》けになって、俄《にわ》かに出て来た霞《かすみ》の所為《せい》だ。其が又、此《この》冴えざえとした月夜を、ほっとりと、暖かく感じさせて居る。

広い端山《はやま》の群《むらが》った先《さき》は、白い砂の光る河原だ。目の下遠く続いた、輝く大佩帯《おおおび》は、石川である。その南北に渉《わた》っている長い光りの筋が、北の端で急に広がって見えるのは、凡《おおし》河内《こうち》の邑《むら》のあたりであろう。其《それ》へ、山間《やまあい》を出たばかりの堅塩《かたしお》川——大和川——が落ちあって居るのだ。そこから、乾《いぬい》の方へ、光りを照り返す平面が、幾つも列《つらな》って見えるのは、日下江《くさかえ》・永瀬江《ながせえ》・難波江《なにわえ》などの水面であろう。

寂《しず》かな夜である。やがて鶏鳴《けいめい》近い山の姿は、一様に露に濡れたように、しっとりとして静まって居る。谷にちらちらする雪のような輝きは、目の下の山田谷に多い、小桜の遅れ咲きである。

一本の路が、真直に通っている。二上山の男嶽《おのかみ》・女嶽《めのかみ》の間から、急に降《さが》って来るのである。難波《なにわ》から飛鳥《あすか》の都への古い間道なので、日によっては、昼は相応な人通りがある。道は白々と広く、夜目には、芝草の蔓《は》って居るのすら見える。当麻路《たぎまじ》である。一降りして又、大降《くだ》りにかかろうとする処が、中だるみに、やや坦《ひらた》くなっていた。梢の尖《とが》った栢《かえ》の木の森。半世紀を経た位の木ぶりが、一様に揃って見える。月の光りも薄い木陰全体が、勾配を背負って造られた円塚《まるづか》であった。月は、瞬きもせずに照し、山々は、深く瞼《まぶち》を閉じている。

こう　こう　こう。

先刻《さっき》から、聞えて居たのかも知れぬ。あまり寂けさに馴れた耳は、新《あらた》な声を聞きつけよう、としなかったのであろう。だから、今珍しく響いて来た感じもないのだ。

こう　こう　こう――こう　こう　こう。

確かに人声である。鳥の夜声とは、はっきりかわった韻《ひびき》を曳《ひ》いて来る。声は、暫らく止んだ。静寂は以前に増し、冴え返って張りきっている。この山の峰つづきに見えるのは、南に幾重《いくえ》ともなく重った、葛城《かつらぎ》の峰々である。伏越《ふしごえ》・櫛羅《くしら》・小巨勢《こごせ》と段々高まって、果ては空の中につき入りそうに、二上山と、この塚にのしかかるほど、真黒に立ちつづいている。

当麻路をこちらへ降って来るらしい影が、見え出した。二つ三つ五つ……八つ九つ。九人の姿である。急な降りを一気に、この河内路へ馳《か》けおりて来る。

九人と言うよりは、九柱の神であった。白い著物《きもの》・白い鬘《かずら》、手は、足は、すべて旅の装束《いでたち》である。頭より上に出た杖をついて――。この坦《たいら》に来て、森の前に立った。

こう　こう　こう。

誰の口からともなく、一時に出た叫びである。山々のこだまは、驚いて一様に、忙しく声を合せた。だが山は、忽《たちまち》一時の騒擾《そうじょう》から、元の緘黙《しじま》に戻ってしまった。

こう　こう。お出でなされ。藤原南家《なんけ》郎女《いらつめ》の御魂《みたま》。

こんな奥山に、迷うて居るものではない。早く、もとの身に戻れ。こう　こう。お身さまの魂《たま》を、今、山たずね尋ねて、尋ねあてたおれたちぞよ。こう　こう　こう。

九つの杖びとは、心から神になって居る。彼らは、杖を地に置き、鬘を解いた。鬘は此《この》時《とき》、唯《ただ》真白な布に過ぎなかった。其《それ》を、長さの限り振り捌《さば》いて、一様に塚に向けて振った。

こう　こう　こう。

こう言う動作をくり返して居る間に、自然な感情の鬱屈《うっくつ》と、休息を欲するからだの疲とが、九体の神の心を、人間に返した。彼らは見る間に、白い布を頭に捲《ま》きこんで鬘とし、杖を手にとった旅人として、立っていた。

おい。無言《しじま》の勤《つと》めも此《これ》までじゃ。

おお。

八つの声が答えて、彼等は訓練せられた所作のように、忽一度に、草の上に寛《くつろ》ぎ、再《ふたたび》杖を横《よこた》えた。

これで大和も、河内との境じゃで、もう魂ごいの行《ぎょう》もすんだ。今時分は、郎女さまのからだは、廬《いおり》の中で魂をとり返して、ぴちぴちして居られようぞ。

ここは、何処だいの。

知らぬかいよ。大和にとっては大和の国、河内にとっては河内の国の大関《おおぜき》。二上の当《たぎ》麻路《まじ》の関《せき》――。

別の長老《とね》めいた者が、説明を続《つ》いだ。

四五十年あとまでは、唯《ただ》関と言うばかりで、何の標《しるし》もなかった。其《それ》があの、近江の滋賀の宮に馴染み深かった、其よ。大和では、磯《し》城《き》の訳《お》語《さ》田《だ》の御《み》館《たち》に居られたお方。池上の堤で命《め》召されたあのお方の骸《むくろ》を、罪人に殯《もがり》するは、災の元と、天若日子《あめわかひこ》の昔語りに任せて、其《その》まま此処《ここ》にお搬《はこ》びなされて、お埋《い》けになったのが、此《この》塚よ。

以前の声が、もう一層皺《しわ》がれた響きで、話をひきとった。

其時の仰せには、罪人よ。吾子《わこ》よ。吾子の為了《しおう》せなんだ荒《あら》び心で、吾子よりももっと、わるい猛《たけ》び心を持った者の、大和に来向うのを、待ち押え、塞《さ》え防いで居ろ、と仰せられた。

ほんに、あの頃は、まだおれたちも、壮盛《わかざか》りじゃったに。今ではもう、五十年昔になるげな。

今一人が、相談でもしかける様な、口ぶりを挿《はさ》んだ。

さいや。あの時も、墓作りに雇われた。その後も、当麻路の修覆《しゅふく》に召し出された。此《この》お墓の事は、よく知って居る。ほんの苗木じゃった栢《かえ》が、此ほどの森になったものな。畏《こわ》かったぞよ。此墓のみ魂《たま》が、河内安宿部《あすかべ》から石担《も》ちに来て居た男に、憑《つ》いた時はのう。

九人は、完全に現《うつ》し世《よ》の庶民の心に、なり還って居た。山の上は、昔語りするには、あまり寂しいことを忘れて居たのである。時の更《ふ》け過ぎた事が、彼等の心には、現実にひしひしと、感じられ出したのだろう。

もう此《これ》でよい。戻ろうや。

よかろ　よかろ。

皆は、鬘をほどき、杖を棄てた白衣《びゃくえ》の修道者、と言うだけの姿《なり》になった。

だがの。皆も知ってようが、このお塚は、由緒深《ゆいしょふか》い、気のおける処ゆえ、もう一度、魂ごいをしておくまいか。

長老《とね》の語と共に、修道者たちは、再《ふたたび》魂呼《たまよば》いの行《ぎょう》を初めたのである。

こう　こう　こう。

おお……。

異様な声を出すものだ、と初めは誰も、自分らの中の一人を疑い、其でも変に、おじけづいた心を持ちかけていた。も一度、

こう　こう　こう。

其時、塚穴の深い奥から、氷《こお》りきった、而《しか》も今息を吹き返したばかりの声が、明らかに和したのである。

おおう……。

九人の心は、ばらばらの九人の心々であった。からだも亦《また》ちりぢりに、山田谷へ、竹内谷へ、大阪越えへ、又当麻路へ、峰にちぎれた白い雲のように、消えてしまった。

唯畳《ただたた》まった山と、谷とに響いて、一つの声ばかりがする。

おおう……。

三

万法蔵院《まんほうぞういん》の北の山陰に、昔から小《ちい》さな庵室《あんしつ》があった。昔からと言うのは、村人がすべて、そう信じて居たのである。荒廃すれば繕《つくろ》い繕いして、人は住まぬ廬《いおり》に、孔雀明王《くじゃくみょうおう》像が据えてあった。当麻《たぎま》の村人の中には、稀《まれ》に、此《これ》が山田寺である、と言うものもあった。そう言う人の伝えでは、万法蔵院は、山田寺の荒れて後、飛鳥の宮の仰せを受けてとも言い、又御自身の御発起《ごほっき》からだとも言うが、一人の尊いみ子が、昔の地を占めにお出でなされて、大伽藍《だいがらん》を建てさせられた。其際《そのさい》、山田寺の旧構を残すため、寺の四至の中、北の隅へ、当時立ち朽《く》ちりになって居た堂を移し、規模を小くして造られたもの、と伝え言うのであった。

そう言えば、山田寺は、役君小角《えのきみおづぬ》が、山林仏教を創《はじ》める最初の足代《あししろ》になった処だと言う伝えが、吉野や、葛城の山伏行人《やまぶしぎょうにん》の間に行われていた。何しろ、万法蔵院の大伽藍が焼けて百年、荒野の道場となって居た、目と鼻との間に、こんな古い建て物が、残って居たと言うのも、不思議なことである。

夜は、もう更けて居た。谷川の激《たぎ》ちの音が、段々高まって来る。二上山の二つの峰の間から、流れくだる水なのだ。

廬の中は、暗かった。炉を焚《た》くことの少《すく》い此辺《このへん》では、地下《じげ》百姓は、夜は真暗な中で、寝たり、坐ったりしているのだ。でもここには、本尊が祀《まつ》ってあった。夜を守って、仏の前で起き明す為には、御燈《みあかし》を照した。孔雀明王の姿が、あるかないかに、ちろめく光りである。

姫は寝ることを忘れたように、坐って居た。

万法蔵院の上座《じょうざ》の僧綱《そうごう》たちの考えでは、まず奈良へ使いを出さねばならぬ。横佩家《よこはきけ》の人々の心を、思うたのである。次には、女人結界《けっかい》を犯して、境内深く這入《はい》った罪は、郎女《いらつめ》自身に贖《あがな》わさねばならなかった。落慶《らっけい》のあったばかりの浄域だけに、一時は、塔頭塔頭《たっちゅうたっちゅう》の人たちの、青くなったのも、道理である。此《これ》は、財物を施入する、と謂ったぐらいではすまされぬ。長期の物忌みを、寺近くに居て果させねばならぬと思った。其《それ》で、今日昼の程、奈良へ向って、早使《はやづか》いを出して、郎女《いらつめ》の姿が、寺中に現れたゆくたてを、仔細に告げてやったのである。

其と共に姫の身は、此《この》庵室に暫らく留め置かれることになった。たとい、都からの迎えが来ても、結界を越えた贖いを果す日数だけは、ここに居させよう、と言うのである。

牀《ゆか》は低いけれども、かいてあるにはあった。其替《そのかわ》り、天井は無上に高くて、而《しか》も萱《かや》のそそけた屋根は、破風《はふ》の脇から、むき出しに、空の星が見えた。風が唸《うな》って過ぎたと思うと、其高い隙から、どっと吹き込んで来た。ばらばら落ちかかるのは、煤《すす》がこぼれるのだろう。明王の前の灯が、一時《いっとき》かっと、明るくなった。

その光りで照し出されたのは、あさましく荒《すさ》んだ座敷だけでなかった。荒板の牀の上に、薦筵《こもむしろ》二枚重ねた姫の座席。其に向って、ずっと離れた壁ぎわに、板敷に直《じか》に坐って居る老婆の姿があった。

壁と言うよりは、壁代《かべしろ》であった。天井から吊りさげた竪薦《たつごも》が、幾枚も幾枚も、ちぐはぐに重って居て、どうやら、風は防ぐようになって居る。その壁代に張りついたように坐って居る女、先から欬嗽《しわぶき》一つせぬ静けさである。

貴族の家の郎女は、一日もの言わずとも、寂しいとも思わぬ習慣がついて居た。其で、この山陰の一つ家に居ても、溜め息一つ洩すのではなかった。昼《ひ》の内此処《ここ》へ送りこまれた時、一人の姥《うば》のついて来たことは、知って居た。だが、あまり長く音も立たなかったので、人の居ることは忘れて居た。今ふっと明るくなった御燈《みあかし》の色で、その姥の姿から、顔まで一目で見た。どこやら、覚えのある人の気がする。さすがに、姫にも人懐しかった。ようべ家を出てから、女性《にょしょう》には、一人も逢って居ない。今そこに居る姥が、何だか、昔の知り人のように感じられたのも、無理はないのである。見覚えのあるように感じたのは、だが、其親しみ故だけではなかった。

郎女《いらつめ》さま。

緘黙《しじま》を破って、却《かえっ》てもの寂しい、乾声《からごえ》が響いた。

郎女は、御存じおざるまい。でも、聴いて見る気はおありかえ。お生れなさらぬ前の世からのことを。それを知った姥《うば》でおざるがや。

一旦、口がほぐれると、老女は止めどなく、喋《しゃべ》り出した。姫は、この姥の顔に見知りのある気のした訣《わけ》を、悟りはじめて居た。藤原南家《なんけ》にも、常々、此年《この》よりとおなじような嫗《おむな》が、出入りして居た。郎女たちの居る女部屋《おんなべや》までも、何時《いつ》もずかずか這入って来て、憚《はばか》りなく古物語りを語った、あの中臣志斐嫗《なかとみのしいのおむな》――。あれと、おなじ表情をして居る。其《それ》も、尤《もっとも》であった。志斐《しい》老女が、藤氏《とうし》の語部《かたりべ》の一人であるように、此《これ》も亦《また》、この当麻《たぎま》の村の旧族、当麻真人《たぎまのまひと》の「氏《うじ》の語部《かたりべ》」、亡び残りの一人であったのである。

藤原のお家が、今は、四筋に分れて居ります。じゃが、大織冠《たいしょくかん》さまの代どころでは、ありは致しませぬ。淡海公《たんかいこう》の時も、まだ一流れのお家でおざりました。併《しか》し其頃《そのころ》やはり、藤原は、中臣と二つの筋に岐《わか》れました。中臣の氏人で、藤原の里に栄えられたのが、藤原と、家名の申され初めでおざりました。藤原のお流れ。今ゆく先も、公家《くげ》摂籙《しょうろく》の家柄。中臣の筋や、おん神仕え。差別差別《けじめけじめ》明らかに、御代御代《みよみよ》の宮守《みやまも》り。じゃが、今は今、昔は昔でおざります。藤原の遠つ祖《おや》、中臣の氏の神、天押雲根《あめのおしくもね》と申されるお方の事は、お聞き及びかえ。

今、奈良の宮におざります日の御子さま。其前《そのまえ》は、藤原の宮の日のみ子さま。又其前は、飛鳥《あすか》の宮の日のみ子さま。大和の国中《くになか》に、宮遷《うつ》し、宮奠《さだ》め遊《あそば》した代々《よよ》の日のみ子さま。長く久しい御代御代《みよみよ》に仕えた、中臣の家の神業《かみわざ》。郎女《いらつめ》さま。お聞き及びかえ。

遠い代の昔語り。耳明らめてお聴きなされ。中臣・藤原の遠つ祖《おや》あめの押雲根《おしくもね》命。遠い昔の日のみ子さまのお喰《め》しの、飯《いい》と、み酒《き》を作る御料の水を、大和国中《くになか》残る隈なく捜し覓《もと》めました。その頃、国原の水は、水渋《そぶ》臭く、土《つち》濁りして、日のみ子さまのお喰《め》しの料《しろ》に叶いません。天《てん》の神高天《たかま》の大御祖《おおみおや》教え給えと祈ろうにも、国中《なか》は国低し。山々もまんだ天《てん》遠し。大和の国とり囲む青垣山《あおがきやま》では、この二上山。空行く雲の通《かよ》い路《じ》と、昇り立って祈りました。その時、高天《たかま》の大御祖《おおみおや》のお示しで、中臣の祖押雲根《おやおしくもね》命、天の水の湧《わ》き口《ぐち》を、此《この》二上山に八《や》ところまで見とどけて、其《その》後久しく日のみ子さまのおめしの湯水は、代々の中臣自身、此山へ汲みに参ります。お聞き及びかえ。

当麻真人《たぎまのまひと》の、氏の物語りである。そうして其が、中臣の神わざと繋《つな》がりのある点を、座談のように語り進んだ姥は、ふと口をつぐんだ。

外には、瀬音が荒れて聞えている。中臣・藤原の遠祖が、天二上《あめのふたかみ》に求めた天八井《あめのやい》の水を集めて、峰を流れ降り、岩にあたって漲《みなぎ》り激《たぎ》つ川なのであろう。瀬音のする方に向いて、姫は、掌《たなそこ》を合せた。

併しやがて、ふり向いて、仄《ほの》暗くさし寄って来ている姥の姿を見た時、言おうようない畏《おそろ》しさと、せつかれるような忙しさを、一つに感じたのである。其《それ》に、志斐《しい》姥《の》の、本式に物語りをする時の表情が、此《この》老女の顔にも現れていた。今、当麻《たぎま》の語部《かたりべ》の姥《うば》は、神憑《かみがか》りに入るらしく、わなわな震いはじめて居るのである。

四

ひさかたの　天二上《あめふたかみ》に、

我《あ》が登り　見れば、
とぶとりの　明日香《あすか》
ふる里の　神無備《かむなび》山隠《ごも》り、
家どころ　多《さは》に見え、
豊《ゆた》にし　屋庭《やには》は見ゆ。
弥彼《いやを》方《ち》に　見ゆる家群《いへむら》
藤原の　朝臣《あそ》が宿。

遠々に　我《あ》が見るものを、
たか〴〵に　我《あ》が待つものを、
処女子《をとめご》は　出で通《こ》ぬものか。
よき耳《みみ》を　聞かさぬものか。
青馬の　耳面刀《みみものと》自《じ》。
刀自もがも。女弟《おと》もがも。
その子の　はらからの子の

処女子の　一人
一人だに、　わが配偶《つま》に来《こ》ね。

ひさかたの　天二上《あめふたかみ》
二上の陽面《かげとも》に、
生ひをゝり　繁《し》み咲く
馬酔木《あしび》の　にほへる子を
我《あ》が　捉《と》り兼ねて、
馬酔木の　あしずりしつゝ
吾《あ》はもよ偲《しぬ》ぶ。藤原処女

歌い了《お》えた姥は、大息をついて、ぐったりした。其から暫らく、山のそよぎ、川瀬の響きばかりが、耳についた。

姥は居ずまいを直して、厳かな声音《こわね》で、誦《かた》り出した。

とぶとりの　飛鳥の都に、日のみ子様のおそば近く侍る尊いおん方。ささなみの大津の宮に人となり、唐土《もろこし》の学芸《ざえ》に詣《いた》り深く、詩《からうた》も、此国ではじめて作られたは、大友皇子《おおともの》か、其《それ》とも此《この》お方か、と申し伝えられる御方《おんかた》。

近江の都は離れ、飛鳥の都の再《ふたたび》栄えたその頃、あやまちもあやまち。日のみ子に弓引くたくみ、恐しや、企てをなされると言う噂が、立ちました。高天原広野姫尊《たかまのはらひろぬひめのみこと》、おん怒りをお発しになりまして、とうとう池上の堤に引き出して、お討たせになりました。

其お方がお死にの際《きわ》に、深く深く思いこまれた一人のお人がおざりまする。耳面刀自《みみものとじ》と申す、大織冠のお娘御でおざります。前から深くお思いになって居た、と云うでもおざりません。唯《ただ》、此《この》郎女も、大津の宮離れの時に、都へ呼び返されて、寂しい暮しを続けて居られました。等しく大津の宮に愛着をお持ち遊した右の御方が、愈々《いよいよ》、磐余《いわれ》の池の草の上で、お命召されると言うことを聞いて、一目見てなごり惜しみがしたくて、こらえられなくなりました。藤原から池上まで、おひろいでお出でになりました。小高い柴の一むらある中から、御様子を窺《うかご》うて帰ろうとなされました。其時ちらりと、かのお人の、最期に近いお目に止りました。其ひと目が、此世に残る執心となったのでおざりまする。

もゝつたふ　磐余《いはれ》の池に鳴く鴨を　今日のみ見てや、雲隠りなむ

この思いがけない心残りを、お詠みになった歌よ、と私ども当麻《たぎま》の語部《かたりべ》の物語りには、伝えて居ります。

その耳面刀自と申すは、淡海公の妹君、郎女の祖父君《おおじ》南家《なんけ》太政大臣《だいじょう》には、叔母君にお当りになってでおざりまする。

人間の執心《しゅうしん》と言うものは、怖《こわ》いものとはお思いなされぬかえ。

其亡《そのな》き骸《がら》は、大和の国を守らせよ、と言う御諚《ごじょう》で、此山《この》の上、河内から来る当麻路《たぎまじ》の脇にお埋《い》けになりました。其が何《なん》と、此世の悪心も何もかも、忘れ果てて清々《すがすが》しい心になりながら、唯それればかりの一念が、残って居る、と申します。藤原四流の中で、一番美しい郎女が、今におき、耳面刀自と、其幽界《かくりよ》の目には、見えるらしいのでおざりまする。女盛りをまだ婿どりなさらぬげの郎女さまが、其力におびかれて、この当《たぎ》麻《ま》までお出でなされたのでのうて、何でおざりましょう。

当麻路に墓を造りました当時《そのかみ》、石を搬《はこ》ぶ若い衆にのり移った霊《たま》が、あの長歌を謳《うと》うた、と申すのが伝え。

当麻語部嫗《たぎまのかたりべのおむな》は、南家の郎女の脅える様を想像しながら、物語って居たのかも知れぬ。

唯さえ、この深夜、場所も場所である。如何《いか》に止めどなくなるのが、「ひとり語《がた》り」の癖とは言え、語部の古婆《ふるばば》の心は、自身も思わぬ意地くね悪さを蔵しているものである。此が、神さびた職を寂しく守って居る者の優越感を、充すことにも、なるのであった。

大貴族の郎女は、人の語を疑うことは教えられて居なかった。それに、信じなければならぬもの、とせられて居た語部の物語りである。詞の端々までも、真実を感じて、聴いて居る。

言うとおり、昔びとの宿執《しゅくしゅう》が、こうして自分を導いて来たことは、まことに違いないであろう。其にしても、ついしか見ぬお姿――尊い御仏と申すような相好《そうごう》が、其お方とは思われぬ。

春秋の彼岸中日《ちゅうにち》、入り方の光り輝く雲の上に、まざまざと見たお姿。此日本《このやまと》の国の人とは思われぬ。だが、自分のまだ知らぬこの国の男子《おのこご》たちには、ああ言う方もあるのか知らぬ。金色《こんじき》の鬢《びん》、金色の髪の豊かに垂れかかる片肌は、白々と袒《ぬ》いで美しい肩。ふくよかなお顔は、鼻隆《たか》く、眉秀《まゆひい》で、夢見るようにまみを伏せて、右手は乳の辺に挙げ、脇の下に垂れた左手は、ふくよかな掌を見せて、……ああ雲の上に朱の唇、匂いやかにほほ笑まれると見た……その俤《おもかげ》。

日のみ子さまの御側仕《そば》えのお人の中には、あの様な人もおいでになるものだろうか。我が家《や》の父や、兄人《しょうと》たちも、世間の男たちとは、とりわけてお美しい、と女たちは噂するが、其すら似もつかぬ……。

尊い女性《にょしょう》は、下賤な人と、口をきかぬのが当時の世の掟である。何よりも、其語《その》は、下ざまには通じぬもの、と考えられていた。それでも、此古《この》物語りをする姥には、貴族の語もわかるであろう。郎女は、恥じながら問いかけた。

そこの人。ものを聞こう。此身《この》の語が、聞きとれたら、答えしておくれ。

その飛鳥の宮の日のみ子さまに仕えた、と言うお方は、昔の罪びとらしいに、其が又何とした訣《わけ》で、姫の前に立ち現れては、神々《こうごう》しく見えるであろうぞ。

此だけの語が言い淀み、淀みして言われている間に、姥は、郎女の内に動く心もちの、凡《およそ》は、気《け》どったであろう。暗いみ燈《あかし》の光りの代りに、其頃は、もう東白みの明りが、部屋の内の物の形を、朧《おぼ》ろげに顕《あらわ》しはじめて居た。

我が説明《ことわけ》を、お聞きわけられませ。神代の昔びと、天若日子《あめわかひこ》。天若日子こそは、天《てん》の神々に弓引いた罪ある神。其すら、其後《ご》、人の世になっても、氏貴い家々の娘御《ご》の閨《ねや》の戸までも、忍びよると申しまする。世に言う「天若《あめわか》みこ」と言うのが、其でおざります。

天若みこ。物語りにも、うき世語《よがた》りにも申します。お聞き及びかえ。

姥は暫らく口を閉じた。そうして言い出した声は、顔にも、年にも似ず、一段、はなやいで聞えた。

「も、つたふ」の歌、残された飛鳥の宮の執心《しゅうしん》びと、世々の藤原の一《いち》の媛《ひめ》に祟《たた》る天若みこも、顔清く、声心惹《こころひ》く天若みこのやはり、一人でおざりまする。

お心つけられませ。物語りも早、これまで。

其まま石のように、老女はじっとして居る。冷えた夜も、朝影《あさかげ》を感じる頃になると、幾らか温みがさして来る。

万法蔵院は、村からは遠く、山によって立って居た。暁早い鶏の声も、聞えぬ。もう梢を離れるらしい塒鳥《ねぐらどり》が、近い端山《はやま》の木群《こむら》で、羽《は》振《ぶ》きの音を立て初めている。

五

おれは活《い》きた。

闇《くら》い空間は、明りのようなものを漂《ただよわ》していた。併《しか》し其《それ》は、蒼黒い靄《もや》の如く、たなびくものであった。

巌《いわ》ばかりであった。壁も、牀《とこ》も、梁《はり》も、巌であった。自身のからだすらが、既に、巌になって居たのだ。

屋根が壁であった。壁が牀であった。巌ばかり――。触《さわ》っても触っても、巌ばかりである。手を伸すと、更に堅い巌が、掌に触れた。脚をひろげると、もっと広い磐石《ばんじゃく》の面《おもて》が、感じられた。

纔《わず》かにさす薄光りも、黒い巌石が皆吸いとったように、岩窟《いわむろ》の中に見えるものはなかった。唯《ただ》けはい――彼《か》の人の探り歩くらしい空気の微動があった。

思い出したぞ。おれが誰だったか、――訣《わか》ったぞ。

おれだ。此《この》おれだ。大津の宮に仕え、飛鳥の宮に呼び戻されたおれ。滋賀津彦《しがつひこ》。其《それ》が、おれだったのだ。

歓《よろこ》びの激情を迎えるように、岩窟《いわむろ》の中のすべての突角が哮《たけ》びの反響をあげた。彼の人は、立って居た。一本の木だった。だが、其姿《その》が見えるほどの、はっきりした光線はなかった。明りに照し出されるほど、纏《まと》った現《うつ》し身《み》をも、持たぬ彼《か》の人であった。唯、岩屋の中に矗立《しゅくりつ》した、立ち枯れの木に過ぎなかった。

おれの名は、誰も伝えるものがない。おれすら忘れて居た。長く久しく、おれ自身にすら忘れられて居たのだ。可愛《いと》しいおれの名は、そうだ。語り伝える子があった筈《はず》だ。語り伝えさせる筈の語部《かたりべ》も、出来て居ただろうに。――なぜか、おれの心は寂しい。空虚な感じが、しくしくとこの胸を刺すようだ。

――子代《こしろ》も、名代《なしろ》もない、おれにせられてしまったのだ。そうだ。其に違いない。この物足らぬ、大きな穴のあいた気持ちは、其で、するのだ。おれは、此世《このよ》に居なかったと同前の人間になって、現《うつ》し身の人間どもには、忘れ了《ほ》されて居るのだ。憐みのないおっかさま。おまえさまは、おれの妻の、おれに殉死《ともじ》にするのを、見殺しになされた。おれの妻の生んだ粟津子《あわつこ》は、罪びとの子として、何処かへ連れて行かれた。野山のけだものの餌食《えじき》に、くれたのだろう。可愛そうな妻よ。哀なむすこよ。

だが、おれには、そんな事などは、何でもない。おれの名が伝《つたわ》らない。劫初《ごうしょ》から末代まで、此世に出ては消える、天《あめ》の下《した》の青人草《あおひとぐさ》と一列に、おれは、此世に、影も形も残さない草の葉になるのは、いやだ。どうあっても、不承知だ。

恵みのないおっかさま。お前さまにお縋《すが》りするにも、其《その》おまえさますら、もうおいでない此世かも知れぬ。

くそ——外《そと》の世界が知りたい。世の中の様子が見たい。

だが、おれの耳は聞える。其なのに、目が見えぬ。この耳すら、世間の語を聞き別《わ》けなくなって居る。闇の中にばかり瞑《つぶ》って居たおれの目よ。も一度かっと睜《みひら》いて、現《うつ》し世《よ》のありのままをうつしてくれ、……土龍《もぐら》の目なと、おれに貸しおれ。

声は再《ふたたび》、寂《しず》かになって行った。独り言する其声は、彼の人の耳にばかり聞えて居るのであろう。

丑《うし》刻に、静謐《せいひつ》の頂上に達した現し世は、其が過ぎると共に、俄《にわ》かに物音が起る。月の、空を行く音すら聞えそうだった四方の山々の上に、まず木の葉が音もなくうごき出した。次いではるかな谿《たに》のながれの色が、白々と見え出す。更に遠く、大和国中《くになか》の、何処からか起る一番鶏のつくるとき。

暁が来たのである。里々の男は、今、女の家の閨戸《ねやど》から、ひそひそと帰って行くだろう。月は早く傾いたけれど、光りは深夜の色を保っている。午前二時に朝の来る生活に、村びとも、宮びとも、忙しいとは思わずに、起きあがる。短い暁の目覚めの後、又、物に倚《よ》りかかって、新しい眠りを継ぐのである。

山風は頻《しき》りに、吹きおろす。枝・木の葉の相軋《ひし》めく音が、やむ間なく聞える。だが其も暫らくで、山は元のひっそとしたけしきに還る。唯、すべてが薄暗く、すべてが隈を持ったように、朧《おぼ》ろになって来た。

岩窟《いわむろ》は、沈々と黝《くら》くなって冷えて行く。

したした。　水は、岩肌を絞って垂れている。

耳面刀自《みみものとじ》。おれにには、子がない。子がなくなった。おれは、その栄えている世の中には、跡を貽《のこ》して来なかった。子を生んでくれ。おれの子を。おれの名を語り伝える子どもを――。

岩牀《いわどこ》の上に、再《ふたたび》白々と横《よこたわ》って見えるのは、身じろきもせぬからだである。唯その真裸な骨の上に、鋭い感覚ばかりが活きているのであった。まだ反省のとり戻されぬむくろには、心になるものがあって、心はなかった。

耳面刀自の名は、唯の記憶よりも、更に深い印象であったに違いはない。自分すら忘れきった、彼の人の出来あがらぬ心に、骨に沁み、干からびた髄《ずい》の心《しん》までも、唯彫《え》りつけられたようになって、残っているのである。

万法蔵院の晨朝《じんちょう》の鐘だ。夜の曙色《あけいろ》に、一度騒立《さわだ》った物々の胸をおちつかせる様に、鳴りわたる鐘の音《ね》だ。一《いっ》ぱし白みかかって来た東は、更にほの暗い明《あ》け昏《ぐ》れの寂《しず》けさに返った。

南家の郎女は、一茎の草のそよぎでも聴き取れる暁凪《あかつきな》ぎを、自身擾《みだ》すことをすまいと言う風に、身じろきすらもせずに居る。

夜《よる》の間《ま》よりも暗くなった廬《いおり》の中では、明王像の立ち処《ど》さえ見定められぬばかりになって居る。

何処からか吹きこんだ朝山颪《おろし》に、御燈《みあかし》が消えたのである。当麻語部《たぎまのかたり》の姥も、薄闇に蹲《うずくま》って居るのであろう。姫は再、この老女の事を忘れていた。

ただ一刻ばかり前、這入《はい》りの戸を揺った物音があった。一度　二度　三度。更に数度。音は次第に激しくなって行った。枢《くるる》がまるで、おしちぎられでもするかと思うほど、音に力のこもって来た時、ちょうど、鶏が鳴いた。其《それ》きりぴったり、戸にあたる者もなくなった。

新しい物語が、一切、語部の口にのぼらぬ世が来ていた。けれども、頑《かたくな》な当麻《たぎま》氏《うじ》の語部の古姥《ふるうば》の為に、我々は今一度、去年以来の物語りをしておいても、よいであろう。まことに其は、昨《きぞ》の日からはじまるのである。

六

門をはいると、俄《にわ》かに松風が、吹きあてるように響いた。

一町も先に、固まって見える堂伽藍――そこまでずっと、砂地である。白い地面に、広い葉の青いままでちらばって居るのは、朴《ほお》の木だ。

まともに、寺を圧してつき立っているのは、二上山《ふたかみやま》である。其《その》真下に涅《ね》槃仏《はんぶつ》のような姿に横《よこたわ》っているのが、麻呂子山《まろこやま》だ。其頂がやっと、講堂の屋の棟《むね》に、乗りかかっているようにしか見えない。

こんな事を、女人《にょにん》の身で知って居る訣《わけ》はなかった。だが、俊敏な此《この》旅びとの胸に、其《それ》に似たほのかな綜合の、出来あがって居たのは疑われぬ。暫らくの間、その薄緑の山色を仰いで居た。其から、朱塗りの、激しく光る建て物へ、目を移して行った。

此寺の落慶供養のあったのは、つい四五日前《あと》であった。まだあの日の喜ばしい騒ぎの響《とよ》みが、どこかにする様に、麓《ふもと》の村びと等には、感じられて居る程である。

山颪《おろし》に吹き暴《さら》されて、荒草深い山裾の斜面に、万法蔵院《まんほうぞういん》の細々とした御燈《みあかし》の、煽《あお》られて居たのに目馴れた人たちは、この幸福な転変《てんぺん》に、目を睜《みは》って居るだろう。此郷に田荘《なりどころ》を残して、奈良に数代住みついた豪族の主人も、その日は、帰って来て居たっけ。此は、天竺《てんじく》の狐の為わざではないか、其とも、この葛城郡に、昔から残っている幻術師《まぼろし》のする迷わしではないか。あまり荘厳《しょうごん》を極めた建て物に、故知らぬ反感まで唆《そそ》られて、廊を踏み鳴し、柱を叩いて見たりしたものも、その供人《ともびと》のうちにはあった。

数年前の春の初め、野焼きの火が燃えのぼって来て、唯《ただ》一宇あった萱堂《かやどう》が、忽《たちまち》痕《あと》もなくなった。そんな小《ちい》さな事件が起って、注意を促してすら、そこに、曾《かつ》て美《うるわ》しい福田と、寺の創《はじ》められた代《よ》を、思い出す者もなかった程、それはそれは、微かな遠い昔であった。

以前、疑いを持ち初める里の子どもが、其堂の名に、不審を起した。当麻《たぎま》の村にありながら、山田寺《でら》と言ったからである。山の背《うしろ》の河内の国安宿部郡《あすかべごおり》の山田谷から移って二百年、寂しい道場に過ぎなかった。其でも一時は、倶舎《くしゃ》の寺として、栄えたこともあったのだった。

飛鳥の御世の、貴い御方が、此寺の本尊を、お夢に見られて、おん子を遣《つかわ》され、堂舎をひろげ、住侶《じゅうりょ》の数をお殖《ふや》しになった。おいおい境内になる土地の地形《じぎょう》の進んでいる最中、その若い貴人が、急にお亡くなりなされた。そうなる筈《はず》の、風水《ふうすい》の相《そう》が、「まろこ」の身を招き寄せたのだろう。よしよし墓はそのまま、其村に築くがよい、との仰せがあった。其《その》み墓のあるのが、あの麻呂子山だと言う。まろ子というのは、尊い御一族だけに用いられる語で、おれの子というほどの、意味であった。ところが、其おことばが縁を引いて、此郷の山には、其後亦《また》、貴人をお埋め申すような事が、起ったのである。

だが、そう言う物語りはあっても、それは唯、此里の語部《かたりべ》の姥《うば》の口に、そう伝えられている、と言うに過ぎぬ古《ふる》物語りであった。纔《わず》かに百年、其短いと言える時間も、文字に縁遠い生活には、さながら太古を考えると、同じ昔となってしまった。

旅の若い女性《にょしょう》は、型摺《かたず》りの大様な美しい模様をおいた著《き》る物を襲うて居る。笠は、浅い縁《へり》に、深い縹《はなだ》色の布が、うなじを隠すほどに、さがっていた。

日は仲春、空は雨あがりの、爽やかな朝である。高原《こうげん》の寺は、人の住む所から、自《おのずか》ら遠く建って居た。唯凡《ただおよそ》、百人の僧俗が、寺中《じちゅう》に起き伏して居る。其すら、引き続く供養饗宴の疲れで、今日はまだ、遅い朝を、姿すら見せずにいる。

その女人は、日に向ってひたすら輝く伽藍の廻りを、残りなく歩いた。寺の南境《ざかい》は、み墓山の裾から、東へ出ている長い崎の尽きた所に、大門はあった。其中腹と、東の鼻とに、西塔・東塔が立って居る。丘陵の道をうねりながら登った旅びとは、東の塔の下に出た。

雨の後の水気の、立って居る大和の野は、すっかり澄みきって、若昼《わかひる》のきらきらしい景色になって居る。左手の目の下に、集中して見える丘陵は傍岡《かたおか》で、ほのぼのと北へ流れて行くのが、葛城川だ。平原の真中に、旅笠を伏せたように見える遠い小山は、耳無《みみなし》の山であった。其《その》右に高くつっ立っている深緑は、畝傍山《うねびやま》。更に遠く日を受けてきらつく水面は、埴安《はにやす》の池ではなかろうか。其東に平たくて低い背を見せるのは、聞えた香具山《かぐやま》なのだろう。旅の女子《おみなご》の目は、山々の姿を、一つ一つに辿《たど》っている。天《あめの》香具山をあれだと考えた時、あの下が、若い父母《ちちはは》の育った、其から、叔父叔母、又一族の人々の、行き来した、藤原の里なのだ。

もう此上は見えぬ、と知れて居ても、ひとりで、爪先立てて伸び上る気持ちになって来るのが、抑えきれなかった。

香具山の南の裾に輝く瓦舎《かわらや》は、大官大寺《だいかんだいじ》に違いない。其から更に真南の、山と山との間に、薄く霞《かす》んでいるのが、飛鳥の村なのであろう。父の父も、母の母も、其又父母も、皆あのあたりで生い立たれたのであろう。この国の女子《おみなご》に生れて、一足も女部屋《おんなべや》を出ぬのを、美徳とする時代に居る身は、親の里も、祖先の土も、まだ踏みも知らぬ。あの陽炎《かげろう》の立っている平原を、此足《このあし》で、隅から隅まで歩いて見たい。

こう、その女性《にょしょう》は思うている。だが、何よりも大事なことは、此郎女《いらつめ》――貴女は、昨日の暮れ方、奈良の家を出て、ここまで歩いて来ているのである。其《それ》も、唯《ただ》のひとりででであった。

家を出る時、ほんの暫《しば》し、心を掠《かす》めた――父君がお聞きになったら、と言う考えも、もう気にはかからずなって居る。乳母《ちおも》があわてて探すだろう、と言う心が起って来ても、却《かえっ》てほのかな、こみあげ笑いを誘う位の事になっている。

山はずっしりとおちつき、野はおだやかに畝《うね》って居る。こうして居て、何の物思いがあろう。この貴《あて》な娘御《ご》は、やがて後をふり向いて、山のなぞえについて、次第に首をあげて行った。

二上山。ああこの山を仰ぐ、言い知らぬ胸騒ぎ。――藤原・飛鳥の里々山々を眺めて覚えた、今の先の心とは、すっかり違った胸の悸《ときめ》き。旅の郎女は、脇目も触らず、山に見入っている。そうして、静かな思いの充ちて来る満悦を、深く覚えた。昔びとは、確実な表現を知らぬ。だが謂《い》わば、――平野の里に感じた喜びは、過去生《かこしょう》に向けてのものであり、今此山を仰ぎ見ての驚きは、未来世《みらいせ》を思う心躍《こころおど》りだ、とも謂えよう。塔はまだ、厳重にやらいを組んだまま、人の立ち入りが禁《いまし》めてあった。でも、ものに拘《こう》泥《でい》することを教えられて居ぬ姫は、何時《いつ》の間にか、塔の初重《しょじゅう》の欄干に、自分のよりかかって居るのに、気がついた。

そうして、しみじみと山に見入って居る。まるで瞳が、吸いこまれるように。山と自分とに繋《つなが》る深い交渉を、又くり返し思い初めていた。

郎女の家は、奈良東城、右京三条第三坊にある。祖父武智麻呂《おおじむちまろ》のそこで亡くなって後、父が移り住んでからも、大分の年月になる。父は男壮《おとこざかり》には、横佩《よこはき》の大将《だいしょう》と謂われる程、一ふりの大刀のさげ方にも、工夫を凝らさずには居られぬだて者《もの》であった。なみの人の竪《たて》にさげて佩《は》く大刀を、横《よこた》え吊る佩き方を案出した人である。新しい奈良の都の住人は、まだそうした官吏としての、華奢《きゃしゃ》な服装を趣向むまでに到って居なかった頃、姫の若い父は、近代の時世装に思いを凝して居た。その《この》家に観《たず》ねて来る古い留学生や、新来《いまき》の帰化僧などに問うことも、張文成などの新作の物語りの類を、問題にするようなのとも、亦《また》違うていた。

そうした闊達《かったつ》な、やまとごころの、赴くままにふるもうて居る間に、才《ざえ》優れた族人《うからびと》が、彼を乗り越して行くのに気がつかなかった。姫には叔父、彼——豊成には、さしつぎの弟、仲麻呂である。

その父君も、今は筑紫に居る。尠《すくな》くとも、姫などは、そう信じて居た。家族の半《なかば》以上は、太宰帥《だざいのそつ》のはなばなしい生活の装いとして、連れられて行っていた。宮廷から賜る資人《とねり》・傔仗《たち》も、大貴族の家の門地の高さを示すものとして、美々しく著飾らされて、皆任地へついて行った。そうして、奈良の家には、その年は亦《また》とりわけ、寂しい若葉の夏が来た。

寂《しず》かな屋敷には、響く物音もない時が、多かった。この家も世間どおりに、女部屋は、日あたりに疎い北の屋にあった。その西側に、小な蔀戸《しとみど》があって、其をつきあげると、方三尺位な牕《まど》になるように出来ている。そうして、其内側には、夏冬なしに簾《すだれ》が垂れてあって、戸のあげてある時は、外からの隙見を禦《ふせ》いだ。

それから外廻《そとまわ》りは、家の広い外郭になって居て、大炊屋《おおいや》もあれば、湯殿火焼《ひた》き屋なども、下人の住いに近く、立っている。苑《その》と言われる菜畠《なばたけ》や、ちょっとした果樹園らしいものが、女部屋の窓から見える、唯一の景色であった。

武智麻呂存生《ぞんじょう》の頃から、此屋敷のことを、世間では、南家と呼び慣《ならわ》して来ている。此頃《このごろ》になって、仲麻呂の威勢が高まって来たので、何となく其古い通称は、人の口から薄れて、其に替る称《とな》えが、行われ出した様だった。三条三坊をすっかり占めた大屋敷を、一《ひと》垣内《かきつ》――一字《ひとあざな》と見倣《みな》して、横佩墻内《よこはきかきつ》と言う者が、著しく殖えて来たのである。

その太宰府からの音ずれが、久しく絶えたと思っていたら、都とは目と鼻の難波《なにわ》に、いつか還り住んで、遥かに筑紫の政《まつりごと》を聴いていた帥《そつ》の殿であった。其父君から遣された家の子が、一車《ひとくるま》に積み余るほどな家づとを、家に残った家族たち殊《こと》に、姫君にと言って、はこんで来た。

山国の狭い平野に、一代一代都遷しのあった長い歴史の後、ここ五十年、やっと一つ処に落ちついた奈良の都は、其でもまだ、なかなか整うまでには、行って居なかった。官庁や、大寺が、にょっきりにょっきり、立っている外は、貴族の屋敷が、処々むやみに場をとって、その相間相間に、板屋や瓦屋が、交りまじりに続いている。其外は、広い水田と、畠と、存外多い荒蕪地《あれち》の間に、人の寄りつかぬ塚や岩群《いわむら》が、ちらばって見えるだけであった。兎や、狐が、大路小路を駆け廻る様なことも、毎日のこと。つい此頃も、朱雀大路《しゅじゃくおおじ》の植え木の梢を、夜になると、鼯鼠《むささび》が飛び歩くと言うので、一騒ぎした位である。

横佩家の郎女《いらつめ》が、称讃浄土仏摂受経《しょうさんじょうどぶっしょうじゅぎょう》を写しはじめたのも、其頃からであった。父の心づくしの贈り物の中で、一番、姫君の心を饒《にぎ》やかにしたのは、此新訳の阿弥陀経一巻《いちかん》であった。

国の版図の上では、東に偏《かたよ》り過ぎた山国の首都よりも、太宰府は、遥かに開けていた。唐から大陸から渡る新しい文物は、皆一度は、この遠《とお》の宮廷《みかど》領を通過するのであった。唐から渡った書物などで、太宰府ぎりに、都まで出て来ないものが、なかなか多かった。学問や、芸術の味《あじわ》いを知り初めた志の深い人たちは、だから、大唐までは望まれぬこと、せめて太宰府へだけはと、筑紫下りを念願するほどであった。

南家《なんけ》の郎女《いらつめ》の手に入った称讃浄土経も、大和一国の大寺《おおてら》と言う大寺に、まだ一部も蔵せられて居ぬものであった。

姫は、蔀戸《しとみど》近くに、時としては机を立てて、写経をしていることもあった。夜も、侍女たちを寝静まらしてから、油火《あぶらび》の下で、一心不乱に書き写して居た。

百部は、夙《はや》くに写し果した。その後は、千部手写の発願をした。冬は春になり、夏山と繁った春日山も、既に黄葉《もみじ》して、其がもう散りはじめた。蟋蟀《こおろぎ》は、昼も苑一面に鳴くようになった。佐保川の水を堰《せ》き入れた庭の池には、遣《や》り水伝いに、川千鳥の啼《な》く日すら、続くようになった。

今朝も、深い霜朝を、何処からか、鴛鴦《おし》の夫婦鳥《つまどり》が来て浮んで居ります、と童女《わらわめ》が告げた。

五百部を越えた頃から、姫の身は、目立ってやつれて来た。ほんの纔《わず》かの眠りをとる間も、ものに驚いて覚めるようになった。其でも、八百部の声を聞く時分になると、衰えたなりに、健康は定まって来たように見えた。やや蒼みを帯びた皮膚に、心もち細って見える髪が、愈々《いよいよ》黒く映え出した。

八百八十部、九百部。郎女は侍女にすら、ものを言うことを厭《いと》うようになった。そうして、昼すら何か夢見るような目つきして、うっとり蔀戸《しとみど》ごしに、西の空を見入って居るのが、皆の目にたつほどであった。

実際、九百部を過ぎてからは筆も一向、はかどらなくなった。二十部・三十部・五十部。心ある女たちは、文字の見えぬ自身たちのふがいなさを悲しんだ。郎女の苦しみを、幾分でも分けることが出来ように、と思うからである。

南家の郎女が、宮から召されることになるだろうと言う噂が、京・洛外に広がったのも、其頃である。屋敷中の人々は、上《うえ》近く事《つか》える人たちから、垣内《かきつ》の隅に住む奴隷《やっこ》・婢奴《めやっこ》の末にまで、顔を輝《かがや》かして、此《この》とり沙汰を迎えた。でも姫には、誰一人其を聞かせる者がなかった。其ほど、此頃の郎女は気むつかしく、外目《よそめ》に見えていたのである。

千部手写の望みは、そうした大願から立てられたものだろう、と言う者すらあった。そして誰ひとり、其を否む者はなかった。

南家の姫の美しい膚《はだ》は、益々《ますます》透きとおり、潤んだ目は、愈々大きく黒々と見えた。そうして、時々声に出して誦《じゅ》する経の文《もん》が、物の音《ね》に譬《たと》えようもなく、さやかに人の耳に響く。聞く人は皆、自身の耳を疑うた。

去年の春分の日の事であった。入り日の光りをまともに受けて、姫は正座して、西に向って居た。日は、此屋敷《このやしき》からは、稍《やや》坤《ひつじさる》によった遠い山の端《は》に沈むのである。西空の棚《たな》雲《ぐも》の紫に輝く上で、落日《らくじつ》は俄《にわ》かに転《くるめ》き出した。その速さ。雲は炎になった。日は黄金《おうごん》の丸《まるがせ》になって、その音も聞えるか、と思うほど鋭く廻った。雲の底から立ち昇る青い光りの風——、姫は、じっと見つめて居た。やがて、あらゆる光りは薄れて、雲は霽《は》れた。夕闇の上に、目を疑うほど、鮮やかに見えた山の姿。二上山である。その二つの峰の間に、ありありと荘厳《しょうごん》な人の俤《おもかげ》が、瞬間顕《あらわ》れて消えた。後《あと》は、真暗な闇の空である。山の端《は》も、雲も何もない方に、目を凝《こら》して、何時《いつ》までも端坐《たんざ》して居た。

郎女の心は、其時から愈々澄んだ。併《しか》し、極めて寂しくなり勝《まさ》って行くばかりである。ゆくりない日が、半年の後に再来《ふたたび》て、姫の心を無上《むしょう》の歓喜に引き立てた。其は、同じ年の秋、彼岸中日《ちゅうにち》の夕方であった。姫は、いつかの春の日のように、坐していた。朝から、姫の白い額の、故もなくひよめいた長い日の、後《のち》である。二上山の峰を包む雲の上に、中秋の日の爛熟《らんじゅく》した光りが、くるめき出したのである。雲は火となり、日は八尺《はっしゃく》の鏡と燃え、青い響きの吹雪を、吹き捲《ま》く嵐——。

雲がきれ、光りのしずまった山の端は、細く金の外輪を靡《なび》かして居た。其時、男嶽《おのかみ》・女《めの》嶽《かみ》の峰の間に、ありありと浮き出た　髪　頭　肩　胸——。

姫は又、あの俤を見ることが、出来たのである。

南家の郎女《いらつめ》の幸福な噂が、春風に乗って来たのは、次の春のことであった。姫は別様の心躍りを、一月も前から感じて居た。そうして、日を数《と》り初めて、ちょうど、今日と言う日。彼岸中日、春分《しゅんぶん》の空が、朝から晴れて、雲雀《ひばり》は天に翔《かけ》り過ぎて、帰ることの出来ぬほど、青雲が深々とたなびいて居た。郎女は、九百九十九部を写し終えて、千部目にとりついて居た。

日一日、のどかな温い春であった。経巻の最後の行、最後の字を書きあげて、ほっと息をついた。あたりは俄かに、薄暗くなって居る。目をあげて見る蔀窓《しとみど》の外には、しとしとと――音がしたたって居るではないか。姫は立って、手ずから簾をあげて見た。

雨。

苑の青菜が濡れ、土が黒ずみ、やがては瓦屋にも、音が立って来た。

姫は、立っても坐《い》ても居られぬ、焦躁《しょうそう》に悶《もだ》えた。併し日は、益々暗くなり、夕暮れに次いで、夜が来た。

茫然として、姫はすわって居る。人声も、雨音も、荒れ模様に加《くわわ》って来た風の響きも、もう、姫は聞かなかった。

七

南家の郎女の神隠《かみかく》しに遭ったのは、其夜であった。家人は、翌朝空が霽《は》れ、山々がなごりなく見えわたる時まで、気がつかずに居た。

横佩墻内《よこはきかきつ》に住む限りの者は、男も、女も、上《うわ》の空になって、洛中洛外を馳《は》せ求めた。そうした奔《はし》り人《びと》の多く見出される場処と言う場処は、残りなく捜された。春日山の奥へ入ったものは、伊賀《いが》境までも踏み込んだ。高円山《たかまどやま》の墓原も、佐紀《さき》の沼地・雑木原も、又は、南は山村《やまむら》、北は奈良山、泉川の見える処まで馳せ廻って、戻る者も戻る者も、皆空足《からあし》を踏んで来た。

姫は、何処をどう歩いたか、覚えがない。唯《ただ》家を出て、西へ西へと辿って来た。降り募《つの》るあらしが、姫の衣を濡した。姫は、誰にも教わらずに、裾を脛《はぎ》まであげた。風は、姫の髪を吹き乱した。姫は、いつとなく、髻《もとどり》をとり束ねて、襟《えり》から着物の中に、含《くく》み入れた。夜中になって、風雨が止み、星空が出た。

姫の行くてには常に、二つの峰の並んだ山の立ち姿がはっきりと聳《そび》えて居た。毛孔《けあな》の竪《た》つような畏《おそろ》しい声を、度々聞いた。ある時は、鳥の音であった。其後、頻《しき》りなく断続したのは、山の獣の叫び声であった。大和の内も、都に遠い広瀬・葛城《かつらぎ》あたりには、人居などは、ほんの忘れ残りのように、山陰などにあるだけで、あとは曠野《あらの》。それに——、本村《ほんむら》を遠く離れた、時はずれの、人棲《す》まぬ田居《たい》ばかりである。

片破《かたわ》れ月が、上《あが》って来た。其が却《かえっ》て、あるいている道の辺《ほとり》の凄さを、照し出した。其でも、星明りで辿って居るよりは、よるべを覚えて、足が先へ先へと出た。月が中天へ来ぬ前に、もう東の空が、ひいわり白《しら》んで来た。

夜のほのぼの明けに、姫は、目を疑うばかりの現実に行きあった。——横佩家の侍女たちは何時も、夜の起きぬけに、一番最初に目撃した物事で、日のよしあしを、占って居るようだった。そう言う女どものふるまいに、特別に気は牽《ひ》かれなかった郎女だけれど、よく其人々が、今朝《けさ》の朝目《あさめ》がよかったから、何と言う情ない朝目であろうなどと、そわそわと興奮したり、むやみに塞《ふさ》ぎこんだりして居るのを、見聞きしていた。

郎女は、生れてはじめて、「朝目よく」と謂《い》った語を、内容深く感じたのである。目の前に赤々と、丹塗《にぬ》りに照り輝いて、朝日を反射して居るのは、寺の大門ではないか。そうして、門から、更に中門が見とおされて、此もおなじ丹塗りに、きらめいて居る。山裾の勾配に建てられた堂・塔・伽藍は、更に奥深く、朱《あけ》に、青に、金色に、光りの棚雲を、幾重にもつみ重ねて見えた。朝目のすがしさは、其ばかりではなかった。其寂《じゃく》寞《まく》たる光りの海から、高く抽《ぬき》でて見える二上の山。

淡海公《たんかいこう》の孫、大織冠《たいしょくかん》には曾孫《ひまご》。藤氏《とうし》族長《ぞくちょう》太宰帥、南家《なんけ》の豊成、其第一嬢子《そのだいいちじょうし》なる姫である。屋敷から、一歩はおろか、女部屋を膝行《いざ》り出ることすら、たまさかにもせぬ、郎女《いらつめ》のことである。順道《じゅんとう》ならば、今頃は既に、藤原の氏神河内の枚岡《ひらおか》の御神《おんかみ》か、春日の御社《みやしろ》に、巫女《みこ》の君《きみ》として仕えているはずである。家に居ては、男を寄せず、耳に男の声も聞かず、男の目を避けて、仄暗《ほのくら》い女部屋に起き臥《ふ》ししている人である。世間の事は、何一つ聞き知りも、見知りもせぬように、おおしたてられて来た。

寺の浄域が、奈良の内外《うちと》にも、幾つとあって、横佩墻内《かきつ》と讃《たた》えられている屋敷よりも、もっと広大なものだ、と聞いて居た。そうでなくても、経文の上に伝えた浄土の荘厳《しょうごん》をうつすその建て物の様は、想像せぬではなかった。だが目《ま》のあたり見る尊さは、唯息《ただ》を呑むばかりであった。之《これ》に似た驚きの経験は、曾《かつ》て一度したことがあった。姫は今、其を思い起して居る。簡素と豪奢《ごうしゃ》との違いこそあれ、驚きの歓喜は、印象深く残っている。

今の太上天皇様が、まだ宮廷の御あるじで居させられた頃、八歳《はっさい》の南家の郎女《いらつめ》は、童女《わらわめ》として、初《はつ》の殿上《てんじょう》をした。穆々《ぼくぼく》たる宮の内の明りは、ほのかな香気を含んで、流れて居た。昼すら真夜《まよ》に等しい、御帳台《みちょうだい》のあたりにも、尊いみ声は、昭々《しょうしょう》と珠を揺るように響いた。物わきまえもない筈《はず》の、八歳の童女が感泣した。

「南家には、惜しい子が、女になって生れたことよ」と仰せられた、と言う畏《おそ》れ多い風聞が、暫らく貴族たちの間に、くり返された。其後十二年、南家の娘は、二十《はたち》になっていた。幼いからの聡《さと》さにかわりはなくて、玉・水精《すいしょう》の美しさが益々加って来たとの噂が、年一年と高まって来る。

姫は、大門の閾《しきみ》を越えながら、童女殿上《わらわめてんじょう》の昔の畏《かしこ》さを、追想して居たのである。長い甃《いしき》道《みち》を踏んで、中門に届く間にも、誰一人出あう者がなかった。恐れを知らず育てられた大貴族の郎女は、虔《つつま》しく併《しか》しのどかに、御堂《みどう》御堂を拝《おが》んで、岡の東塔に来たのである。

ここからは、北大和の平野は見えぬ。見えたところで、郎女は、奈良の家を考え浮べることも、しなかったであろう。まして、家人たちが、神隠しに遭うた姫を、探しあぐんで居ようなどとは、思いもよらなかったのである。唯うっとりと、塔の下《もと》から近々と仰ぐ、二上山の山肌に、現《うつ》し世《よ》の目からは見えぬ姿を惟《おも》い観《み》ようとして居るのであろう。

此時分になって、寺では、人の動きが繁くなり出した。晨朝《じんちょう》の勤めの間も、うとうとして居た僧たちは、爽やかな朝の眼を睜《みひら》いて、食堂《じきどう》へ降りて行った。奴婢《ぬひ》は、其々《それぞれ》もち場持ち場の掃除を励む為に、ようべの雨に洗ったように なった、境内の沙地《すなち》に出て来た。

そこにござるのは、どなたぞな。

岡の陰から、恐る恐る頭をさし出して問うた一人の寺奴《やっこ》は、あるべからざる事を見た様に、自分自身を咎《とが》めるような声をかけた。女人の身として、這入ることの出来ぬ結界を犯していたのだった。姫は答えよう、とはせなかった。又答えようとしても、こう言う時に使う語には、馴れて居ぬ人であった。若《も》し又、適当な語を知って居たにしたところで、今はそんな事に、考えを紊《みだ》されては、ならぬ時だったのである。

姫は唯、山を見ていた。依然として山の底に、ある俤《おもかげ》を観じ入っているのである。寺奴《やっこ》は、二言《こと》とは問いかけなかった。一晩のさすらいでやつれては居ても、服装から見てすぐ、どうした身分の人か位の判断は、つかぬ筈はなかった。又暫らくして、四五人の跫音《あしおと》が、びたびたと岡へ上って来た。年のいったのや、若い僧たちが、ばらばらと走って、塔のやらいの外まで来た。

ここまで出て御座れ。そこは、男でも這入るところではない。女人《にょにん》は、とっとと出てお行きなされ。

姫は、やっと気がついた。そうして、人とあらそわぬ癖のつけられた貴族の家の子は、重い足を引きながら、竹垣の傍まで来た。

見れば、奈良のお方そうなが、どうして、そんな処にいらっしゃる。

それに又、どうして、ここまでお出でだった。伴の人も連れずに——。

口々に問うた。男たちは、咎める口とは別に、心はめいめい、貴い女性をいたわる気持ちになって居た。

山をおがみに……。

まことに唯一詞《ひとこと》。当《とう》の姫すら思い設けなんだ詞《ことば》が、匂うが如く出た。貴族の家庭の語と、凡下《ぼんげ》の家々の語とは、すっかり変って居た。だから言い方も、感じ方も、其《その》うえ、語其ものさえ、郎女の語が、そっくり寺の所化輩《しょけはい》には、通じよう筈がなかった。

でも、其《それ》でよかったのである。其でなくて、語の内容が、其《その》まま受けとられようものなら、南家の姫は、即座に気のふれた女、と思われてしまったであろう。

それで、御館《みたち》はどこぞな。

みたち……。

おうちは……。

おうち……。

おやかたは、と問うのだよ——。

おお。家かや。右京藤原南家……。

俄然《がぜん》として、群集の上にざわめきが起った。四五人だったのが、あとから後から登ってきた僧たちも加えて、二十人以上にもなって居た。其が、口々に喋り出したものである。

ようべの嵐に、まだ残りがあったと見えて、日の明るく照って居る此小昼《このこびる》に、又風が、ざわつき出した。この岡の崎にも、見おろす谷にも、其から二上山へかけての尾根《おね》尾根にも、ちらほら白く見えて、花の木がゆすれて居る。山の此方《こなた》にも小桜の花が、咲き出したのである。

此時分になって、奈良の家では、誰となく、こんな事を考えはじめていた。此はきっと、里方の女たちのよくする、春の野遊びに出られたのだ。――何時《いつ》からとも知らぬ、習《ならわ》しである。春秋の、日と夜と平分《へいぶん》する其頂上に当る日は、一日、日の影を逐《お》うて歩く風が行われて居た。どこまでもどこまでも、野の果て、山の末、海の渚《なぎさ》まで、日を送って行く女衆が多かった。そうして、夜に入ってくたくたになって、家路を戻る。此為《このし》来《きた》りを何時《いつ》となく、女たちの咄《はな》すのを聞いて、姫が、女の行《ぎょう》として、この野遊びをする気になられたのだ、と思ったのである。こう言う、考えに落ちつくと、ありようもない考えだと訣《わか》って居ても、皆の心が一時、ほうと軽くなった。

ところが、其日も昼さがりになり、段々夕光《ゆうかげ》の、催《もよお》して来る時刻が来た。昨日は、駄目になった日の入りの景色が、今日は中日《ちゅうにち》にも劣るまいと思われる華やかさで輝いた。横佩家の人々の心は、再《ふたたび》重くなって居た。

八

奈良の都には、まだ時おり、石城《しき》と謂《い》われた石垣を残して居る家の、見かけられた頃である。度々の太政官符《だいじょうがんぷ》で、其《それ》を家の周《まわ》りに造ることが、禁ぜられて来た。今では、宮廷より外には、石城《しき》を完全にとり廻した豪族の家などは、よくよくの地方でない限りは、見つからなくなって居る筈なのである。

其に一つは、宮廷の御在所が、御一代御一代に替って居た千数百年の歴史の後に、飛鳥《あすか》の都は、宮殿の位置こそ、数町の間をあちこちせられたが、おなじ山河一帯の内にあった。其で凡《およそ》、都遷《みやこうつ》しのなかった形になったので、後《あと》から後から地割りが出来て、相応な都城《とじょう》の姿は備えて行った。其数朝の間に、旧族の屋敷は、段々、家構えが整うて来た。

葛城に、元のままの家を持って居て、都と共に一代ぎりの、屋敷を構えて居た蘇我臣《そがのおみ》なども、飛鳥の都では、次第に家作りを拡げて行って、石城《しき》なども高く、幾重にもとり廻して、凡《およそ》永久の館作りをした。其とおなじ様な気持ちから、どの氏でも、大なり小なり、そうした石城《しき》づくりの屋敷を構えるようになって行った。蘇我臣一流《ひとなが》れで最《もっとも》栄えた島の大臣家《おとどけ》の亡びた時分から、石城の構えは禁《と》められ出した。

この国のはじまり、天から授けられたと言う、宮廷に伝わる神の御詞《みことば》に背く者は、今もなかった。が、書いた物の力は、其が、どのように由緒のあるものでも、其ほどの威力を感じるに到らぬ時代が、まだ続いて居た。

其飛鳥の都も、高天原広野姫尊様《たかまのはらひろぬひめのみことさま》の思召しで、其から一里北の藤井个原《ふじいがはら》に遷され、藤原の都と名を替えて、新しい唐様《もろこしよう》の端正《きらきら》しさを尽した宮殿が、建ち並ぶ様になった。近い飛鳥から、新渡来《いまき》の高麗馬《こま》に跨《また》がって、馬上で通う風流士《たわれお》もあるにはあったが、多くはやはり、鷺栖《さぎす》の阪の北、香具山の麓《ふもと》から西へ、新しく地割りせられた京城《けいじょう》の坊々《まちまち》に屋敷を構え、家造りをした。その次の御代になっても、藤原の都は、日に益し、宮殿が建増されて行って、ここを永宮《とこみや》と遊ばす思召しが、伺われた。その安堵の心から、家々の外《そと》には、石城を廻すものが、又ぼつぼつ出て来た。そうして、そのはやり風俗が、見る見るうちに、また氏々の族長の家囲いを、あらかた石にしてしまった。その頃になって、天真宗豊祖父尊様《あめまむねとよおおじのみことさま》がおかくれになり、御母《みおや》日本根子天津御代豊国成姫《やまとねこあまつみよとよくになすひめ》の大尊様《おおみことさま》がお立ち遊ばした。その四年目思いもかけず、奈良の都に宮遷しがあった。ところがまるで、追っかけるように、藤原の宮は固《もと》より、目ぬきの家並みが、不意の出火で、其こそ、あっと言う間に、痕形《あとかた》もなく、空《そら》の有《もの》となってしまった。もう此頃《このころ》になると、太政官符《だいじょうがんぷ》に、更に厳《きび》しい添書《ことわき》がついて出ずとも、氏々の人は皆、目の前のすばやい人事自然の交錯した転変《てんぺん》に、目を瞠《みは》るばかりであったので、久しい石城《しき》の問題も、其で、解決がついて行った。

古い氏種姓《うじすじょう》を言い立てて、神代以来の家職の神聖を誇った者どもは、其家職自身が、新しい藤原奈良の都には、次第に意味を失って来ている事に、気がついて居なかった。最《もっとも》早くそこに心づいた、姫の祖父淡海公《たんかい》などは、古き神秘を誇って来た家職を、末代まで伝える為に、別に家を立てて中臣の名を保とうとした。そうして、自分・子供ら・孫たちと言う風に、いちはやく、新しい官人《つかさびと》の生活に入り立って行った。

ことし、四十を二つ三つ越えたばかりの大伴家持《おおとものやかもち》は、父旅人《たびと》の其年《その》頃よりは、もっと優れた男ぶりであった。併《しか》し、世の中はもう、すっかり変って居た。見るもの障《さわ》るもの、彼の心を苛《いら》つかせる種にならぬものはなかった。淡海公の、小百年前に実行して居る事に、今はじめて自分の心づいた鈍《おそ》ましさが、憤《いきどお》らずに居られなかった。そうして、自分とおなじ風の性向の人の成り行きを、まざまざと見て、慄然《りつぜん》とした。現に、時に誇る藤原びとでも、まだ昔風の夢に泥《なず》んで居た南家の横佩右大臣は、さきおととし、太宰員外帥《だざいのいんがいのそつ》に貶《おと》されて、都を離れた。そうして今は、難波で謹慎しているではないか。自分の親旅人も、三十年前に踏んだ道である。

世間の氏上家《うじのかみけ》の主人《あるじ》は、大方もう、石城《しき》など築《きず》き廻《まわ》して、大門小門を繋《つな》ぐと謂った要害と、装飾とに、興味を失いかけて居るのに、何とした自分だ。おれはまだ現に、出来るなら、宮廷のお目こぼしを頂いて、石に囲われた家の中で、家の子どもを集め、氏人《うじびと》たちを召《よ》びつどえて、弓場《ゆば》に精励させ、棒術《ほこゆけ》・大刀かきに出精《しゅっせい》させよう、と謂ったことを空想して居る。そうして年々頻繁《としどしひんぱん》に、氏神其外《そのほか》の神々を祭っている。其度毎《そのたびごと》に、家の語部《かたりべ》大伴語造《おおとものかたりのみやつこ》の嫗《おむな》たちを呼んで、之《これ》に捉《つかま》え処《どころ》もない昔代《むかしよ》の物語りをさせて、氏人《うじびと》に傾聴を強いて居る。何だか、空《くう》な事に力を入れて居たように思えてならぬ寂しさだ。

だが、其《その》氏神祭りや、祭りの後宴《ごえん》に、大勢《おおぜい》の氏人《うじびと》の集ることは、とりわけやかましく言われて来た、三四年以来の法度《はっと》である。

こんな溜め息を洩しながら、大伴氏の旧い習しを守って、どこまでも、宮廷守護の為の武道の伝襲に、努める外はない家持だったのである。

越中守として踏み歩いた越路《こしじ》の泥のかたが、まだ行縢《むかばき》から落ちきらぬ内に、もう復《また》、都を離れなければならぬ時の、迫って居るような気がして居た。其中《そのうち》、此《この》針の筵《むしろ》の上で、兵部少輔《ひょうぶしょう》から、大輔《たいふ》に昇進した。そのことすら、益々脅迫感を強める方にばかりはたらいた。

今年五月にもなれば、東大寺の四天王像の開眼《かいげん》が行われる筈で、奈良の都の貴族たちには、すでに寺から内見を願って来て居た。そうして、忙しい世の中にも、暫らくはその評判が、すべてのいざこざをおし鎮《しず》める程に、人の心を浮き立たした。本朝《ほんちょう》出来の像としてはまず、此程《これほど》物凄い天部《てんぶ》の姿を拝んだことは、はじめてだ、と言うものもあった。神代の荒神《あらがみ》たちも、こんな形相《ぎょうそう》でおありだったろう、と言う噂も聞かれた。まだ公《おおやけ》の供養もすまぬのに、人の口はうるさいほど、頻繁に流説をふり撒《ま》いていた。あの多聞天《たもんてん》と、広目天《こうもくてん》との顔つきに、思い当るものがないか、と言うのであった。此《これ》はこだけの咄《はなし》だよ、と言って話したのが、次第に広まって、家持の耳までも聞えて来た。なるほど、憤怒《ふんぬ》の相《そう》もすさまじいにはすさまじいが、あれがどうも、当今大倭《おおやまと》一だと言われる男たちの顔、そのままだと言うのである。貴人は言わぬ、こう言う種類の噂は、え、て供をして見て来た道々《みちみち》の博士《はかせ》たちと謂った、心蔑《さも》しいものの、言いそうな事である。

多聞天は、大師藤原恵美中卿《たいしふじわらのえみちゅうけい》だ。あの柔和な、五十を越してもまだ、三十代の美しさを失わぬあの方が、近頃おこりっぽくなって、よく下官や、仕《つか》え人《びと》を叱るようになった。あの円満《うま》し人《びと》が、どうしてこんな顔つきになるだろう、と思われる表情をすることがある。其面《そのおも》もちそっくりだ、と尤《もっと》もらしい言い分なのである。

そう言えば、あの方が壮盛《わかざか》りに、棒術《ほこゆけ》を嗜《この》んで、今にも事あれかしと謂った顔で、立派な甲《よろい》をつけて、のっしのっしと長い物を杖《つ》いて歩かれたお姿が、あれを見ていて、ちらつくようだなど、と相槌《あいづち》をうつ者も出て来た。

其では、広目天の方はと言うと、
さあ、其がの――。

と誰に言わせても、ちょっと言い渋るように、困った顔をして見せる。

実は、ほんの人の噂だがの。噂だから、保証は出来ぬがの。義淵《ぎえん》僧正の弟子の道鏡《どうきょう》法師に、似てるぞなと言うがや。……けど、他人《ひと》に言わせると、――あれはもう、二十幾年にもなるかいや――筑紫で伐たれなされた前太宰少弐《ぜんだざいのしょうに》―藤原広嗣《ひろつぐ》―の殿《との》に生写《しょううつ》しじゃ、とも言うがいよ。

わしにも、どちらとも言えんがの。どうでも、見たことのあるお人に似て居さっしゃるには、似ていさっしゃるげなが……。

何しろ、此《この》二つの天部《てんぶ》が、互に敵視するような目つきで、睨《にら》みあって居る。噂を気にした住侶たちが、色々に置き替えて見たが、どの隅からでも、互に相手の姿を、眦《まなじり》を裂いて見つめて居る。とうとうあきらめて、自然にとり沙汰の消えるのを待つより為方《しかた》がない、と思うようになったと言う。

若《も》しや、天下に大乱でも起らなければええが――。

こんな囁《ささや》きは、何時《いつ》までも続きそうに、時と共に倦《う》まずに語られた。

前《ぜん》少弐殿でなくて、弓削新発意《ゆげしんぼち》の方であってくれれば、いっそ安心だがなあ。あれなら、事を起しそうな房主《ぼうず》でもなし。起したくても、起せる身分でもないじゃまで――。

言いたい傍題《ほうだい》な事を言って居る人々も、たった此一つの話題を持ちあぐみ初めた頃、噂の中の大師恵美朝臣《えみのあそん》の姪の横佩家の郎女《いらつめ》が、神隠しに遭うたと言う、人の口の端《は》に、旋風《つじかぜ》を起すような事件が、湧き上ったのである。

九

兵部大輔《ひょうぶたいふ》大伴家持は、偶然この噂を、極めて早く耳にした。ちょうど、春分《しゅんぶん》から二日目の朝、朱雀大路を南へ、馬をやって居た。二人ばかりの資人《とねり》が徒歩《かち》で、驚くほどに足早について行く。此《これ》は、晋唐の新しい文学の影響を、受け過ぎるほど享《う》け入れた文人かたぎの彼には、数年来珍しくもなくなった癖である。こうして、何処まで行くのだろう。唯、朱雀の並み木の柳の花がほおけて、霞《かすみ》のように飛んで居る。向うには、低い山と、細長い野が、のどかに陽炎《かげろ》うばかりである。

資人の一人が、とっとと追いついて来たと思うと、主人の鞍《くら》に顔をおしつける様にして、新しい耳を聞かした。今行きすごうた知り人の口から、聞いたばかりの噂である。

それで、何か——。娘御の行くえは知れた、と言うのか。

はい……。いいえ。何分、その男がとり急いで居りまして。

この間抜け。話はもっと上手に聴くものだ。

柔らかく叱った。そこへ今《も》一人の伴《とも》が、追いついて来た。息をきらしている。

ふん。汝《わけ》は聞き出したね。南家《なんけ》の嬢子《おとめ》は、どうなった――。

出端《ではな》に油かけられた資人《とねり》は、表情に隠さず心の中を表した此頃《このころ》の人の、自由な咄《はな》し方で、まともに鼻を蠢《うごめか》して語った。

当麻の邑《むら》まで、おとゝい夜《よ》の中に行って居たこと、寺からは、昨日午後横佩墻《かきつ》内へ知らせが届いたこと。其外《そのほか》には、何も聞きこむ間のなかったことまで。家持の聯想《れんそう》は、環《わ》のように繋《つな》がって、暫らくは、馬の上から見る、街路も、人通りも、唯、物として通り過ぎるだけであった。

南家で持って居た藤原の氏上《うじのかみ》職が、兄の家から、弟仲麻呂―押勝―の方へ移ろうとしている。来年か、再来年《さらいねん》の枚岡《ひらおか》祭りに、参向する氏人の長者は、自然かの大師のほか、人がなくなって居る。恵美《えみ》家からは、嫡子《ちゃくし》久須麻呂《くすまろ》の為、自分の家の第一嬢子をくれとせがまれて居る。先日も、久須麻呂の名の歌が届き、自分の方でも、娘に代って返し歌を作って遣《つかわ》した。今朝《けさ》も今朝、又折り返して、男からの懸想文《けそうぶみ》が、来ていた。その壻《むこがね》候補の父なる人は、五十になっても、若かった頃の容色に頼む心が失せずにいて、兄の家娘にも執心は持って居るが、如何《いか》に何でも、あの郎女だけには、とり次げないで居る。此は、横佩家へも出入りし、大伴家へも初中終《しょっちゅう》来る古刀自《ふるとじ》の、人のわるい内証話であった。其を聞いて後、家持自身も、何だか好奇心に似たものが、どうかすると頭を擡《もた》げて来て困った。仲麻呂は今年、五十を出ている。其から見れば、ひとまわりも若いおれなどは、思い出にもう一度、此匂《このにおい》やかな貌花《かおばな》を、垣内《かきつ》の坪苑《つぼ》に移せぬ限りはない。こんな当時の男が、皆持った心おどりに、はなやいだ、明るい気がした。だが併《しか》し、あの郎女は、藤原四家の系統《すじ》で一番、神《かむ》さびたたちを持って生れた、と謂《い》われる娘御である。今、枚岡《ひらおか》の御神《おんかみ》に仕えて居る斎《いつ》き姫《ひめ》の罷《や》める時が来ると、あの嬢子《おとめ》が替って立つ筈だ。其《それ》で、貴い所からのお召しにも応じかねて居るのだ。……結局、誰も彼も、あきらめねばならぬ時が来るのだ。神の物は、神の物――。横佩家の娘御は、神の手に落ちつくのだろう。

ほのかな感傷が、家持の心を浄めて過ぎた。おれは、どうもあきらめが、よ過ぎる。十《とお》を出たばかりの幼さで、母は死に、父は疾《や》んで居る太宰府へ降《くだ》って、夙《はや》くから、海の彼方《あなた》の作り物語りや、唐詩《もろこしうた》のおかしさを知り初《そ》めたのが、病みつきになったのだ。死んだ父も、そうした物は、或は、おれよりも嗜《す》きだったかも知れぬほどだが、もっと物に執著《しゅうじゃく》が深かった。現に、大伴の家の行く末の事なども、父はあれまで、心を悩まして居た。おれも考えれば、たまらなくなって来る。其で、氏人を集めて喩《さと》したり、歌を作って訓諭《くんゆ》して見たりする。だがそうした後の気持ちの爽やかさは、どうしたことだ。洗い去った様に、心が、すっとしてしまうのだった。まるで、初めから家の事など考えて居なかった、とおなじすがすがしい心になってしまう。あきらめと言う事を、知らなかった人ばかりではないか。……昔物語りに語られる神でも、人でも、傑《すぐ》れた、と伝えられる限りの方々は――。それに、おれはどうしてこうだろう。

家持の心は併し、こんなに悔恨に似た心持ちに沈んで居るに繋らず、段々気にかかるものが、薄らぎ出して来ている。

ほう　これは、京極《きょうはて》まで来た。

朱雀大路《おおじ》も、ここまで来ると、縦横に通る地割りの太い路筋ばかりが、白々として居て、どの区画にも区画にも、家は建って居ない。去年の草の立ち枯れたのと、今年生えて稍《やや》茎を立て初めたのとがまじりあって、屋敷地から喰《は》み出し、道の上までも延びて居る。

こんな家が――。

驚いたことは、そんな草原の中に、唯一つ大きな構えの家が、建ちかかって居る。遅い朝を、もう余程、今日の為事《しごと》に這入《はい》ったらしい木の道の者たちが、骨組みばかりの家の中で、立ちはたらいて居るのが見える。家の建たぬ前に、既に屋敷廻りの地形《じぎょう》が出来て、見た目にもさっぱりと、垣をとり廻して居る。土を積んで、石に代えた垣、此頃言い出した築土垣《つきひじがき》というのは、此だな、と思って、じっと目をつけて居た。見る見る、そうした新しい好尚《このみ》のおもしろさが、家持の心を奪うてしまった。

築土垣《つきひじがき》の処々に、きりあけた口があって、其に、門が出来て居た。そうして、其処《そこ》から、頻《しき》りに人が繫《つなが》っては出て来て、石を曳《ひ》く。木を搬《も》つ。土を搬《はこ》び入れる。重苦しい石城《しき》。懐しい昔構え。今も、家持のなくなしたくなく考えている屋敷廻りの石垣が、思うてもたまらぬ重圧となって、彼の胸に、もたれかかって来るのを感じた。

おれには、だが、この築土垣を択《と》ることが出来ぬ。

家持の乗馬《じょうめ》は再《ふたたび》、憂鬱《ゆううつ》に閉された主人を背に、引き返して、五条まで上って来た。此辺から、右京の方へ折れこんで、坊角《まちかど》を廻りくねりして行く様子は、此《この》主人に馴れた資人《とねり》たちにも、胸の測られぬ気を起させた。二人は、時々顔を見合せ、目くばせをしながら尚、了解が出来ぬ、と言うような表情を交しかわし、馬の後を走って行く。

こんなにも、変って居たのかねえ。

ある坊角《まちかど》に来た時、馬をぴたと止めて、独り言のように言った。

……旧草《ふるくさ》に　新草《にひくさ》まじり、生ひば　生ふるかに——だな。

近頃見つけた歌儛所《かぶしょ》の古記録「東歌《あずまうた》」の中に見た一首がふと、此時、彼の言いたい気持ちを、代作して居てくれていたように、思い出された。

そうだ。「おもしろき野《ぬ》をば　勿《な》焼きそ」だ。此でよいのだ。

けげんな顔を仰《あおむ》けている伴人《ともびと》らに、柔和な笑顔を向けた。

そうは思わぬか。立ち朽《ぐさ》りになった家の間に、どしどし新しい屋敷が出来て行く。都は何時《いつ》までも、家は建て詰まぬが、其でもどちらかと謂えば、減るよりも殖えて行っている。此辺は以前、今頃になると、蛙めの、あやまりたい程鳴く田の原が、続いてたもんだ。

今一人が言う。

仰るとおりで御座ります。春は蛙、夏はくちなわ、秋は蝗《いなご》まろ。此辺はとても、歩けたところでは、御座りませんでした。

建つ家もたつ家も、この立派さは、まあどうで御座りましょう。其に、どれも此も、此頃急にはやり出した築土垣《つきひじがき》を築《きず》きまわしまして。何やら、以前とはすっかり変った処に、参った気が致します。

馬上の主人も、今まで其ばかり考えて居た所であった。だが彼の心は、瞬間明るくなって、先年三形王《みかたのおおきみ》の御殿での宴《うたげ》に誦《くちずさ》んだ即興が、その時よりも、今はっきりと内容を持って、心に浮んで来た。

うつり行く時見る毎に、心疼《いた》く　昔の人し　思ほゆるかも

目をあげると、東の方春日の杜《もり》は、谷陰になって、ここからは見えぬが、御蓋《みかさ》山・高円《たかまど》山一帯、頂が晴れて、すばらしい春日和になって居た。

あきらめがさせるのどけさなのだ、とすぐ気がついた。でも、彼の心のふさぎのむしは跡《あと》を潜《ひそ》めて、唯、まるで今歩いているのが、大日本平城京《おおやまとへいせいけい》の土ではなく、大唐《だいとう》長安の大道の様な錯覚の起って来るのが押えきれなかった。此馬《このうま》がもっと、毛並みのよい純白の馬で、跨って居る自身も亦《また》、若々しい二十代の貴公子の気がして来る。神々から引きついで来た、重苦しい家の歴史だの、夥《おびただ》しい数の氏人などから、すっかり截《き》り離されて、自由な空にかけって居る自分ででもあるような、豊かな心持ちが、暫らくは払っても払っても、消えて行かなかった。

おれは若くもなし。第一、海東の大日本人《おおやまとびと》である。おれには、憂鬱な家職が、ひしひし

と、肩のつまるほどかかって居るのだ。こんなことを考えて見ると、寂しくてはかない気もするが、すぐに其は、自身と関係のないことのように、心は饒《にぎ》わしく和らいで来て、為方がなかった。

おい、汝《わけ》たち。大伴氏上家《うじのかみけ》も、築土垣を引き廻そうかな。

とんでもないことを仰せられます。

二人の声が、おなじ感情から迸《ほとばし》り出た。

年の増した方の資人《とねり》が、切実な胸を告白するように言った。

私どもは、御譜第《ごふだい》では御座りません。でも、大伴と言うお名は、御門《みかど》御垣《みかき》と、関係深い称えだ、と承って居ります。大伴家からして、門垣を今様にする事になって御覧《ごろう》じませ。御一族の末々まで、あなた様をお呪《のろ》い申し上げることで御座りましょう。其どころでは、御座りません。第一、ほかの氏々――大伴家よりも、ぐんと歴史の新しい、人の世になって初まった家々の氏人までが、御一族を蔑《ないがしろ》に致すことになりましょう。

こんな事を言わして置くと、折角澄《せっかく》みかかった心も、又曇《くも》って来そうな気がする。家持は忙《あわ》てて、資人の口を緘《と》めた。

うるさいぞ。誰に言う語だと思うて、言うて居るのだ。やめぬか。雑談《じょうだん》だ。雑談を真に受ける奴が、あるものか。

馬はやっぱり、しっとしっとと、歩いて居た。築土垣　築土垣。又、築土垣。こんなに何時の間に、家構えが替って居たのだろう。家持は、なんだか、晩《おそ》かれ早かれ、ありそうな気のする次の都――どうやらこう、もっとおっぴらいた平野の中の新京城《しんけいじょう》にでも、来ているのでないかと言う気が、ふとしかかったのを、危く喰いとめた。築土垣　築土垣。もう、彼の心は動かなくなった。唯、よいとする気持ちと、よくないと思おうとする意思との間に、気分だけが、あちらへ寄りこちらへよりしているだけであった。

何時の間にか、平群《へぐり》の丘や、色々な塔を持った京西《きょうにし》の寺々の見渡される、三条辺の町尻に来て居ることに、気がついた。

これはこれは。まだここに、残っていたぞ。

珍しい発見をしたように、彼は馬から身を飜《かえ》しておりた。二人の資人はすぐ、馳《か》け寄って手綱を控えた。

家持は、門と門との間に、細かい柵をし囲《めぐ》らし、目隠しに枳殻《からたちばな》の叢《や》生《ぶ》を作った家の外構えの一個処に、まだ石城《しき》が可《か》なり広く、人丈《ひとたけ》にあまる程に築いてあるそばに、近寄って行った。

荒れては居るが、ここは横佩墻内《よこはきかきつ》だ。

そう言って、暫らく息を詰めるようにして、石垣の荒い面を見入って居た。

そうに御座ります。此石城《このしき》からしてついた名の、横佩墻内だと申しますとかで、せめて一ところだけは、と強いてとり毀《こぼ》たないとか申します。何分、帥《そつ》の殿のお都入りまでは、何としても、此儘《このまま》で置くので御座りましょう。さように、人が申し聞けました。

はい。

何時の間にか、右京三条三坊まで来てしまっていたのである。

おれは、こんな処へ来ようと言う考えはなかったのに――。だが、やっぱり、おれにはまだまだ、若い色好みの心が、失せないで居るぞ。何だか、自分で自分をなだめる様な、反省らしいものが出て来た。

其にしても、静か過ぎるではないか。

さようで。で御座りますが、郎女のお行方《ゆくえ》も知れ、乳母《おも》どもも其方《そちら》へ行ったとか、今も、人が申しましたから、落ちついたので御座りましょう。

詮索ずきそうな顔をした若い方が、口を出す。

いえ。第一、こんな場合は、騒ぐといけません。騒ぎにつけこんで、悪い魂《たま》や、霊《もの》が、うようよとつめかけて来るもので御座ります。この御館《みたち》も、古いおところだけに、心得のある長老《おとな》の一人や、二人は、難波へも下らずに、留守に居るので御座りましょう。

もうよいよい。では戻ろう。

十

おとめの閨戸《ねやど》をおとなう風《ふう》は、何も、珍しげのない国中の為来《しきた》りであった。だが其《それ》にも、曾《かつ》てはそうした風の、一切行われて居なかったことを、主張する村々があった。何時《いつ》のほどにか、そうした村が、他村の、別々に守って来た風習と、その古い為来りとをふり替えることになったのだ、と言う。かき上る段になれば、何の雑作《ぞうさ》もない石城《しき》だけれど、あれを大昔からとり廻して居た村と、そうでない村とがあった。こんな風に、しかつめらしい説明をする宿老《とね》たちが、どうかすると居た。多分やはり、語部《かたりべ》などの昔語りから、来た話なのであろう。踏み越えても這入《はい》れ相《そう》に見える石垣だが、大昔交《かわ》された誓いで、目に見えぬ鬼神《もの》から、人間に到るまで、あれが形だけでもある限り、入りこまぬ事になっている。こんな約束が、人と鬼神《もの》との間にあって後、村々の人は、石城《しき》の中に、ゆったりと棲《す》むことが出来る様になった。そうでない村々では、何者でも、垣を躍《おど》り越えて這入って来る。其は、別の何かの為方《しかた》で、防ぐ外はなかった。祭りの夜でなくても、村なかの男は何の憚《はばか》りなく、垣を踏み越えて処女の蔀戸《しとみど》をほとほとと叩く。石城《しき》を囲《かこ》うた村には、そんなことは、一切なかった。だから、美《くわ》し女《め》の家に、奴隷《やっこ》になって住みこんだ古《いにしえ》の貴《あて》びともあった。娘の父にこき使われて、三年五年、いつか処女に会われよう、と忍び過した、身にしむ恋物語りもあるくらいだ。石城《しき》を掘り崩すのは、何処《どこ》からでも鬼神《もの》に入りこんで来い、と呼びかけるのと同じことだ。京の年よりにもあったし、田舎の村々では、之《これ》を言い立てに、ちっとでも、石城を残して置こうと争うた人々が、多かったのである。

そう言う家々では、実例としていつもおなじ恐しい証拠を挙げた。三十年も昔、――天平八年厳命が降《くだ》って、何事も命令のはかばかしく行われぬのは、朝臣《ちょうしん》が先《さきだ》って行わぬからである。汝等《みましたち》進んで、石城を毀って、新京の時世装に叶うた家作りに改めよ、と仰せ下された。藤氏四流の如き、今に旧態を易《か》えざるは、最《もっとも》其位《その》に在るを顧みざるものぞ、とお咎《とが》めであった。此時《このとき》一度、凡《およそ》、石城はとり毀たれたのである。ところが、其と時を同じくして、疱瘡《もがさ》がはやり出した。越えて翌年、益々盛んになって、四月北家を手初めに、京家・南家と、主人から、まず此時疫《じえき》に亡くなって、八月にはとうとう、式家の宇《う》合《ま》卿《かい》まで仆《たお》れた。家に、防ぐ筈《はず》の石城が失せたからだと、天下中の人が騒いだ。其でまた、とり壊した家も、ぼつぼつ旧《もと》に戻したりしたことであった。

こんなすさまじい事も、あって過ぎた夢だ。けれどもまだ、まざまざと人の心に焼きついて離れぬ、現《うつつ》の恐しさであった。

其は其として、昔から家の娘を守った邑々《むらむら》も、段々えたいの知れぬ村の風に感染《かま》けて、忍び夫《づま》の手に任せ傍題《ほうだい》にしようとしている。そうした求婚《つまどい》の風を伝えなかった氏々の間では、此《これ》は、忍び難い流行であった。其でも男たちは、のどかな風俗を喜んで、何とも思わぬようになった。が、家庭の中では、母・妻・乳母《おも》たちが、いまだにいきり立って、そうした風儀になって行く世間を、呪いやめなかった。

手近いところで言うても、大伴宿禰《すくね》にせよ。藤原朝臣にせよ。そう謂う妻どいの式はなくて、数十代宮廷をめぐって、仕えて来た邑々のあるじの家筋であった。

でも何時か、そうした氏々の間にも、妻迎えの式には、
八千矛《やちほこ》の神のみことは、とほぐ〳〵し　高志《こし》の国に、美《くは》し女《め》をありと聞かして、賢《さか》し女《め》をありと聞《きこ》して……

から謡《うた》い起す神語歌《かみがたりうた》を、語部に歌わせる風が、次第にひろまって来るのを、防ぎとめることが出来なくなって居た。

南家の郎女《いらつめ》にも、そう言う妻覓《つまま》ぎ人が――いや人群《ひとむれ》が、とりまいて居た。唯《ただ》、あの型ばかり取り残された石城《しき》の為に、何だか屋敷へ入ることが、物忌み―たぶう―を犯すような危殆《ひあい》な心持ちで、誰も彼も、柵まで、又、門まで来ては、かいまみしてひき還すより上の勇気が、出ぬのであった。

通《かよ》わせ文《ぶみ》をおこすだけが、せめてものてだてで、其さえ無事に、姫の手に届いて、見られていると言う、自信の持てる人は、一人としてなかった。事実、大抵、女部屋の老女《とじ》たちが、引ったくって渡させなかった。そうした文のとりつぎをする若人《わこうど》―若女房―を呼びつけて、荒けなく叱って居る事も、度々見かけられた。

其方《おもと》は、この姫様こそ、藤原の氏神にお仕え遊ばす、清らかな常処女《とこおとめ》と申すのだ、と言うことを知らぬのかえ。神の咎《とが》めを憚《はばか》るがええ。宮から恐れ多いお召しがあってす

ら、ふつにおいらえを申しあげぬのも、それ故だとは考えつかぬげな。やくたい者。とっとと失せたがよい。そんな文とりついだ手を、率川《いざ》の一の瀬で浄めて来くさろう。罰《ばち》知らずが……。

こんな風に、わなりつけられた者は、併《しか》し、二人や三人ではなかった。横佩家の女部屋に住んだり、通うたりしている若人は、一人残らず一度は、経験したことだと謂っても、うそではなかった。

だが、郎女は、ついに一度そんな事のあった様子も、知らされずに来た。

上つ方の郎女《いらつめ》が、才《ざえ》をお習い遊ばすと言うことがおざりましょうか。それは近代《ちかつよ》、ずっと下《しも》ざまのおなごの致しはじめたことと承ります。父君がどう仰ろうとも、父御《てご》様のおしつけは御一代。お家の習しは、神さまの御意趣《おむね》、とお思いつかわされませ。

氏の掟の前には、氏上《うじのかみ》たる人の考えをすら、否みとおす事もある姥たちであった。其《その》老女たちすら、郎女の天稟《てんぴん》には、舌を捲《ま》きはじめて居た。

もう、自身たちの教えることも無《の》うなった。

こう思い出したのは、数年も前からである。内に居る、身狭乳母《むさのちおも》・桃花鳥野乳母《つきぬのまま》・波田《はたの》坂上刀自《さかのえのとじ》、皆故知らぬ喜びの不安から、歎息し続けていた。時々伺いに出る中臣志斐《なかとみのしいの》嫗《おむな》・三上水凝刀自女《みかみのみずごりのとじめ》なども、来る毎《ごと》、目を見合せて、ほうっとした顔をする。どうしよう、と相談するような人たちではない。皆無言で、自分等の力の及ばぬ所まで来た、姫の魂の成長にあきれて、目をみはるばかりなのだ。

才《ざえ》を習うなと言うなら、まだ聞きも知らぬこと、教えて賜《たも》れ。

素直な郎女の求めも、姥たちにとっては、骨を刺しとおされるような痛さであった。

何を仰せられまする。以前から、何一つお教えなど申したことがおざりましょうか。目下《めした》の者が、目上のお方さまに、お教え申すと言うような考えは、神様がお聞き届けになりません。教える者は目上、ならう者は目下、と此が、神の代からの掟でおざりまする。

志斐嫗《しいのおむな》の負け色を救う為に、身狭乳母《むさのちおも》も口を挿《はさ》む。

唯知った事を申し上げるだけ。其を聞きながら、御心がお育ち遊ばす。そう思うて、姥たちも、覚えただけの事は、郎女様のみ魂《たま》を揺《いぶ》る様にして、歌いもし、語りもして参りました。教えたなど仰っては、私めらが、罰《ばち》を蒙《こうむ》らねばなりません。

こんな事をくり返して居る間に、刀自たちにも、自分らの恃《たの》む知識に対する、単純な自覚が出て来た。此は一層、郎女の望むままに、才《ざえ》を習《ならわ》した方が、よいのではないか、と言う気が、段々して来たのである。

まことに其為《そのため》には、ゆくりない事が、幾重にも重り起っていた。姫の帳台の後から、遠くに居る父の心尽しだったと見えて、二巻の女手《おんなで》の写経らしい物が出て来た。姫にとっては、肉縁はないが、曾祖母《ひおおば》にも当る橘夫人の法華経、又其御胎《そのおはら》にいらせられる――筋から申せば、大叔母御《ご》にお当り遊ばす、今の皇太后様の楽毅論《がっきろん》。此《この》二つの巻物が、美しい装いで、棚を架《か》いた上に載せてあった。

横佩大納言と謂われた頃から、父は此二部を、自分の魂のように大事にして居た。ちょっと出る旅にも、大きやかな箱に納めて、一人分の資人《とねり》の荷として、持たせて行ったものである。其《その》魂の書物を、姫の守りに留めておきながら、誰にも言わずにいたのである。さすがに我強《がづよ》い刀自たちも、此見覚えのある、美しい箱が出て来た時には、暫らく撲《う》たれたように、顔を見合せて居た。そうして後《のち》、後《あと》で恥しかろうことも忘れて、皆声をあげて泣いたものであった。

郎女は、父の心入れを聞いた。姥たちの見る目には、併《しか》し予期したような興奮は、認められなかった。唯一途《ただいちず》に素直に、心の底の美しさが匂い出たように、静かな、美しい眼で、人々の感激する様子を、驚いたように見まわして居た。

其《それ》からは、此二つの女手《おんなで》の「本《ほん》」を、一心に習いとおした。偶然は友を誘《ひ》くものであった。一月も立たぬ中の事である。早く、此都に移って居た飛鳥寺《あすかでら》—元興寺《がんこうじ》—から巻数《かんず》が届けられた。其には、難波にある帥の殿の立願《りゅうがん》によって、仏前に読誦した経文の名目が、書き列ねてあった。其に添えて、一巻の縁起文が、此御館へ届けられたのである。父藤原豊成朝臣、亡父贈太政大臣七年の忌みに当る日に志を発《おこ》して、書き綴《つづ》った「仏本伝来記」を、其後《その》二年立って、元興寺《がんこうじ》へ納めた。飛鳥以来、藤原氏とも関係の深かった寺なり、本尊なのである。あらゆる念願と、報謝の心を籠《こ》めたもの、と言うことは察せられる。其一巻が、どう言う訣《わけ》か、二十年もたってゆくりなく、横佩家へ戻って来たのである。

郎女の手に、此巻が渡った時、姫は端近く膝行《いざ》り出て、元興寺の方を礼拝した。其後で、

難波とやらは、どちらに当るかえ。

と尋ねて、示す方角へ、活き活きした顔を向けた。其目からは、珠数の珠の水精《すいしょう》のような涙が、こぼれ出ていた。

其からと言うものは、来る日もくる日も、此元興寺の縁起文を手写した。内典・外典其《その》上《うえ》に又、大日本《おおやまと》びとなる父の書いた文《もん》。指から腕、腕から胸、胸から又心へ、沁みじみ

と深く、魂を育てる智慧《ちえ》の這入って行くのを、覚えたのである。大日本日高見《おおやまとひたかみ》の国。国々に伝わるありとある歌諺《うたことわざ》、又其旧辞《そのもとつごと》。第一には、中臣の氏の神語り。藤原の家の古物語り。多くの語り詞《ごと》を、絶えては考え継ぐ如く、語り進んでは途切れ勝ちに、呪々《のろのろ》しく、くねくねしく、独り語りする語部や、乳母《おも》や、嬭母《まま》たちの唱える詞が、今更めいて、寂しく胸に蘇って来る。

おお、あれだけの習しを覚える、ただ其だけで、此世に生きながらえて行かねばならぬみづからであった。

父に感謝し、次には、尊い大叔母《おおおおば》君、其から見ぬ世の曾祖母《おおおば》の尊に、何とお礼申してよいか、量り知れぬものが、心にたぐり上げて来る。だがまず、父よりも誰よりも、御礼申すべきは、み仏である。この珍貴《うず》の感覚《さとり》を授け給う、限り知られぬ愛《めぐ》みに充ちたよき人が、此世界の外に、居られたのである。郎女は、塗香《ずこう》をとり寄せて、まず髪に塗り、手に塗り、衣を薫《かお》るばかりに匂わした。

十一

ほほき　ほほきい　ほほほきい――。

きのうよりも、澄んだよい日になった。春にしては、驚くばかり濃い日光が、地上にかっきりと、木草の影を落して居た。ほかほかした日よりなのに、其《それ》を見ていると、どこか、薄ら寒く感じるほどである。時々に過ぎる雲の翳《かげ》りもなく、晴れきった空だ。高原を拓《ひら》いて、間引《まび》いた疎《まば》らな木原《こはら》の上には、もう沢山の羽虫が出て、のぼったり降《さが》ったりして居る。たった一羽の鶯《うぐいす》が、よほど前から一処《ひとところ》を移らずに、鳴き続けているのだ。

家の刀自《とじ》たちが、物語る口癖を、さっきから思い出して居た。出雲宿禰《いずものすくね》の分れの家の嬢子《おとめ》が、多くの男の言い寄るのを煩《わずら》わしがって、身をよけよけして、何時《いつ》か、山の林の中に分け入った。そうして其処《そこ》で、まどろんで居る中に、悠々《うらうら》と長い春の日も、暮れてしまった。嬢子は、家路と思う径《みち》を、あちこち歩いて見た。脚は茨《いばら》の棘《とげ》にさされ、袖は、木の楚《ずわえ》にひき裂かれた。そうしてとうとう、里らしい家群《むら》の見える小高い岡の上に出た時は、裳《も》も、著物《きもの》も、肌の出るほど、ちぎれて居た。空には、夕月が光りを増して来ている。嬢子はさくり上げて来る感情を、声に出した。

ほほき　ほほきい。

何時も、悲しい時に泣きあげて居た、あの声ではなかった。「おお此身《このみ》は」と思った時に、自分の顔に触れた袖は、袖ではないものであった。枯れ原《ふ》の冬草の、山肌色をした小《ちいさ》な翼であった。思いがけない声を、尚も出し続けようとする口を、押えようとすると、自身すらいとおしんで居た柔らかな唇は、どこかへ行ってしまって、替りに、ささやかな管のような喙《くちばし》が来てついて居る――。悲しいのか、せつないのか、何の考えさえもつかなかった。唯《ただ》、身悶えをした。するとふわりと、からだは宙に浮き上った。留めようと、袖をふれば振るほど、身は次第に、高く翔《かけ》り昇って行く。五日月の照る空まで……。その後《ご》、今の世までも、

ほほき　ほほきい　ほほほきい。

と鳴いているのだ、と幼い耳に染《し》みつけられた、物語りの出雲の嬢子が、そのまま、自分であるような気がして来る。

郎女は、徐《しず》かに両袖《もろそで》を、胸のあたりに重ねて見た。家に居た時よりは、萎《な》れ、皺立《しわだ》っているが、小鳥の羽《はね》には、なって居なかった。手をあげて唇に触れて見ると、喙でもなか

った。やっぱり、ほっとりとした感触を、指の腹に覚えた。

ほほき鳥《どり》―鶯―になって居た方がよかった。昔語《むかしがた》りの嬢子は、男を避けて、山の楚原《しもとはら》へ入り込んだ。そうして、飛ぶ鳥になった。この身は、何とも知れぬ人の俤《おもかげ》にあくがれ出て、鳥にもならずに、ここにこうして居る。せめて蝶飛虫《ちょうとり》にでもなれば、ひらひらと空に舞いのぼって、あの山の頂へ、俤びとをつきとめに行こうもの――。

ほほき　ほほきい。

自身の咽喉から出た声だ、と思った。だがやはり、廬《いおり》の外で鳴くのであった。郎女の心に動き初めた叡《さと》い光りは、消えなかった。今まで手習いした書巻の何処かに、どうやら、法喜と言う字のあった気がする。法喜――飛ぶ鳥すらも、美しいみ仏の詞に、感《かま》けて鳴くのではなかろうか。そう思えば、この鶯も、

ほほき　ほほきい。

嬉しそうな高音《たかね》を、段々張って来る。

物語りする刀自たちの話でなく、若人《わこうど》らの言うことは、時たま、世の中の瑞々《みずみず》しい消息《しょうそこ》を伝えて来た。奈良の家の女部屋《おんなべや》は、裏方五つ間《ま》を通した、広いものであった。郎女の帳台の立ち処《ど》を一番奥にして、四つの間に、刀自・若人、凡《およそ》三十人も居た。若人等は、

この頃、氏々の御館《みたち》ですることだと言って、苑の池の蓮の茎を切って来ては、藕糸《はすいと》を引く工夫に、一心になって居た。横佩家の池の面を埋めるほど、珠を捲《ま》いたり、解けたりした蓮の葉は、まばらになって、水の反射が蔀《しとみ》を越して、女部屋まで来るばかりになった。茎を折っては、繊維《せんい》を引き出し、其片糸《そのかたいと》を幾筋も合せては、糸に縒《よ》る。郎女は、女たちの凝《こ》っている手芸を、じっと見て居る日もあった。ほうほうと切れてしまう藕糸《はすいと》を、八合《こ》・十二合《こ》・二十合《はたこ》に縒《よ》って、根気よく、細い綱の様にする。其を績《う》み麻《お》の麻《お》ごけに繫ぎためて行く。奈良の御館《みたち》でも、蚕《かうこ》は飼って居た。実際、刀自たちは、夏は殊《こと》にせわしく、そのせいで、不機嫌《ふきげん》になって居る日が多かった。刀自たちは、初めは、そんな韓《から》の技人《てびと》のするような事は、と目もくれなかった。だが時が立つと、段々興味を惹《ひ》かれる様子が見えて来た。

こりゃ、おもしろい。絹の糸と、績《う》み麻《お》との間を行く様な妙な糸の——。此《これ》で、切れさえしなければのう。

こうして績《つむ》ぎ蓄《た》めた藕糸は、皆一纏《ひとまと》めにして、寺々に納めようと、言うのである。寺には、其々《それぞれ》の技女《ぎじょ》が居て、其糸《そのいと》で、唐土様《もろこしよう》と言うよりも、天竺風な織物に織りあげる、と言う評判であった。女たちは、唯功徳《くどく》の為に糸を績《つむ》いでいる。其《それ》でも、其が幾かせ、幾たまと言う風に貯って来ると、言い知れぬ愛著《あいちゃく》を覚えて居た。だが、其がほんとは、どんな織物になることやら、其処《そこ》までは想像も出来なかった。

若人たちは茎を折っては、巧みに糸を引き切らぬように、長く長くと抽《ひ》き出す。又其《またその》、粘り気の少いさくいものを、まるで絹糸を縒り合せるように、手際よく糸にする間も、ちっとでも口やめる事なく、うき世語りなどをして居た。此は勿論《もちろん》、貴族の家庭では、出来ぬ掟になって居た。なっては居ても、物珍《ものめ》でする盛りの若人たちには、口を塞《ふさ》いで緘黙《しじま》行を守ることは、死ぬよりもつらい行《ぎょう》であった。刀自らの油断を見ては、ぼつぼつ話をしている。其《その》きれぎれが、聞こうとも思わぬ郎女の耳にも、ぼつぼつ這入って来勝《き》ちなのであった。

鶯の鳴く声は、あれで、法華経《ほけきょう》法華経と言うのじゃて――。

ほほ、どうして、え――。

天竺のみ仏は、おなごは、助からぬものじゃ、と説かれ説かれして来たがえ、其果《その》てに、女《おなご》でも救う道が開かれた。其《それ》を説いたのが、法華経じゃと言うげな。

――こんなこと、おなごの身で言うと、さかしがりよと思おうけれど、でも、世間では、そう言うもの――。

じゃで、法華経法華経と経の名を唱えるだけで、この世からして、あの世界の苦しみが、助かるといの。

ほんまにその、天竺のおなごが、あの鳥に化《な》り変って、み経の名を呼ばわるのかえ。

郎女には、いつか小耳に挿《はさ》んだ其《その》話が、その後、何時までも消えて行かなかった。その頃ちょうど、称讃浄土仏摂受経《しょうさんじょうどぶっしょうじゅぎょう》を、千部写そうとの願を発《おこ》して居た時であった。其《それ》が、はかどらぬ。何時までも進まぬ。茫《ぼう》とした耳に、此世話《このよばなし》が再《ふたたび》また、紛《まぎ》れ入って来たのであった。

ふっと、こんな気がした。

ほほき鳥は、先の世で、御経《おんきょう》手写の願を立てながら、え果《はた》さいで、死にでもした、いとしい女子がなったのではなかろうか。……そう思えば、若《も》しや今、千部に満たずにしまうようなことがあったら、我が魂《たま》は何になることやら。やっぱり、鳥か、虫にでも生れて、切《せつ》なく鳴き続けることであろう。

ついに一度、ものを考えた事もないのが、此国のあて人の娘であった。磨かれぬ智慧《ちえ》を抱いたまま、何も知らず思わずに、過ぎて行った幾百年、幾万の貴い女性《にょしょう》の間に、蓮《はちす》の花がぽっちりと、蕾《つぼみ》を擡《もた》げたように、物を考えることを知り初《そ》めた郎女であった。

おれよ。鶯よ。あな姦《かま》や。人に、物思いをつけくさる。

荒々しい声と一しょに、立って、表戸と直角《かね》になった草壁の蔀戸《しとみど》をつきあげたのは、当麻語部《たぎまのかたり》の嫗《おむな》である。北側に当るらしい其外側は、牕《まど》を圧するばかり、篠竹が繁って居た。沢山の葉《は》筋《すじ》が、日をすかして一時にきらきらと、光って見えた。郎女は、暫らく幾本とも知れぬその光りの筋の、閃《ひらめ》き過ぎた色を、瞼《まぶた》の裏に、見つめて居た。おとといの日の入り方、山の端に見た輝きが、思わずには居られなかったからである。

また一時《いっとき》、廬堂《いおりどう》を廻って、音するものもなかった。日は段々闌《た》けて、小昼《こびる》の温《ぬく》みが、ほの暗い郎女の居処にも、ほっとりと感じられて来た。寺の奴《やっこ》が、三四人先に立って、僧綱が五六人、其に、大勢の所化たちのとり捲《ま》いた一群れが、廬へ来た。

これが、古《ふる》山田寺だ、と申します。

勿体《もったい》ぶった、しわがれ声が聞えて来た。

そんな事は、どうでも——。まず、郎女《いらつめ》さまを——。

嚙《か》みつくようにあせって居る家長老額田部子古《いえおとなぬかたべのこふる》のがゝゝなり声がした。

同時に、表戸は引き剝《は》がされ、其に隣《とな》った、幾つかの竪薦《たつごも》をひきちぎる音がした。ずうと這い寄って来た身《む》狭《さのち》乳母《おも》は、郎女の前に居たけを聳《そびや》かして、掩《おお》いになった。外光の直射を防ぐ為と、一つは、男たちの前、殊には、庶民の目に、貴人《あてびと》の姿を暴《さら》すまい、とするのであろう。伴《とも》に立って来た家人《けにん》の一人が、大きな木の叉枝《またぶり》をへし折って来た。そうして、旅用意の巻帛《まきぎぬ》を、幾垂れか、其場《そのば》で之《これ》に結び下げた。其《それ》を牀《ゆか》につきさして、即座の竪帷《たつばり》―几帳《きちょう》―は調った。乳母《おも》は、其前に座を占めたまま、何時までも動かなかった。

十二

怒りの滝のようになった額田部子古は、奈良に還って、公に訴えると言い出した。大和《やまとの》国《くに》にも断って、寺の奴ばらを追い放って貰《もら》うとまで、いきまいた。大師《たいし》を頭《かしら》に、横佩家に深い筋合いのある貴族たちの名をあげて、其方々《そのかたがた》からも、何分の御吟味を願わずには置かぬ、と凄い顔をして、住侶たちを脅かした。

郎女は、貴族の姫で入らせられようが、寺の浄域を穢《けが》し、結界まで破られたからは、直にお還りになるようには計われぬ。寺の四至の境に在る所で、長期の物忌みして、その贖《あがな》いはして貰わねばならぬ、と寺方も、言い分はひっこめなかった。理分にも非分にも、これまで、南家の権勢でつき通して来た家長老等《おとな》にも、寺方の扱いと言うものの、世間どおりにはいかぬ事が訣《わか》って居た。乳母《おも》に相談かけても、一代そう言う世事に与《あずか》った事のない此人《このひと》は、そんな問題には、詮《かい》ない唯の女性《にょしょう》に過ぎなかった。

先刻《さっき》からまだ立ち去らずに居た当麻語部の嫗《おむな》が、口を出した。

其は、寺方が、理分でおざるがや。お随《したが》いなされねばならぬ。

其を聞くと、身狭乳母は、激しく、田舎語部《いなかかたりべ》の老女を叱りつけた。男たちに言いつけて、畳にしがみつき、柱にかき縋《すが》る古婆《ふるばば》を攫《つか》み出させた。そうした威高さは、さすがに自《おのずか》ら備っていた。

何事も、この身などの考えではきめられぬ。帥《そつ》の殿《との》に承ろうにも、国遠し。まず姑《しば》し、郎女様のお心による外はないもの、と思いまする。

其より外には、方《ほう》もつかなかった。奈良の御館の人々と言っても、多くは、此人たちの意見を聴いてする人々である。よい思案を、考えつきそうなものも居ない。難波へは、直様《すぐさま》、使いを立てることにして、とにもかくにも、当座は、姫の考えに任せよう、と言うことになった。

郎女様。如何《いかが》お考え遊ばしまする。おして、奈良へ還れぬでも御座りませぬ。尤《もっとも》、寺方でも、候人《さぶらいびと》や、奴隷《やっこ》の人数を揃えて、妨げましょう。併《しか》し、御館《みたち》のお勢いには、何程の事でも御座りませぬ。では御座りまするが、お前さまのお考えを承らずには、何とも計いかねまする。御思案お洩し遊ばされ。

謂わば、難題である。あて人の娘御に、出来よう筈《はず》のない返答である。乳母《おも》も、子古《こふる》も、凡《およそ》は無駄な伺いだ、と思っては居た。ところが、郎女の答えは、木魂返《こだまがえ》しの様に、躊躇《ためら》うことなしにあった。其上《そのうえ》、此《これ》ほどはっきりとした答えはない、と思われる位、凛《りん》としていた。其《それ》が、すべての者の不満を圧倒した。

姫の咎《とが》は、姫が贖《あがな》う。此《この》寺、此二上山の下に居て、身の償《つぐな》い、心の償いした、と姫が得心するまでは、還るものとは思《おも》やるな。

郎女の声・詞を聞かぬ日はない身狭《むさ》乳母《おも》ではあった。だがついしか此《これ》ほどに、頭の髄《ずい》まで沁み入るような、さえざえとした語を聞いたことのない、乳母《ちおも》だった。

寺方の言い分に譲るなど言う問題は、小《ちい》さい事であった。此爽やかな育ての君の判断力と、惑いなき詞に感じてしまった。ただ、涙。こうまで賢《さか》しい魂を窺《うかが》い得て、頰に伝うものを拭うことも出来なかった。子古にも、郎女の詞を伝達した。そうして、自分のまだ曾《かっ》て覚えたことのない感激を、力深くつけ添えて聞かした。

ともあれ此上《このうえ》は、難波津へ。

難波へと言った自分の語に、気づけられたように、子古は思い出した。今日か明日、新羅《しらぎ》問罪の為、筑前へ下る官使の一行があった。難波に留っている帥の殿も、次第によっては、再《ふたたび》太宰府へ出向かれることになっているかも知れぬ。手遅れしては一大事である。此足ですぐ、北へ廻って、大阪越えから河内へ出て、難波まで、馬の叶う処は馬で走ろう、と決心した。

万法蔵院に、唯一つ飼って居た馬の借用を申し入れると、此《これ》は快く聴き入れてくれた。今日の日暮れまでには、立ち還りに、難波へ行って来る、と歯のすいた口に叫びながら、郎女の竪帷《たつばり》に向けて、庭から匍伏《ほふく》した。

子古の発った後は、又のどかな春の日に戻った。悠々《うらうら》と照り暮す山々を見せましょう、と乳母が言い出した。木立ち・山陰から盗み見する者のないように、家人《けにん》らを、一町・

二町先まで見張りに出して、郎女を、外に誘い出した。暴風雨《あらし》の夜、添下《そうのしも》・広瀬・葛城の野山を、かちあるきした娘御ではなかった。乳母と今一人、若人の肩に手を置きながら、歩み出た。

日の光りは、霞《かす》みもせず、陽炎《かげろう》も立たず、唯おどんで見えた。昨日眺めた野も、斜になった日を受けて、物の影が細長く靡《なび》いて居た。青垣の様にとりまく山々も、愈々《いよいよ》遠く裾を曳いて見えた。

早い菫《すみれ》―げんげ―が、もうちらほら咲いている。遠く見ると、その赤々とした紫が一続きに見えて、夕焼け雲がおりて居るように思われる。足もとに一本、おなじ花の咲いているのを見つけた郎女は、膝を叢《くさむら》について、じっと眺め入った。

これはえ――。

すみれ、と申すとのことで御座ります。

こう言う風に、物を知らせるのが、あて人に仕える人たちの、為来《しきた》りになって居た。

蓮《はちす》の花に似ていながら、もっと細《こま》やかな、――絵にある仏の花を見るような――。

ひとり言しながら、じっと見ているうちに、花は、広い蕚《うてな》の上に乗った仏の前の大きな花になって来る。其がまた、ふっと、目の前のささやかな花に戻る。

夕風が冷《ひや》ついて参ります。内へと遊ばされ。

乳母が言った。見渡す山は、皆影濃くあざやかに見えて来た。近々と、谷を隔てて、端山の林や、崖《なぎ》の幾重も重った上に、二上《ふたかみ》の男嶽《おのかみ》の頂が、赤い日に染って立っている。

今日は、又あまりに静かな夕《ゆうべ》である。山ものどかに、夕雲の中に這入って行こうとしている。

もうしもうし。もう外に居る時では御座りません。

十三

「朝日よく」うるわしい兆《しるし》を見た昨日は、郎女にとって、知らぬ経験を、後から後から展《ひら》いて行ったことであった。ただ人《びと》の考えから言えば、苦しい現実のひき続きではあったのだが、姫にとっては、心驚く事ばかりであった。一つ一つ変った事に逢う度《たび》に、「何も知らぬ身であった」と姫の心の底の声が揚《あが》った。そうして、その事毎《ことごと》に、挨拶《あいさつ》をしてはやり過したい気が、一ぱいであった。今日も其《その》続きを、くわしく見た。なごり惜しく過ぎ行く現《うつ》し世《よ》のさまざま。郎女は、今日を閉じて、心に一つ一つ収めこもうとして居る。ほのかに通り行き、将著《はた》しくはためき過ぎたもの——。宵闇《よいやみ》の深くならぬ先に、廬《いおり》のまわりは、すっかり手入れがせられて居た。燈台も大きなのを、寺から借りて来て、煌々《こうこう》と、油火《あぶらび》が燃えて居る。明王像も、女人のお出での場処には、すさまじいと言う者があって、どこかへ搬《はこ》んで行かれた。其《それ》よりも、郎女の為には、帳台の設備《しつら》われている安らかさ。今宵は、夜も、暖かであった。帷帳《とばり》を周《めぐ》らした中は、ほの暗かった。其でも、山の鬼神《もの》、野の魍魎《もの》を避ける為の燈の渦が、ぼうと梁《はり》に張り渡した頂板《つしいた》に揺《ゆら》めいて居るのが、たのもしい気を深めた。帳台のまわりには、乳母《おも》や、若人が寝たらしい。其ももう、一時《ひととき》も前の事で、皆すやすやと寝息の音を立てて居る。姫の心は、今は軽かった。

たとえば、俤《おもかげ》に見たお人には逢わずとも、その俤を見た山の麓《ふもと》に来て、こう安らかに身を横《よこ》たえて居る。

燈台の明りは、郎女の額の上に、高く朧《おぼ》ろに見える光りの輪を作って居た。月のように円《まる》くて、幾つも上へ上へと、月輪《がちりん》の重っている如くも見えた。其が、隙間風の為であろう。時々薄れて行くと、一つの月になった。ぽうっと明り立つと、幾重にも隈の畳まった、大きな円《まど》かな光明になる。

幸福に充ちて、忘れて居た姫の耳に、今宵も谷の響きが聞え出した。更けた夜空には、今頃やっと、遅い月が出たことであろう。

物の音。――つた　つたと来て、ふうと佇《た》ち止るけはい。耳をすますと、元の寂《しず》かな夜に、――激《たぎ》ち降《くだ》る谷のとよみ。

つた　つた　つた。

又、ひたと止《や》む。

この狭い廬の中を、何時《いつ》まで歩く、跫音《あしおと》だろう。

つた。

郎女は刹那《せつな》、思い出して帳台の中で、身を固くした。次にわじわじと戦《おのの》きが出て来た。

天若御子《あめわかみこ》――。

ようべ、当麻語部嫗《たぎまのかたりのおむな》の聞《きか》した物語り。ああ其《その》お方の、来て窺《うかが》う夜なのか。

――青馬の　耳面刀自《みみものとじ》。

刀自もがも。女弟《おと》もがも。

その子の　はらからの子の
処女子《おとめご》の　一人
一人だに　わが配偶《つま》に来よ

まことに畏《おそろ》しいと言うことを覚えぬ郎女にしては、初めてまざまざと、圧えられるような畏《こわ》さを知った。ああああの歌が、胸に生き蘇《いかえ》って来る。忘れたい歌の文句が、はっきりと意味を持って、姫の唱えぬ口の詞から、胸にとおって響く。乳房から迸り出ようとするときめき。

帷帳《とばり》がふわと、風を含んだ様に皺《しわ》だむ。

ついいと、凍る様な冷気――。

郎女は目を瞑《つむ》った。だが――瞬間睫《まつげ》の間から映《うつ》った細い白い指、まるで骨のような――帷帳《とばり》を摑《つか》んだ片手の白く光る指。

なも　阿弥陀ほとけ。あなとうと　阿弥陀ほとけ。

何の反省もなく、唇を洩れた詞。この時、姫の心は、急に寛《くつろ》ぎを感じた。さっと――汗。全身に流れる冷《つめた》さを覚えた。畏《こわ》い感情を持ったことのないあて人の姫は、直《すぐ》に動顚《どうてん》した心を、とり直すことが出来た。

のうのう。あみだほとけ……。

今一度口に出して見た。おとといまで、手写しとおした、称讃浄土経《しょうさんじょうどきょう》の文《もん》が胸に浮ぶ。郎女は、昨日までは一度も、寺道場を覗《のぞ》いたこともなかった。父君は家の内に道場を構えて居たが、簾越《すだれ》しにも聴聞《ちょうもん》は許されなかった。御経《おんきょう》の文《もん》は手写しても、固《もと》より意趣は、よく訣《わか》らなかった。だが、処々には、かつがつ気持ちの汲みとれる所があったのであろう。さすがに、まさかこんな時、突嗟《とっさ》に口に上ろう、とは思うて居なかった。

白い骨、譬《たと》えば白玉の並んだ骨の指、其が何時までも目に残って居た。帷帳《とばり》は、元のままに垂れて居る。だが、白玉の指ばかりは細々と、其に絡《から》んでいるような気がする。

悲しさとも、懐しみとも知れぬ心に、深く、郎女は沈んで行った。山の端に立った俤びとは、白々《しろじろ》とした掌をあげて、姫をさし招いたと覚えた。だが今、近々と見る其手《そのて》は、海の渚《なぎさ》の白玉のように、からびて寂しく、目にうつる。

長い渚を歩いて行く。郎女の髪は、左から右から吹く風に、あちらへ靡《なび》き、こちらへ乱れする。浪はただ、足もとに寄せている。渚と思うたのは、海の中道《なかみち》である。浪は、両方から打って来る。どこまでもどこまでも、海の道は続く。郎女の足は、砂を踏んでいる。その砂すらも、段々水に掩《おお》われて来る。砂を踏む。踏むと思うて居る中に、ふと其が、白々とした照る玉だ、と気がつく。姫は身を屈《こご》めて、白玉を拾う。拾うても拾うても、玉は皆、掌《たなそこ》に置くと、粉の如く砕けて、吹きつける風に散る。其でも、玉を拾い続ける。玉は水隠《みがく》れて、見えぬ様になって行く。姫は悲しさに、もろ手を以《もっ》て掬《すく》おうとする。掬《むす》んでも掬んでも、水のように、手股《たなまた》から流れ去る白玉――。玉が再《ふたたび》、砂の上につぶつぶ並んで見える。忙《あわただ》しく拾おうとする姫の俯《うつむ》いた背を越して、流れる浪が、泡立ってとおる。

姫は――やっと、白玉を取りあげた。輝く、大きな玉。そう思うた刹那《せつな》、郎女の身は、大浪にうち仆《たお》される。浪に漂う身……衣もなく、裳《も》もない。抱き持った等身の白玉と一つに、水の上に照り輝く現《うつ》し身。

ずんずんと、さがって行く。水底《みなぞこ》に水漬《みづ》く白玉なる郎女の身は、やがて又、一幹《ひともと》の白い珊瑚《さんご》の樹《き》である。脚を根、手を枝とした水底の木。頭に生い靡くのは、玉藻《たまも》であった。玉藻が、深海のうねりのままに、揺れて居る。やがて、水底にさし入る月の光り――。

ほっと息をついた。

まるで、潜《かず》きする海女《あま》が二十尋《はたひろ》・三十尋《みそひろ》の水底から浮び上って嘯《うそぶ》く様に、深い息の音で、自身明らかに目が覚めた。

ああ夢だった。当麻まで来た夜道の記憶は、まざまざと残って居るが、こんな苦しさは覚えなかった。だがやっぱり、おとといの道の続きを辿って居るらしい気がする。

水の面からさし入る月の光り、そう思うた時は、ずんずん海面に浮き出て来た。そうして悉《ことごと》く、跡形もない夢だった。唯、姫の仰ぎ寝る頂板《つしいた》に、ああ、水にさし入った月。そこに以前のままに、幾つも暈《かさ》の畳まった月輪の形が、揺《ゆら》めいて居る。

　のうのう　阿弥陀ほとけ……。

再《ふたたび》、口に出た。光りの暈は、今は愈々《いよいよ》明りを増して、輪と輪との境の隈々《くまぐま》しい処までも見え出した。黒ずんだり、薄暗く見えたりした隈が、次第に凝《こ》り初めて、明るい光明の中に、胸・肩・頭・髪、はっきりと形を現《げん》じた。白々と袒《ぬ》いだ美しい肌。浄く伏せたまみが、郎女の寝姿を見おろして居る。

かの日《ひ》の夕《ゆうべ》、山の端《は》に見た俤びと――。乳のあたりと、膝元とにある手――その指《および》、白玉の指《および》。

姫は、起き直った。天井の光りの輪が、元のままに、ただ仄《ほの》かに、事もなく揺れて居た。

十四

貴人《うまびと》はうま人どち、やつこは奴隷《やっこ》どち、と言うからの——。

何時《いつ》見ても、大師《たいし》は、微塵《みじん》曇りのない、円《まど》かな相好《そうごう》である。其《それ》に、ふるまいのおおどかなこと。若くから氏上《うじのかみ》で、数十家《け》の一族や、日本国中数万の氏人《うじびと》から立てられて来た家《や》持《もち》も、じっと対《むこ》うていると、その静かな威に、圧せられるような気がして来る。

言わしておくがよい。奴隷《やっこ》たちは、とやかくと口さがないのが、其為《そのし》事《ごと》よ。此身《このみ》とお身とは、おなじ貴人《うまびと》じゃ。おのずから、話も合おうと言うもの。此身が、段々なり上《のぼ》ると、うま人までがおのずとやつこ心になり居って、いや嫉《ねた》むの、そねむの。

家持は、此《これ》が多聞天か、と心に問いかけて居た。だがどうも、そうは思われぬ。同じ、かたどって作るなら、とつい聯想《れんそう》が逸《そ》れて行く。八年前、越中国《えっちゅうのくに》から帰った当座の、世の中の豊かな騒ぎが、思い出された。あれからすぐ、大仏開眼《かいげん》供養が行われたのであった。其時、近々と仰ぎ奉った尊容、八十種好《はちじゅうしゅごう》具足した、と謂われる其相好が、誰やらに似ている、と感じた。其《それ》がその時は、どうしても思い浮ばずにしまった。その時の印象が、今ぴったり、的にあてはまって来たのである。

こうして対いあって居る主人の顔なり、姿なりが、其《その》ままあの盧遮那《るさな》ほとけの俤《おもかげ》だ、と言って、誰が否もう。

お身も、少し咄《はな》したら、ええではないか。官位《こうぶり》はこうぶり。昔ながらの氏は氏――。なあ、そう思わぬか。紫微中台《しびちゅうだい》の、兵部省のと、位づけるのは、うき世の事だわ。家《うち》に居る時だけは、やはり神代《かみよ》以来《いらい》の氏上《うじのかみ》づきあいが、ええ。

新しい唐の制度の模倣ばかりして、漢土《もろこし》の才《ざえ》が、やまと心に入り替ったと謂われて居る此人が、こんな嬉しいことを言う。家持は、感謝したい気がした。理会《りかい》者・同感者を、思いもうけぬ処に見つけ出した嬉しさだったのである。

お身は、宋玉《そうぎょく》や、王褒《おうほう》の書いた物を大分持って居ると言うが、太宰府へ行った時に、手に入れたのじゃな。あんな若い年で、わせだったのだのう。お身は――。お身の氏では、古麻呂《こまろ》。身の家に近しい者でも奈良麻呂。あれらは漢魏《かんぎ》はおろか、今の唐の小説なども、ふり向きもせんから、言うがいない話じゃわ。

兵部大輔は、やっと話のつきほを捉えた。

お身さまのお話じゃが、わしは、賦《ふ》の類には飽きました。どうもあれが、この四十面《づら》さげてもまだ、涙もろい歌や、詩の出て来る元になって居る——そうつくづく思いますじゃて。ところで近頃は、方《かた》を換えて、張文成を拾い読みすることにしました。この方が、なんぼか——。

大きに、其は、身も賛成じゃ。じゃが、お身がその年になっても、まだ二十代《はたち》の若い心や、瑞々しい顔を持って居るのは、宋玉のおかげじゃぞ。まだなかなか隠れては歩き居《お》る、と人の噂じゃが、嘘じゃなかろう。身が保証する。おれなどは、張文成ばかり古くから読み過ぎて、早く精気の尽きてしもうた心持ちがする。——じゃが全く、文成はええのう。あの仁《じん》に会うて来た者の話では、豬肥《いのこご》えのした、唯の漢土《もろこし》びとじゃったげなが、心はまるで、やまとのものと、一つと思うが、お身なら、諾《うべの》うてくれるだろうの。

文成に限る事ではおざらぬが、あちらの物は、読んで居て、知らぬ事ばかり教えられるようで、時々ふっと思い返すと、こんな思わざった考えを、いつの間にか、持っている——そんな空恐しい気さえすることが、ありますて。お身さまにも、そんな経験《おぼえ》は、おありでがな。

大ありおお有り。毎日毎日、其よ。しまいに、どうなるのじゃ。こんなに智慧《ちえ》づいては、と思われてならぬことが――。じゃが、女子《おみなご》だけには、まず当分、女部屋のほの暗い中で、こんな智慧づかぬ、のどかな心で居させたいものじゃ。第一其が、われわれ男の為じゃて。

家持は、此《この》了解に富んだ貴人に向っては、何でも言ってよい、青年のような気が湧いて来た。

さようさよう。智慧を持ち初めては、あの鬱《いぶせ》い女部屋には、じっとして居ませぬげな。第一、横佩墻内《よこはきかきつ》の――

此《これ》はいけぬ、と思った。同時に、此臆《このおく》れた気の出るのが、自分を卑《ひく》くし、大伴氏を、昔の位置から自ら蹶落《けおと》す心なのだ、と感じる。

好《ええ》、好《ええ》。遠慮はやめやめ。氏上《うじのかみ》づきあいじゃもの。ほい又出た。おれはまだ、藤原の氏上に任ぜられた訣《わけ》じゃあ、なかったたっけの。

瞬間、暗い顔をしたが、直にさっと眉の間から、輝きが出て来た。

身の女姪《めい》が神隠しにおうたあの話か。お身は、あの謎見《み》たいないきさつを、そう解《と》るかね。ふん。いやおもしろい。女姪の姫も、定めて喜ぶじゃろう。実はこれまで、内々消息を遣《つかわ》して、小あたりにあたって見た、と言う口かね、お身も。

大きに。

今度は軽い心持ちが、大胆に押勝の話を受けとめた。

お身さまが経験《ためし》ずみじゃで、其で、郎女の才高《ざえだか》さと、男択《えら》びすることが訣《わか》りますな――。

此は――。額《ひたい》ざまに切りつけるぞ――。免《ゆる》せ免せと言うところじゃが、――あれはの、生れだちから違うものな。藤原の氏姫じゃからの。枚岡《ひらおか》の斎《いつ》き姫にあがる宿世《すくせ》を持って生れた者ゆえ、人間の男は、弾《はじ》く、弾く、弾きとばす。近よるまいぞよ。はははは。

大師は、笑いをぴたりと止めて、家持の顔を見ながら、きまじめな表情になった。

じゃがどうも――。聴き及んでのことと思うが、家出の前まで、阿弥陀経の千部写経をして居たと言うし、楽毅論から、兄の殿の書いた元興寺縁起も、其前に手習いしたらしいし、まだまだ孝経などは、これぽっちの頃に習うた、と言うし、なかなかの女《おなご》博士《はかせ》での。楚辞《そじ》や、小説にうき身をやつす身や、お身は近よれぬわのう。霜月・師走の垣毀雪女《かいこぼちおなご》じゃもの。――どうして、其だけの女子《おみなご》が、神隠しなどに逢おうかい。

第一、場処が、あの当麻で見つかったと言いますからの――。

併《しか》し其は、藤原に全く縁のない処でもない。天二上《あめのふたかみ》は、中臣寿詞《なかとみのよごと》にもあるし……。斎《いつ》き姫《ひめ》もいや、人の妻と呼ばれるのもいや――で、尼になる気を起したのでないか、と考えると、もう不安で不安でのう。のどかな気持ちばかりでも居られぬて――。

押勝の眉は集って来て、皺一つよせぬ美しい、この老いの見えぬ貴人の顔も、思いなし、ひずんで見えた。

何しろ、嫋女《たわやめ》は国の宝じゃでのう。出来ることなら、人の物にはせず、神の物にしておきたいところじゃが、――人間の高望《たかのぞ》みは、そうばかりもさせてはおきおらぬがい――。ともかく、むざむざ尼寺へやる訣にはいかぬ。

じゃが、お身さま。一人出家すれば、と云う詞が、この頃はやりになって居りますが……。

九族が天に生じて、何になるというのじゃ。宝は何百人かかっても、作り出せるものではないぞよ。どだい兄公殿《あにきどの》が、少し仏凝《ご》りが過ぎるでのう――。自然内《うち》うらまで、そんな気風がしみこむようになったかも知れぬぞ――。時に、お身のみ館《たち》の郎女《いらつめ》も、そんな育てはしてあるまいな。其では、家《うち》の久須麻呂が泣きを見るからの。

人の悪いからかい笑みを浮べて、話を無理にでも脇へ釣り出そうと努めるのは、考えるのも切ない胸の中が察せられる。

兄公《あにき》殿《どの》は氏上《うじのかみ》に、身は氏助《うじのすけ》と言う訣なのじゃが、肝腎斎き姫で、枚岡に居させられる叔母御は、もうよい年じゃ。去年春日祭りに、女使いで上られた姿を見て、神《かん》さびたものよ、と思うたぞ。今《も》一代此方から進ぜなかったら、斎き姫になる娘の多い北家の方が、すぐに取って替って、氏上に据《すわ》るわ。

兵部大輔にとっても、此はもう、他事《ひとごと》ではなかった。おなじ大伴幾流の中から、四代続いて氏上職を持ち堪《こた》えたのも、第一は宮廷の御恩徳もあるが、世の中のよせが重かったからである。其には、一番大事な条件として、美しい斎き姫が、後から後と此家に出て、とぎれることがなかった為でもある。大伴の家のは、表向き壻《むこ》どりさえして居ねば、子があっても、斎き姫は勤まる、と言う定めであった。今の阪上郎女《さかのうえのいらつめ》は、二人の女子《おみなご》を持って、やはり斎き姫である。此は、うっかり出来ない。此方《こちら》も藤原同様、叔母御が斎姫《いつき》で、まだそんな年でない、と思うているが、又どんなことで、他流の氏姫が、後を襲うことにならぬとも限らぬ。大伴・佐伯《さえき》の数知れぬ家々・人々が、外の大伴へ、頭をさげるようになってはならぬ。こう考えて来た家持の心の動揺などには、思いよりもせぬ風で、こんな話は、よそほかの氏上に言うべきことでないが、兄公《あにき》殿《どの》がああして、此先《このさき》何年、難波にいても、太宰府に居ると言うが表面《おもて》だから、氏の祭りは、枚岡・春日と、二処に二度ずつ、其外《そのほか》、週《まわ》り年には、時々鹿島・香取の東路《あずまじ》のはてにある旧社《もとやしろ》の祭りまで、此方で勤めねばならぬ。実際よそほかの氏上よりも、此方《こちら》の氏助ははたらいているのだが、――だから、自分で、氏上の気持ちになったりする。――もう一層なってしまうかな。お身はどう思う。こりゃ、答える訣にも行くまい。氏上に押し直ろうとしたところで、今の身の考え一つを枉《ま》げさせるものはない。上様方に於《お》かせられて、お叱りの御沙汰《ごさた》を下しおかれぬ限りは――。

京中で、此《この》恵美屋敷ほど、庭を嗜んだ家はないと言う。門は、左京二条三坊に、北に向いて開いて居るが、主人家族の住いは、南を広く空《あ》けて、深々とした山斎《やま》が作ってある。其に入りこみの多い池を周らし、池の中の島も、飛鳥の宮風に造られて居た。東の中《なか》み門《かど》、西の中《なか》み門《かど》まで備って居る。どうかすると、庭と申そうより、寛々《かんかん》とした空き地の広くおありになる宮よりは、もっと手入れが届いて居そうな気がする。

庭を立派にして住んだ、うま人たちの末々の様が、兵部大輔の胸に来た。瞬間、憂鬱な気持ちがかぶさって来て、前にいる大師の顔を見るのが、気の毒な様に思われる。

案じるなよ。庭が行き届き過ぎて居る、と思うてるのだろう。そんなことはないさ。庭はよくても、亡びた人ばかりはないさ。淡海公の御館はどうだ。どの筋でも引き継がずに、今に荒してはあるが、あの立派さは。それあの山部の何とか言った、地下《じげ》の召《め》し人《びと》の歌よみが、おれの三十になったばかりの頃、「昔見し旧《ふる》き堤は、年深み……年深み、池の渚に、水草《みくさ》生ひにけり」とよんだ位だが、其後が、これ此様《このよう》に、四流にも岐《わか》れて栄えている。もっとあるぞ――。なに、庭などによるものじゃないわ。

恃《たの》む所の深い此あて人は、庭の風景の、目立った個処個処を指摘しながら、其拠《そのよ》る所を、日本《やまと》・漢土《もろこし》に渉《わた》って説明した。

長い廊を、数人の童《わらわ》が続いて来る。

日ずかしです。お召しあがり下されましょう。

改って、簡単な饗応の挨拶をした。まろうどに、早く酒を献じなさい、と言っている間に、美しい采女《うねめ》が、盃《さかずき》を額より高く捧げて出た。

おお、それだけ受けて頂けばよい。舞いぶりを一つ、見て貰いなさい。

家持は、何を考えても、先を越す敏感な主人に対して、唯《ただ》虚心で居るより外は、なかった。

うねめは、大伴の氏上へは、まだくださらぬのだったね。藤原では、存知でもあろうが、先例が早くからあって、淡海公が、近江の宮から頂戴《ちょうだい》した故事で、頂く習慣になって居ります。

時々、こんな畏《かしこ》まったもの言いもまじえる。兵部大輔は、自身の語づかいにも、初中終《しょっちゅう》、気扱いをせねばならなかった。

氏上もな、身が執心《しゅうしん》で、兄公殿を太宰府へ追いまくって、後にすわろうとするのだ、と言う奴があるといの――。やっぱり「奴はやつこどち」じゃの。そう思うよ。時に女姪《めい》の姫だが――。

さすがの聡明第一の大師も、酒の量は少かった。其が、今日は幾分いけた、と見えて、話が循環して来た。家持は、一度はぐらかされた緒口《いとぐち》に、とりついた気で、

横佩墻内《かきつ》の郎女《いらつめ》は、どうなるでしょう。社・寺、それとも宮――。どちらへ向いても、神さびた一生。あったら惜しいものでおありだ。

気にするな。気にするな。気にしたとて、どう出来るものか。此は――もう、人間の手へは、戻らぬかも知れんぞ。

末は、独り言になって居た。そうして、急に考え深い目を凝した。池へ落した水音は、

未《ひつじ》がさがると、寒々と聞えて来る。

早く、躑躅《つつじ》の照る時分になってくれぬかなあ。一年中で、この庭の一番よい時が、待ちどおしいぞ。

大師藤原恵美押勝《ふじわらのえみのおしかつ》朝臣の声は、若々しい、純な欲望の外、何の響きもまじえて居なかった。

十五

つた　つた　つた。

郎女は、一向《ひたすら》、あの音の歩み寄って来る畏《おそろ》しい夜更けを、待つようになった。おとといよりは昨日、昨日よりは今日という風に、其跫音《そのあしおと》が間遠になって行き、此頃《このころ》はふつに音せぬようになった。その氷の山に対《むこ》うて居るような、骨の疼《うず》く戦慄《せんりつ》の快感、其が失せて行くのを虞《おそ》れるように、姫は夜毎、鶏のうたい出すまでは、殆《ほとんど》、祈る心で待ち続けて居る。

絶望のまま、幾晩も仰ぎ寝たきりで、目は昼よりも寤《さ》めて居た。其間に起る夜の間の現象には、一切心が留らなかった。現にあれほど、郎女の心を有頂天に引き上げた頂板《つし》の面《おもて》の光り輪にすら、明盲《あきじ》いのように、注意は惹かれなくなった。ここに来て、疾《と》くに、七日は過ぎ、十日・半月になった。山も、野も、春のけしきが整うて居た。野茨《のいばら》の花のようだった小桜が散り過ぎて、其に次ぐ山桜が、谷から峰かけて、断続しながら咲いているのも見える。麦原《むぎふ》は、驚くばかり伸び、里人の野為事《のしごと》に出た姿が、終日、そのあたりに動いている。

都から来た人たちの中、何時《いつ》までこの山陰に、春を起き臥すことか、と佗《わ》びる者が殖えて行った。廬堂《いおりどう》の近くに掘り立てた板屋に、こう長びくとは思わなかったし、まだどれだけ続くかも知れぬ此生《この》活に、家ある者は、妻子に会うことばかりを考えた。親に養われる者は、家の父母の外にも、隠れた恋人を思う心が、切々として来るのである。女たちは、こうした場合にも、平気に近い感情で居られる長い暮しの習しに馴れて、何かと為事を考えてはして居る。女方の小屋は、男のとは別に、もっと廬に接して建てられて居た。

身狭乳母《むさのちおも》の思いやりから、男たちの多くは、唯さえ小人数な奈良の御館《みたち》の番に行け、と言って還され、長老《おとな》一人の外は、唯雑用《ぞうよう》をする童と、奴隷位《やっこ》しか残らなかった。乳母《おも》や、若人たちも、薄々は帳台の中で夜を久しく起きている、郎女の様子を感じ出して居た。でも、なぜそう夜深く溜め息ついたり、うなされたりするか、知る筈《はず》のない昔かたぎの女たちである。

やはり、郎女の魂《たま》があくがれ出て、心が空しくなって居るもの、と単純に考えて居る。ある女は、魂ごいの為に、山尋ねの咒術《おこない》をして見たらどうだろう、と言った。

乳母《ちおも》は一口に言い消した。姫様、当麻に御安著《あんちゃく》なされた其夜、奈良の御館へ計わずに、私にした当麻真人《たぎまのまひと》の家人たちの山尋ねが、わるい結果を呼んだのだ。当麻語部とか謂った蠱物《まじもの》使いのような婆が、出しゃばっての差配が、こんな事を惹き起したのだ。その節、山の峠《たわ》の塚で起った不思議は、噂になって、この貴人《うまびと》一家の者にも、知れ渡って居た。あらぬ者の魂を呼び出して、郎女様におつけ申しあげたに違いない。もうもう、軽はずみな咒術《おこない》は思いとまることにしよう。こうして、魂《たま》の游離《あくが》れ出た処の近くにさえ居れば、やがては、元のお身になり戻り遊されることだろう。こんな風に考えて、乳母は唯、気長に気ながに、と女たちを諭し諭しした。

こんな事をして居る中に、早一月も過ぎて、桜の後、暫らく寂しかった山に、躑躅《つつじ》が燃え立った。

足も行かれぬ崖の上や、巌の腹などに、一群《ひとむら》一群咲いて居るのが、奥山の春は今だ、となのって居るようである。

ある日は、山へ山へと、里の娘ばかりが上って行くのを見た。凡《およそ》数十人の若い女が、何処で宿ったのか、其次の日、てんでに赤い山の花を髪にかざして、降りて来た。廬の庭から見あげた若女房の一人が、山の躑躅林《つつじばやし》が練って降るようだ、と声をあげた。

ぞよぞよと廬の前を通る時、皆頭をさげて行った。其中の二三人が、つくねんとして暮す若人たちの慰みに呼び入れられて、板屋の端へ来た。当麻の田居も、今は苗代時《なわしろどき》である。やがては田植えをする。其時は、見に出やしゃれ。こんな身でも、其時はずんと、おなごぶりが上るぞな、と笑う者もあった。

ここの田居の中で、植え初めの田は、腰折れ田と言うて、都までも聞えた物語りのある田じゃげな。

若人たちは、又例の蟲物姥《まじものうば》の古語りであろう、とまぜ返す。ともあれ、こうして、山ごもりに上った娘だけに、今年の田の早処女《そうとめ》が当ります。其しるしが此じゃ、と大事そうに、頭の躑躅に触れて見せた。

もっと変った話を聞かせぬかえと誘われて、身分に高下はあっても、同じ若い同士のことゝて、色々な田舎咄《いなかばなし》をして行った。其を後《のち》に乳母《おも》たちが聴いて、気にしたことがあった。山ごもりして居ると、小屋の上の崖をどうどうと踏みおりて来る者がある。ようべ、真夜中のことである。一様にうなされて、苦しい息をついていると、音はそのまま、真下へ真下へ、降って行った。がらがらと、岩の崩《く》える響き。――ちょうど其が、此《この》廬堂の真上の高処《たか》に当って居た。こんな処に道はない筈じゃが、と今朝起きぬけに見ると、案の定《じょう》、赤岩の大崩崖《おおなぎ》。ようべの音は、音ばかりで、ちっとも痕は残って居なかった。

其で思い合せられるのは、此頃ちょくちょく、子《ね》から丑《うし》の間に、里から見えるこのあたりの峰《お》の上《え》に、光り物がしたり、時ならぬ一時颪《いっときおろし》の凄い唸《うな》りが、聞えたりする。今までついぞ聞かぬこと。里人は唯《ただ》こう、恐れ謹しんで居る、とも言った。

こんな話を残して行った里の娘たちも、苗代田の畔《あぜ》に、めいめいのかざしの躑躅花を挿《さ》して帰った。其は昼のこと、田舎は田舎らしい閨《ねや》の中に、今は寝ついたであろう。夜はひた更けに、更けて行く。

昼の恐れのなごりに、寝苦しがって居た女たちも、おびえ疲れに寝入ってしまった。頭上の崖で、寝鳥の鳴き声がした。郎女は、まどろんだとも思わぬ目を、ふっと開いた。続いて今ひと響き、びしとしたのは、鳥などの、翼ぐるめひき裂かれたらしい音である。だが其だけで、山は音どころか、生き物も絶えたように、虚《むな》しい空間の闇に、時間が立って行った。

郎女の額《ぬか》の上の天井の光りの暈《かさ》が、ほのぼのと白んで来る。明りの隈はあちこちに偏倚《かたよ》って、光りを竪《たて》にくぎって行く。と見る間に、ぱっと明るくなる。そこに大きな花。蒼白い菫。その花びらが、幾つにも分けて見せる隈、仏の花の青蓮華《しょうれんげ》と言うものであろうか。郎女の目には、何とも知れぬ浄らかな花が、車輪のように、宙にぱっと開いている。仄暗い蕋《しべ》の処に、むらむらと雲のように、動くものがある。黄金の蕋をふりわける。其は黄金の髪である。髪の中から匂い出た荘厳な顔。閉じた目が、憂いを持って、見おろして居る。ああ肩・胸・顕《あら》わな肌。——冷え冷えとした白い肌。おお　おいとおしい。

郎女は、自身の声に、目が覚めた。夢から続いて、口は尚《なお》夢のように、語を逐《お》うて居た。

おいとおしい。お寒かろうに——。

十六

山の躑躅《つつじ》の色は、様々ある。一つ色のものだけが、一時に咲き出して、一時に萎《しぼ》む。そうして、凡《およそ》一月は、後から後から替った色のが匂い出て、禿《は》げた岩も、一冬のうら枯れをとり返さぬ柴木山も、若夏の青雲の下に、はでなかざしをつける。其間《そのま》に、藤の短い花房が、白く又紫に垂れて、老い木の幹の高さを、せつなく、寂しく見せる。下草に交って、馬酔木《あしび》が雪のように咲いても、花めいた心を、誰に起させることもなしに、過ぎるのがあわれである。

もう此頃になると、山は厭《いと》わしいほど緑に埋《うも》れ、谷は深々と、繁りに隠されてしまう。郭公《かっこう》は早く鳴き嗄《か》らし、時鳥《ほととぎす》が替って、日も夜も鳴く。

草の花が、どっと怒濤《どとう》の寄せるように咲き出して、山全体が花原見たようになって行く。里の麦は刈り急がれ、田の原は一様に青みわたって、もうこんなに伸びたか、と驚くほどになる。家の庭苑《その》にも、立ち替り咲き替って、栽《う》え木、草花が、何処まで盛り続けるかと思われる。だが其も一盛りで、坪はひそまり返ったような時が来る。池には葦《あし》が伸び、蒲《がま》が秀《ほ》き、藺《い》が抽《ぬき》んでて来る。遅々として、併《しか》し忘れた頃に、俄《にわ》かに伸《の》し上るように育つのは、蓮の葉であった。

前年から今年にかけて、海の彼方の新羅《しらぎ》の暴状が、目立って棄て置かれぬものに見えて来た。太宰府からは、軍船を新造して新羅征伐《せいばつ》の設けをせよ、と言う命のお降しを、度々都へ請うておこして居た。此《この》忙しい時に、偶然流人太宰員外師《るにんだざいのいんがいのそつ》として、難波に居た横佩家の豊成は、思いがけぬ日々を送らねばならなかった。

都の姫の事は、子古の口から聴いて知ったし、又、京・難波の間を往来する頻繁な公私の使いに、文をことづてる事は易かったけれども、どう処置してよいか、途方に昏《く》れた。ちょっと見は何でもない事の様で、実は重大な、家の大事である。其だけに、常の優柔不断な心癖《こころぐせ》は、益々つのるばかりであった。

寺々の知音《ちいん》に寄せて、当麻寺へ、よい様に命じてくれる様に、と書いてもやった。又処置方について伺うた横佩墻内の家の長老《とね》・刀自たちへは、ひたすら、汝等の主の郎女を護って居れ、と言うような、抽象風なことを、答えて来たりした。

次の消息には、何かと具体した仰せつけがあるだろう、と待って居る間に、日が立ち、月が過ぎて行くばかりである。其間にも、姫の失われたと見える魂が、お身に戻るか、其《それ》だけの望みで、人々は、山村に止って居た。物思いに、屈託ばかりもして居ぬ若人たちは、もう池のほとりにおり立って、伸びた蓮の茎を切り集め出した。其を見て居た寺の婢女《めやつこ》が、其はまだ若い、もう半月もおかねばと言って、寺領の一部に、蓮根《はすね》を取る為に作ってあった蓮田《はちすだ》へ、案内しよう、と言い出した。

あて人の家自身が、それぞれ、農村の大家《おおやけ》であった。其が次第に、官人《つかさびと》らしい姿に更《かわ》って来ても、家庭の生活には、何時《いつ》までたっても、何処《どこ》か農家らしい様子が、残って居た。家構えにも、屋敷の広場《にわ》にも、家の中の雑用具《ぞうようぐ》にも。第一、女たちの生活は、起居《たちい》ふるまいなり、服装なりは、優雅に優雅にと変っては行ったが、やはり昔の農家の家内《やうち》の匂いがつき纏《まと》うて離れなかった。刈り上げの秋になると、夫と離れて暮す年頃に達した夫人などは、よく其家の遠い田荘《なりどころ》へ行って、数日を過して来るような習しも、絶えることなく、くり返されて居た。

だから、刀自たちは固《もと》より若人らも、つくねんと女部屋の薄暗がりに、明し暮して居るのではなかった。てんでに、自分の出た村方の手芸を覚えて居て、其を、仕える君の為に為出《しいだ》そう、と出精してはたらいた。

裳の襞《ひだ》を作るのに珍《な》い術《て》を持った女などが、何でもないことで、とりわけ重宝がられた。

袖の先につける鰭袖《はたそで》を美しく為立《した》てて、其に、珍しい縫いとりをする女なども居た。こんなのは、どの家庭にもある話でなく、こう言う若人をおきあてた家は、一つのよい見てくれを世間に持つ事になるのだ。一般に、染めや、裁ち縫いが、家々の顔見合わぬ女どうしの競技のように、もてはやされた。摺《す》り染めや、擣《う》ち染めの技術も、女たちの間には、目立たぬ進歩が年々にあったが、浸《ひ》で染めの為の染料が、韓《から》の技工人《てびと》の影響から、途方もなく変化した。紫と謂っても、茜《あかね》と謂っても皆、昔の様な、染め漿《しお》の処置《とりあつかい》はせなくなった。そうして、染め上りも、艶々しく、はでなものになって来た。表向きは、こうした色の禁令が、次第に行きわたって来たけれど、家の女部屋までは、官《かみ》の目も届くはずはなかった。

家庭の主婦が、居まわりの人を促したてて、自身も精励してするような為事《しごと》は、あて人の家では、刀自等の受け持ちであった。若人たちも、田畠に出ぬと言うばかりで、家の中での為事は、まだ見参《まいりまみえ》をせずにいた田舎暮しの時分と、大差はなかった。とりわけ違うのは、其家々の神々に仕えると言う、誇りはあるが、小むつかしい事がつけ加えられて居る位のことである。外出には、下人たちの見ぬ様に、笠を深々とかずき、其下には、更に薄帛《うすぎぬ》を垂らして出かけた。

一時《いっとき》たたぬ中に、婢女《めやつこ》ばかりでなく、自身たちも、田におりたったと見えて、泥だらけになって、若人たち十数人は、戻って来た。皆手んでに、張り切って発育した、蓮の茎を抱えて、廬の前に並んだのには、常々くすりとも笑わぬ乳母《おも》たちさえ、腹の皮をよって、切《せつ》ながった。

郎女《いらつめ》様。御覧《ごろう》じませ。

竪帳《たつばり》を手でのけて、姫に見せるだけが、やっとのことであった。

ほほ――。

何が笑うべきものか、何が憎むに値するものか、一切知らぬ上臈《じょうろう》には、唯常《ただ》と変った皆の姿が、羨《うらやま》しく思われた。

この身も、その田居とやらにおり立ちたい――。

めっそうなこと、仰せられます。

めっそうな。きまって、誇張した顔と口との表現で答えることも、此ごろ、この小社会では行われ出していた。何から何まで縛りつけるような、身狭乳母《むさのちおも》に対する反感も、此ものまねで幾分、いり合せがつく様な気がするのであろう。

其日からもう、若人たちの糸縒《いとよ》りは初まった。夜は、闇の闇の中で寝る女たちには、稀《まれ》に男の声を聞くこともある、奈良の垣内《かきつ》住いが、恋しかった。朝になると又、何もかも忘れたようになって績《う》み貯める。

そうした糸の、六かせ七かせを持って出て、郎女に見せたのは、其数日後であった。

乳母《おも》よ。この糸は、蝶鳥の翼よりも美しいが、蜘蛛《くも》の巣《い》より弱く見えるがよ――。

郎女は、久しぶりでにっこりした。労を犒《ねぎら》うと共に、考えの足らぬのを憐むようである。

刀自は、驚いて姫の詞を堰《せ》き止めた。なる程、此は脆過《さく》ぎまする。

女たちは、板屋に戻っても、長く、健やかな喜びを、皆して語って居た。

全く些《すこ》しの悪意もまじえずに、言いたいままの気持ちから、

田居とやらへおりたちたい――、

を反覆した。

刀自は、若人を呼び集めて、

もっと、きれぬ糸を作り出さねば、物はない。

と言った。女たちの中の一人が、

それでは、刀自に、何ぞよい御思案が――。

さればの――。

昔を守ることばかりはいかついが、新しいことの考えは唯、尋常《よのつね》の婆の如く、愚かしかった。

ゆくりない声が、郎女の口から洩れた。

この身の考えることが、出来ることか試して見や。

うま人を軽侮することを、神への忌みとして居た昔人である。だが、かすかな軽《かる》しめに似た気持ちが、皆の心に動いた。

夏引きの麻生《おふ》の麻《あさ》を績《う》むように、そして、もっと日ざらしよく、細くこまやかに――。郎女は、目に見えぬもののさとしを、心の上で綴って行くように、語を吐いた。

板屋の前には、俄《にわ》かに、蓮の茎が乾し並べられた。そうして其が乾くと、谷の澱《よど》みに持ち下りて浸す。浸しては晒《さら》し、晒しては水に漬《ひ》でた幾日の後、筵《むしろ》の上で槌《つち》の音高く、こもごも、交々《こもごも》と叩き柔らげた。

その勤《いそ》しみを、郎女も時には、端近くいざり出て見て居た。咎めようとしても、思いつめたような目して、見入って居る姫を見ると、刀自は口を開くことが出来なくなった。

日晒しの茎を、八針《やつはり》に裂き、其を又、幾針にも裂く。郎女の物言わぬまなざしが、じっと若人たちの手もとをまもって居る。果ては、刀自も言い出した。

私も、績《う》みましょう。

績《う》みに績み、又績みに績んだ。藕糸《はすいと》のまるがせが、日に日に殖えて、廬堂《いおりどう》の中に、次第に高く積まれて行った。

もう今日は、みな月に入る日じゃの――。

暦《こよみ》の事を言われて、刀自はぎょっとした。ほんに、今日こそ、氷室《ひむろ》の朔日《ついたち》じゃ。そう思ふ下から歯の根のあわぬような悪感《おかん》を覚えた。大昔から、暦は聖《ひじり》の与《あずか》る道と考えて来た。其で、男女は唯、長老《とね》の言うがままに、時の来又去った事を教《おそ》わって、村や、家の行事を進めて行くばかりであった。だから、教えぬに日月を語ることは、極めて聡《さと》い人の事として居た頃である。愈々《いよいよ》魂をとり戻されたのか、と瞻《まも》りながら、はらはらして居る乳母であった。唯、郎女は復《また》、秋分の日の近づいて来て居ることを、心にと言うよりは、身の内に、そくそくと感じ初めて居たのである。蓮は、池のも、田居のも、極度に長《た》けて、蕾《つぼみ》の大きくふくらんだのも、見え出した。婢女《めやつこ》は、今が刈りしおだ、と教えたので、若人たちは、皆手も足も泥にして、又田に立ち暮す日が続いた。

十七

彼岸中日《ちゅうにち》　秋分の夕。朝曇り後晴れて、海のように深碧に凪《な》いだ空に、昼過ぎて、白い雲が頻《しき》りにちぎれちぎれに飛んだ。其《それ》が門渡《とわた》る船と見えている内に、暴風《あらし》である。空は愈々青澄み、昏《くら》くなる頃には、藍《あい》の様に色濃くなって行った。見あげる山の端は、横雲の空のように、茜色に輝いて居る。

大山颪《おおやまおろし》。木の葉も、枝も、顔に吹きつけられる程の物は、皆活きて青かった。板屋は吹きあげられそうに、煽《あお》りきしんだ。若人たちは、悉《ことごと》く郎女の廬《いおり》に上って、刀自を中に、心を一つにして、ひしと顔を寄せた。ただ互の顔の見えるばかりの緊張した気持ちの間に、刻々に移って行く風。西から真正面《まとも》に吹きおろしたのが、暫らくして北の方から落して来た。やがて、風は山を離れて、平野の方から、山に向ってひた吹きに吹きつけた。

峰《お》の松原も、空様《そらざま》に枝を掻《か》き上げられた様になって、悲鳴を続けた。谷から峰の上《え》に生え上《のぼ》って居る萱原《かやはら》は、一様に上へ上へと耀《せ》り昇るように、葉裏を返して扱《こ》き上げられた。

家の中は、もう暗くなった。だがまだ見える庭先の明りは、黄にかっきりと、物の一つ一つを、鮮やかに見せて居た。

郎女様が――。

誰かの声である。皆、頭の毛が空へのぼる程、ぎょっとした。其が、何だと言われずとも、すべての心が、一度に了解して居た。言い難い恐怖にかみずった女たちは、誰一人声を出す者も居なかった。

身狭乳母《むさのちおも》は、今の今まで、姫の側に寄って、後から姫を抱えて居たのである。皆の人のけはいで、覚め難い夢から覚めたように、目をみひらくと、ああ、何時の間にか、姫は嫗《おむな》の両腕両膝《もろうでもろひざ》の間には、居させられぬ。一時に、慟哭《どうこく》するような感激が来た。だが長い訓練が、老女の心をとり戻した。凛《りん》として、反り返る様な力が、湧き上った。

誰《た》ぞ、弓を――。鳴弦《つるうち》じゃ。

人を待つ間もなかった。彼女自身、壁代《かべしろ》に寄せかけて置いた白木の檀弓《まゆみ》をとり上げて居た。

それ皆の衆――。反閇《あしぶみ》ぞ。もっと声高《こわだか》に――。あっし、あっし、それ、あっしあっし……。

若人たちも、一人一人の心は、疾《と》くに飛んで行ってしまって居た。唯一つの声で、警蹕《けいひつ》を発し、反閇《へんばい》した。

あっし　あっし。

あっし　あっし　あっし。

狭い廬の中を蹈《ふ》んで廻った。脇目からは、遶道《にょうどう》する群れのように。

郎女様は、こちらに御座りますか。

万法蔵院の婢女《めやつこ》が、息をきらして走って来て、何時《いつ》もなら、許されて居ぬ無作法で、近々と、廬の砌《みぎり》に立って叫んだ。

なに――。

皆の口が、一つであった。

郎女様か、と思われるあて人が――、み寺の門《かど》に立って居さっせるのを見たで、知らせにまいりました。

今度は、乳母《おも》一人の声が答えた。

なに、み寺の門に。

婢女を先に、行道《ぎょうどう》の群れは、小石を飛す嵐の中を、早足に練り出した。

あっし　あっし　あっし……。

声は、遠くからも聞えた。大風をつき抜く様な鋭声《とごえ》が、野面《のづら》に伝わる。

万法蔵院は、実に寂《せき》として居た。山風は物忘れした様に、鎮まって居た。夕闇はそろそろ、かぶさって来て居るのに、山裾のひらけた処を占めた寺庭は、白砂が、昼の明りに輝いていた。ここからよく見える二上《ふたかみ》の頂は、広く、赤々と夕映えている。

姫は、山田の道場の牕《まど》から仰ぐ空の狭さを悲しんでいる間に、何時かここまで来て居たのである。浄域を穢《けが》した物忌みにこもっている身、と言うことを忘れさせぬものが、其でも心の隅にあったのであろう。門の閾《しきい》から、伸び上るようにして、山の際《は》の空を見入って居た。

暫らくおだやんで居た嵐が、又山に廻ったらしい。だが、寺は物音もない黄昏《たそがれ》だ。

男嶽《おのかみ》と女嶽《めのかみ》との間になだれをなした大きな曲線《たわ》が、又次第に両方へ聳《そそ》って行っている、此二つの峰の間《あいだ》の広い空際《そらぎわ》。薄れかかった茜の雲が、急に輝き出して、白銀《はくぎん》の炎をあげて来る。山の間《ま》に充満して居た夕闇は、光りに照されて、紫だって動きはじめた。そうして暫らくは、外に動くもののない明るさ。山の空は、唯白々として、照り出されて居た。

肌　肩　脇　胸　豊かな姿が、山の尾上《おのえ》の松原の上に現れた。併《しか》し、俤《おもかげ》に見つづけた其顔ばかりは、ほの暗かった。

今すこし著《しる》く　み姿顕《あらわ》したまえ——。

郎女の口よりも、皮膚をつんざいて、あげた叫びである。山腹の紫は、雲となって靉《たなび》き、次第次第に降《さが》る様に見えた。

明るいのは、山際《ぎわ》ばかりではなかった。地上は、砂《いさご》の数もよまれるほどである。しずかに　しずかに雲はおりて来る。万法蔵院の香殿・講堂・塔婆《とうば》・楼閣《ろうかく》・山門・僧房・庫裡《くり》、悉《ことごと》く金に、朱に、青に、昼より著《いちじる》く見え、自《みずか》ら光りを発して居た。

庭の砂の上にすれすれに、雲は揺曳《ようえい》して、そこにありありと半身を顕した尊者の姿が、手にとる様に見えた。匂いやかな笑みを含んだ顔が、はじめて、まともに郎女に向けられた。伏し目に半ば閉じられた目は、此時、姫を認めたように、清《すず》しく見ひらいた。軽くつぐんだ脣《くちびる》は、この女性《にょしょう》に向うて、物を告げてでも居るように、ほぐれて見えた。

郎女は尊さに、目の低《た》れて来る思いがした。だが、此時を過してはと思う一心で、御姿《みすがた》から、目をそらさなかった。

あて人を讃えるものと、思いこんだあの詞が、又心から迸り出た。

なも　阿弥陀ほとけ。あなとうと　阿弥陀ほとけ。

瞬間に明りが薄れて行った。まのあたりに見える雲も、雲の上の尊者の姿も、ほのぼのと暗くなり、段々に高く、又高く上って行く。

姫が、目送する間もない程であった。忽《たちまち》、二上山の山の端《は》に溶け入るように消えて、まっくらな空ばかりの、たなびく夜になって居た。

あっし　あっし。

足を蹈《ふ》み、前《さき》を駆《お》う声が、耳もとまで近づいて来ていた。

十八

当麻の邑《むら》は、此頃《このごろ》、一本の草、一塊《ひとくれ》の石すら、光りを持つほど、賑《にぎわ》い充ちて居る。

当麻真人家《たぎまのまひとけ》の氏神当麻彦《たぎまひこ》の社へ、祭り時に外れた昨今、急に、氏上《うじのかみ》の拝礼があった。故上総守老真人《おゆのまひと》以来、暫らく絶えて居たことである。其上《そのうえ》、もう二三日に迫った八月《はつき》の朔日《ついたち》には、奈良の宮から、勅使《ちょくし》が来向われる筈《はず》になって居た。当麻氏から出られた大夫人《だいふじん》のお生み申された宮の御代に、あらたまることになったからである。

廬堂の中は、前よりは更に狭くなって居た。郎女が、奈良の御館からとり寄せた高機《たかはた》を、設《た》てたからである。機織りに長けた女も、一人や二人は、若人の中に居た。此女らの動かして見せる筬《おさ》や梭《ひ》の扱い方を、姫はすぐに会得《えとく》した。機に上って日ねもす、時には終夜《よもすがら》、織って見るけれど、蓮の糸は、すぐに円《つぶ》になったり、断《き》れたりした。其《それ》でも、倦《う》まずにさえ織って居れば、何時《いつ》か織りあがるもの、と信じている様に、脇目からは見えた。

乳母《ちおも》は、人に見せた事のない憂わしげな顔を、此頃よくしている。

何しろ、唐土《もろこし》でも、天竺から渡った物より手に入らぬ、という藕糸織《はすいとお》りを遊ばそう、と言うのじゃもののう。

話相手にもしなかった若い者たちに、時々うっかりと、こんな事を、言う様になった。

こう糸が無駄になっては。

今の間にどしどし績《う》んで置かいでは――。

乳母《ちおも》の語に、若人たちは又、広々とした野や、田の面におり立つことを思うて、心がさわだった。

そうして、女たちの刈りとった蓮積み車が、廬に戻って来ると、何よりも先に、田居への降り道に見た、当麻の邑の騒ぎの噂である。

郎女様のお従兄《いとこ》恵美の若子《わくご》さまのお母様《はら》も、当麻真人のお出《で》じゃげな――。

恵美の御館《みたち》の叔父君の世界、見るような世になった。

兄御を、帥の殿に落しておいて、御自身はのり越して、内相の、大師《たいし》の、となりのぼりの御心持ちは、どうあろうのう――。

あて人に仕えて居ても、女はうっかりすると、人の評判に時を移した。

やめい　やめい。お耳ざわりぞ。

しまいには、乳母が叱りに出た。だが、身狭刀自《むさのとじ》自身のうちにも、もだもだと咽喉《のど》につまった物のある感じが、残らずには居なかった。そうして、そんなことにかまけることなく、何の訣《わけ》やら知れぬが、一心に糸を績《う》み、機を織って居る育ての姫が、いとおしくてたまらぬのであった。

昼の中多く出た虻《あぶ》は、潜んでしまったが、蚊は仲秋になると、益々《ますます》あばれ出して来る。日中の興奮で、皆は正体もなく寝た。身狭までが、姫の起き明す燈の明りを避けて、隅の物陰に、深い鼾《いびき》を立てはじめた。

郎女は、断《き》れては織り、織っては断れ、手がだるくなっても、まだ梭《ひ》を放そうともせぬ。

だが、此頃の姫の心は、満ち足ろうて居た。あれほど、夜々《よるよる》見て居た俤人《おもかげびと》の姿も見ずに、安らかな気持ちが続いているのである。

「此《この》機を織りあげて、はようあの素肌のお身を、掩《おお》うてあげたい。」

其ばかり考えて居る。世の中になし遂げられぬもののあると言うことを、あて人は知らぬのであった。

　ちょう　ちょう　はた　はた。

　はた　はた　ちょう……。

筬を流れるように、手もとにくり寄せられる糸が、動かなくなった。引いても扱《こ》いても通らぬ。筬の歯が幾枚も毀《こぼ》れて、糸筋の上にかかって居るのが見える。

郎女は、溜め息をついた。乳母に問うても、知るまい。女たちを起して聞いた所で、滑らかに動かすことはえすまい。

どうしたら、よいのだろう。

姫ははじめて、顔へ偏《かたよ》ってかかって来る髪のうるささを感じた。筬の櫛目《くしめ》を覗《のぞ》いて見た。梭もはたいて見た。

ああ、何時《いつ》になったら、したてた衣《ころも》を、お肌へふくよかにお貸し申すことが出来よう。もう外の叢《くさむら》で鳴き出した蟋蟀《こおろぎ》の声を、瞬間思い浮べて居た。

どれ、およこし遊ばされ。こう直せば、動かぬこともおざるまい——。

どうやら聞いた気のする声が、機の外にした。

あて人の姫は、何処から来た人とも疑わなかった。唯《ただ》、そうした好意ある人を、予想して居た時なので、

見てたもれ。

とついぞ言わぬ語と共に機をおりた。

女は尼であった。髪を切って尼そぎにした女は、其も二三度は見かけたことはあったが、剃髪《ていはつ》した尼には会うたことのない姫であった。

はた　はた　ちょう　ちょう。

元の通りの音が、整って出て来た。

蓮の糸は、こう言う風では、織れるものではおざりませぬ。もっと寄って御覧《ごろう》じ――。

これこう――おわかりかえ。

当麻語部姥の声である。だが、そんなことは、郎女の心には、問題でもなかった。

おわかりなさるかえ。これこう――。

織ってごろうじませ。

姫の心は、こだまの如く聡《さと》くなって居た。此才伎《このてわざ》の経緯《ゆきたて》は、すぐ呑み込まれた。

姫が、高機に代って入ると、尼は機陰に身を倚《よ》せて立つ。

はた　はた　ゆら　ゆら。

音までが、変って澄み上った。

女鳥《めとり》の　わがおほきみの織《おろ》す機。誰《た》が為《た》ねろかも――、御存じ及びでおざりましょうのう。昔、こう、機殿《はたどの》の牕《まど》からのぞきこうで、問われたあてびとがおざりましたっけ。

――その時、その貴い女性《にょしょう》がの、

たか行くや　隼別《はやぶさわけ》の御被服料《みおすひがね》――そうお答えなされたとのう。

この中申《じゅう》し上げた滋賀津彦《しがつひこ》は、やはり隼別でもおざりました。天若日子《あめわかひこ》でもおざりました。天《てん》の日《ひ》に矢を射かける——。併《しか》し、極みなく美しいお人でおざりましたがよ。

截《き》りはたり、ちょうちょう。それ——、早く織らねば、やがて、岩牀《いわどこ》の凍る冷い冬がまいりますがよ——。

郎女は、ふっと覚めた。あぐね果てて、機の上にとろとろとした間の夢だったのである。だが、梭をとり直して見ると、

はた　はた　ゆら　ゆら。はたた。

美しい織物が、筬の目から迸る。

はた　はた　ゆら　ゆら。

思いつめてまどろんでいる中に、郎女の智慧《ちえ》が、一つの閾《いき》を越えたのである。

十九

望《もち》の夜の月が冴えて居た。若人たちは、今日、郎女の織りあげた一反《ひとむら》の上帛《はた》を、夜の更けるのも忘れて、見讃《みはや》して居た。

この月の光りを受けた美しさ。

縑《かとり》のようで、韓織《からおり》のようで、――やっぱり、此《これ》より外にはない、清らかな上帛《はた》じゃ。

乳母も、遠くなった眼をすがめながら、譬《たと》えようのない美しさと、ずっしりとした手あたりを、若い者のように楽しんでは、撫でまわして居た。

二度目の機は、初めの日数の半《なから》であがった。三反《みむら》の上帛《はた》を織りあげて、姫の心には、新しい不安が頭をあげて来た。五反《いつむら》目を織りきると、機に上ることをやめた。そうして、日も夜も、針を動した。

長月の空は、三日の月のほのめき出したのさえ、寒く眺められる。この夜寒に、俤人《おもかげびと》の肩の白さを思うだけでも、堪えられなかった。

裁ち縫うわざは、あて人の子のする事ではなかった。唯《ただ》、他人《ひと》の手に触れさせたくない――こう思う心から、解《ほど》いては縫い、縫うてはほどきした。現《うつ》し世《よ》の幾人にも当る大きなお身に合う衣を、縫うすべを知らなかった。せっかく織り上げた上帛《はた》を、裁《た》ったり截《き》ったり、段々布は狭くなって行く。

女たちも、唯姫の手わざを見て居るほかはなかった。何を縫うものとも考え当らぬ囁《ささや》きに、日を暮すばかりである。

其上《そのうえ》、日に増し、外は冷えて来る。人々は一日も早く、奈良の御館《みたち》に帰ることを願うばかりになった。郎女は、暖かい昼、薄暗い廬の中で、うっとりとしていた。その時、語部《かたり》の尼が歩み寄って来るのを、又まざまざと見たのである。

何を思案遊ばす。壁代《かべしろ》の様に縦横に裁ちついで、其まま身に纏《まと》うようになさる外はおざらぬ。それ、ここに紐をつけて、肩の上でくくりあわせれば、昼は衣になりましょう。紐を解き敷いて、折り返し被《かぶ》れば、やがて夜の衾《ふすま》にもなりまする。天竺の行人《ぎょうにん》たちの著《き》る僧伽梨《そうぎゃり》と言うのが、其でおざりまする。早くお縫いあそばされ。

だが、気がつくと、やはり昼の夢を見て居たのだ。裁ちきった布を綴り合せて縫い初めると、二日もたたぬ間に、大きな一面の綴りの上帛《はた》が出来あがった。

郎女様は、月ごろかかって、唯の壁代をお織りなされた。

あったら惜しやの。

はりが抜けたように、若人《わこうど》たちが声を落して言うて居る時、姫は悲しみながら、次の営みを考えて居た。

「これでは、あまり寒々としている。殯《もがり》の庭の棺《ひつぎ》にかけるひしきもの―喪氈―、とやら言うものと、見た目にかわりはあるまい。」

二十

もう、世の人の心は賢しくなり過ぎて居た。独り語りの物語りなどに、信《しん》をうちこんで聴く者のある筈はなかった。聞く人のない森の中などで、よく、つぶつぶと物言う者がある、と思うて近づくと、其《それ》が、語部の家の者だったなど言う話が、どの村でも、笑い咄《ばなし》のように言われるような世の中になって居た。当麻語部《たぎまのかたりべ》の嫗《おむな》なども、都の上﨟《じょうろう》の、もの疑いせぬ清い心に、知る限りの事を語りかけようとした。だが、忽《たちまち》違った氏の語部なるが故に、追い退《の》けられたのであった。

そう言う聴きてを見あてた刹那に、持った執心の深さ。その後、自身の家の中でも、又廬堂《いおりどう》に近い木立ちの陰でも、或は其処《そこ》を見おろす山の上からでも、郎女に向ってする、ひとり語りは続けられて居た。

今年八月、当麻の氏人に縁深いあて人が、めでたく世にお上りなされたあの時こそ、再《ふたたび》己《おの》が世が来た、とほくそ笑みをした――が、氏の神祭りにも、語部を請《しょう》じて、神語りを語らそうともせられなかった。ひきついであった、勅使の参向の節にも、呼び出されて、当麻氏の古物語りを奏上せい、と仰せられるか、と思うて居た予期《あらまし》も、空頼みになった。

此《これ》はもう、自身や、自身の祖《おや》たちが、長く覚え伝え、語りついで来た間、こうした事に行き逢おうとは、考えもつかなかった時代《ときよ》が来たのだ、と思うた瞬間、何もかも、見知らぬ世界に追放《やら》われている気がして、唯驚くばかりであった。娯《たの》しみを失いきった語部《かたりべ》の古婆は、もう飯を喰べても、味は失うてしまった。水を飲んでも、口をついて、独り語りが囈語《うわごと》のように出るばかりになった。

秋深くなるにつれて、衰えの、目立って来た姥は、知る限りの物語りを、喋りつづけて死のう、と言う腹をきめた。そうして、郎女の耳に近い処を、ところをと覓《もと》めて、さまよい歩くようになった。

郎女は、奈良の家に送られたことのある、大唐の彩色《えのぐ》の数々を思い出した。其を思いついたのは、夜であった。今から、横佩墻内へ馳《か》けつけて、彩色《えのぐ》を持って還れ、と命ぜられたのは、女の中に、唯一人残って居た長老《おとな》である。ついしか、こんな言いつけをしたことのない郎女の、性急な命令に驚いて、女たちは復《また》、何か事の起るのではないか、とおどおどして居た。だが、身狭乳母《むさのちおも》の計いで、長老《おとな》は渋々、夜道を、奈良へ向って急いだ。

あくる日、絵具《えのぐ》の届けられた時、姫の声ははなやいで、興奮《はや》りかに響いた。女たちの噂した所の、袈裟《けさ》で謂えば、五十条の大衣《だいえ》とも言うべき、藕糸《ぐうし》の上帛《はた》の上に、郎女の目はじっとすわって居た。やがて筆は、愉しげにとり上げられた。線描《すみが》きなしに、うちつけに絵具《えのぐ》を塗り進めた。美しい彩画《たみえ》は、七色八色の虹のように、郎女の目の前に、輝き増して行く。

姫は、緑青《ろくしょう》を盛って、層々うち重る楼閣伽藍の屋根を表した。数多い柱や、廊の立ち続く姿が、目赫《めかがや》くばかり、朱で彩《た》みあげられた。むらむらと靉《たなび》くものは、紺青《こんじょう》の雲である。紫雲は一筋長くたなびいて、中央根本堂とも見える屋の上から、画《か》きおろされた。雲の上には金泥《こんでい》の光り輝く靄《もや》が、漂いはじめた。姫の、命を搾《しぼ》るまでの念力が、筆のままに動いて居るのであろう。やがて金色《こんじき》の雲気《うんき》は、次第に凝り成して、照り充ちた色身《しきしん》——

現《うつ》し世の人とも見えぬ尊い姿が顕れた。

郎女は唯、先《さき》の日見た、万法蔵院の夕《ゆうべ》の幻を、筆に追うて居るばかりである。堂・塔・伽藍すべては、当麻のみ寺のありの姿であった。だが、彩画《たみえ》の上に湧き上った宮殿《くうでん》楼閣は、兜率天宮《とそつてんぐう》のたたずまいさながらであった。しかも、其四十九重《しじゅうくじゅう》の宝宮の内院《ないいん》に現れた尊者の相好《そうごう》は、あの夕、近々と目に見た俤びとの姿を、心に覓《と》めて描き顕したばかりであった。

刀自・若人たちは、一刻一刻、時の移るのも知らず、身ゆるぎもせずに、姫の前に開かれて来る光りの霞《かすみ》に、唯見呆《みほお》けて居るばかりであった。郎女《いらつめ》が、筆をおいて、にこやかな笑《えま》いを、円《まろ》く跪坐《ついい》る此人々の背におとしながら、のどかに併《しか》し、音もなく、山田の廬堂を立ち去った刹那、心づく者は一人もなかったのである。まして、戸口に消える際《きわ》に、ふりかえった姫の輝くような頬のうえに、細く伝うもののあったのを知る者の、ある訣《わけ》はなかった。

姫の俤びとに貸す為の衣に描いた絵様《えよう》は、そのまま曼陀羅《まんだら》の相《すがた》を具えて居たにしても、姫はその中に、唯一人の色身《しきしん》の幻を描いたに過ぎなかった。併し、残された刀自・若人たちの、うち瞻《まも》る画面には、見る見る、数千地涌《すせんじゆ》の菩薩《ぼさつ》の姿が、浮き出て来た。其は、幾人の人々が、同時に見た、白日夢《はくじつむ》のたぐいかも知れぬ。

死者の書 続篇

（第一稿）

ちょうど、その頃、左大臣は、熊野参詣の順路を、だいぶ乗り出していた。難波では四天王寺の日想院を宿房として、一夜どまりの後、住吉へ移って行って、そこに三日参籠《さんろう》と言うことになって逗留《とうりゅう》した。

その間に、急に今度の熊野詣《もう》では、とりやめと言うことになって、急に使いが、京都へ向けて出発した。熊野三山は元より、其《それ》への路次の寺社へはそれぞれ、そのよしを通達する為の使いの下向したのは、今朝方のことであった。

左大臣は、この三日、その二つの寺社の舞楽を見つづけに見ていた。その間にふっと気が変って、遠い紀国《きのくに》の奥へ入ることをおっくうそうに思い出したらしいのである。皆そう言う人ばかりであった。

其々《それぞれ》使いが立ってから、又様子が変って来た。

家司《けいし》家長が、その次第を言上《ごんじょう》する為に傍へ出た時、大臣は、非常によい譏嫌《きげん》になっていた。

のう、家長。おれの旅もこれまでじゃよ。だが一層これまで踏み出した序《ついで》じゃ。紀の路まで這入《はい》ったことにしておけ。

物馴れた家司が、其《その》意味を何と受けとってよいか、迷っていた。

家長はあまりものを形式に扱い過ぎるから、わるいのだ。ここまで来たのだから、難波住吉限りでひき返すのは、如何《いか》にも春の光りも勿躰《もったい》ない気がする。紀の路を踏みはじめてから、都へ帰ることにしたらと申すのだ。

家司には、家司らしい判断が、あやふやな疑雲《ぎうん》の間に兆《きざ》して来た。

では、殿、紀の路へ入ってから路をかえてと仰せられますするので。

さよう。

長く仕え馴れた人である。家司は主人の感情の隈々まで読みとることが出来た。

今からでもよいのだが、其《それ》ではあまり、京の御所をたばかり奉るようで、何とも申し開きがなくなる。出立ちは明朝のこと。

そう言ったまま、顎《あご》をしゃくって、家司に退出を命じた。

三十過ぎてまだまるまるとした顎の線が、家長の目に印象してもいた。

其から暫《しば》らく立った。

陰陽博士安倍房明がよび出されてさがった。

改めて家司から、人々に言い渡されたのは、還御《かんぎょ》の道筋に関した事であった。殿は明未明《みょうみめい》に、当社を立って、都へ向わせられる。但《ただし》、今・明日・明後日の間、北も、坤《ひつじさる》も真東も、すべて巡り神が塞《ふさが》っている。その間、ここに止っている訣《わけ》にもいかない。唯《ただ》巽の一方が東方ではあいている。其で明日は、其へ向って紀の路にとって、紀の国に入る。紀の川沿いを東上して、大和に入って、一挙に北に降って大和から京都に入ろうという――この外《ほか》に方《ほう》がつかない。

人々は、桜散る山手の梢の低い木立ちを見はらしながら、海辺の春を惜しんだ。

さざ波の美しい朝になった。晴れた海は、まだ、夜の明けたばかりの天地を、昼のように明るくした。

左大臣の輿《こし》を中にした一行は、本社の千木《ちぎ》を見おろす住吉の丘陵に登っていた。こんなよい朝を、「また輿か」といやな顔をした大臣は、一行の先に立って、本社と玉出山《たまでやま》の摂社《せっしゃ》との間の道を行くのである。

熊野海道は、この道を岡にのぼりつめたところに通っている。大臣の隅《くま》もなく笑う声が、静かな海と空との間に、拘泥《こうでい》なく響く。

　これこれ静かに行け。伴のなかには、年の入った者も居るのだ——。

覚すように柔かく言ったのだが、深い威厳が感じないではいられなかった。若い男は、足をとめてふりかえって、「揖《ゆう》」をするような風をした。其を目で払うようにして、歩け歩けという様子を示した。二十歳は過ぎているようだが、若く見える骨細な男である。後も向かずに、歩き出した。でも、その後つきが、如何にも楽しそうに見える。岡の先が海道になっている処から、輿に乗った。西の方の簾《すだれ》をあげさせて、西に海を眺めたり、目を逸《そら》したりして、南へ南へ進んで行く。

道を来る人々が相応にあった。それが皆、道のそばの草原に膝をついているのが、目を過ぎた。大臣の一行の人々には、其が何ともたのしい事で、たのしさがこみあげて来るようだった。

其中《そのなか》でもさきの男は、殊《こと》にうれしく心の底から耀《かがや》くような気がしている。このような高い人に仕えるようになって、自分らまでが尊敬の中に包まれている。

泰親　粉浜《こはま》というのはどれだな。

昨日から、大宮司《だいぐうじ》の前によび出されて、教訓せられたのである。伴の人々に嫉《ねた》まれぬように。また京の御殿へ行ったら、益《ますます》心を虔《つつし》んで、人の憎みを受けぬように。自分にこのように言をかけられることが、人々の心を変にゆすぶることがなければよいがと思い乍《なが》ら、やはりその人々の注意を牽《ひ》いていることが、晴れがましく思われた。粉浜の浦を指で示すと、大臣は又、

板津というのは。

この岡の陰になって見えて居りません。

こんな言い方で、敬語の使い間違がありはせぬかと思って、吃《ども》らずに居られない。

初めての伴だ。あまり心を張って歩かぬようにせい。

泰親は胸からも涙が溢《あふ》れそうになった。今日でやっと四日になるばかりである。左大臣献上の舞にまじっていた自分の舞いぶりに目をつけて、呼び出されたのである。いつか和泉の国に這入っていた。海はそれでも見えていたが、段々遠のいて、塚が幾百となく立っている野の中を行くのである。

ここはどこだ。

これは参ったことのない道で御座ります。だが百舌耳原《もずのみみはら》というのが、これかと存ぜら

れます。

其から先は、若い経験の浅い男などには訣《わか》らない他郷である。大きな池の水面が見渡される辺に来ると、まだ帰らぬのがあると見えて、水鳥が沢山浮いている。古く大寺があって、其へ入って休息することになった。

先発の使いがここには来ていなかった。金堂の正面の縁に輿をかきおろすと、住職らがうろたえた顔色で、だが豊かな昔を思わせるような装束をつけて出迎えた。ここでも花は真盛りであった。蝶がその木の間を縫うて飛ぶのが、荒れ寺だけに、殊に風情があった。

久米田寺《くめだでら》と言えば、行基僧正の古跡だね。

住職は、それに勢いを得て、開山僧正の前身真福丸と言って、長者の家の下部《しもべ》であった本生譚を語り出した。

ああその話よりも、殊光法師はその後どうなったか。伝えた本でも残しているか。

御前の人が左大臣であると言う事の外に、何も知っていない住職は、

は、それは……。

では退出せい。

こんな道筋は聞いたこともないと言うのが、伴の人々のひそひそ話である。飽き果つるほど萱原《かやはら》が続いて、村里を遠く見かける処まで来たのは午時《ひるどき》近かった。

もう河内へ這入《はい》ってよほど来たと見える。此は、何郡になる。

錦部の郡錦部《にしごり》の里で御座いますか。

泰親が、顔をふりあげて答えた。その顎がひどく子どもらしく見えた。

錦部を通って暫らくすると、大きな山が前に立ち塞《ふさが》って、道はその懐へ這入って行った。山裾をえぐり込んだように大きな河が、広い川原を持って流れている。

石川というのであろ。

さようそうに御座います。

こりゃわっぱ、当時京の公家に、そう言う語を家来どもにつかわしていると聞いたのだろうが、身が家では、もっと昔風な自由な語を使うことにさせているぞ。わっぱたちの思案で高尚そうな語を使うことはやめにせい。

この人の持っている威厳というようなものにけ圧される気持ちは、大宮司に連れられて出た初めの夜に既に感じた。

あれほどたわけた処のある御人だのに、その間にも、深い意志——否定することの出来ぬ自然の気力というようなものに支配せられているような心に這入って、唯《ただ》心を任せていることが、祭りの夜に若《も》し「神」にあうことがあれば、こんな気がするのだろうと片方には、限りなくたわけて行く貴人のふるまいに驚きながら、片方には、美しい意志に連れて動いている自分のような気であったことを思い出した。

この道は、泰親の故郷の道であった。住吉の伶人《れいじん》となったのも、芸能よりほかとりえのない者といわれたほど、少年期から笛・鼓・琴などには、鋭い勘を持っていた。だが其《それ》等《ら》の何もかも、彼の袖かざしてまう舞姿には及ぶものがなかった。何よりもその姿勢のよさ。舞装束をはがれて手指・足の爪先まで、きらきらと輝くように清らかに見えた。此年《このとし》になっても童舞《わらわまい》に叶うていると謂《い》われて、還城楽《げんじょうらく》でも、蘭陵王《らんりょうおう》でも、面《おもて》なしの直面《ひためん》で舞う——その冠りに飾られた顔の磨いたように見える白さであった。

こうして見ると、さのみでないと左大臣は、今思うている。海道を行列の扈従《こしょう》として歩いているのを見ると、何の事もない、——難波住吉には目にも立とうが、都では掃いて棄てるほどにあるものに過ぎない。

やっぱり六芸に類した才《ざえ》が発する輝きなのだろう。こう言う風に、大臣は考えている。目の先を行く若い男の耳たぶにあたる日の光り、——透いて見える若々しい皮膚——一ぱいに立っている柔らかな毛――此は海道を歩いている田舎の若者だって、こうではないか。其でいて、又何となくしなやかに美しい若い華差の限りのように見なされる。一時あまりも立って、輿にのって居てすら、胸苦しい程の山阪が続いて、はっと明るくなった気がした。山が遥かに遠のいて、南の空際に今までよりずっと高く聳《そび》えている山つづき――。輿を立てた峠は、それに対して、非常に低い――併《しか》し、そこから東西に高い峰も見えぬ長い峰の真中になっていた。目の下は広い河磧《かわら》、其に添う田畠のひらけた峡谷である。其が峡谷と見えぬ程、峡谷を挟んだ緑の野が、段々上りに高まった、此方《こちら》の足許、向うの山の中腹まで続いている。

ああ あれが高野だの――。今日は、これでは、学文路《かむろ》あたりで泊るのだね。

泰親はこの語を聞いて、更に驚きを深くした。彼の故郷の話を聞く誰でも、身にしみて聞く者もあり乍《なが》ら、こんなに地理をまざまざと頭に浮べている顔を見たこともなかった。その上、語らぬにそれを悟っている人である。一人《いちにん》と謂われるような大公家になると、そうした恐しい才能が備っているものなのだろうかと、まだ知らぬ知識の深い人をはじめて見たことを思わずには居られなかった。

勅使はもう還られたかね。

思いの外に譏慊《きげん》の美《うつく》しい主人を見て、どう考えてよいのか、判断に迷う宿老《おとな》であった。

いや、あれはなかなかもののわかる男だ。おれの言うたことを言下に判断して態度を更《あらた》めたのは、流石だな。やっぱり荒涼の右大臣といわれただけの人物の孫らしい。とっさに、おれがそんな尊敬しなくてもいい人間だという事がわかったのはよかった。……皆の者に申しきいておけ。今日明日の間は、ああ言う客が、なお幾人かあるだろうから、決して、隆永はあわぬと言え。

左大臣は、この頃は都で所労だ。高野にいるといわれているのは、左大臣でも、隆永でもない、ずくなしの昔のあて麿だと思えい。わかったか。

おとなは下って休息した。併し、それも半時と静かな思いを楽しむことが出来なかった。

兵衛介召されます。

よびに来たのは、泰親である。

お身には、後々話がある。殿がお休みになった時分でも話に見えられい。

泰親は美しく笑って、若々しい顔を傾けた。だがそんな暇もなかった。去って行く若い男のあとから、清いくるぶしを見ながら、進んで行った。

おお　これから勅使の館へまいろうと思う。何の房か聞き知っているであろうな。

そんな非難めいた顔つきするものではない。

勅使は誰にとっても、尊い。大臣如きが、旅館へよびよせてよいと思うか――。

おとなは、おとなとして、事務上の煩雑を思い浮べていた。

旅の間は、館を出入ることも朝夕に限っていたのだから、陰陽博士に反閇《へんばい》を踏ませることも稀《まれ》である。その用意からしてかからねばならぬ高家の出館である。

それでも、やがて左大臣はしのびの人数立てをして出て行った。泰親は、おとなの前に出て行くことになった。

お身は、高野の生れとか聞いたが――。

さようにござります。

殿俄《にわ》かのお思い立ちで、こちらへ成らせられたのも、お身の御案内という風に感じてよいのかどうか。向後もあること。聞いておきたい。

昨日今日召しつかわれることになりました私、どうしてさようなことがございましょう。ただそちの故郷はどちらだと仰せられました故、天野でありますよし申しあげたばかりでした。すると、――。

すると、
するど、天野か。高野の麓《ふもと》だの　こう仰せられました。
では、お身の語をお聞きなられて、急におぼし召しが変ったと見える。――何にしても珍しい御愛憐《ごあいれん》だ。気をつけてお仕え申したがよい。震旦天竺《しんたんてんじく》かけて、世に珍しいおん方だかの――、ただ気が変り易うおわすので――。
それから、も一つ聞いておきたいのは
泰親が起とうとするのを抑えるように声をかけた。
まさか　そんなこともあるまいと思うがな――。お身は、住吉へ来るまでに、人ひとり殺《あや》めているという噂だが、
そんなこと聞いて、何になさいます。覚えがないと申した処で、一旦こうと思った印象は消えるものではありますまい。殿が御存知です。殿が御手前で、御召しかかえに預った私ですから、そんなことがあろうとなかろうとどうでもよいと思って、頂きたいものです。
驚いて、あれこれ言いわけでもするかと思ったのは、この若い男を、唯の気の弱い人間だと思って居たからであった。

山の花は、今が盛りであった。大塔の杉村にまじって、二三本ある大樹《たいじゅ》の桜がとりわけ、春の限りを尽したのどかさであった。

今日勅使の御廟《みみょう》に向う日である。左大臣は、ようべから、心満ち足う如く、何物の喜びも欲望も忘れはてたように唯一つ処を見つめた。

「来いよ」と呼び立てた声にはるかな返事があった。

左大臣は庭石の上にはりついている花びらを見つめている。

驚くような羽おとが石の陰から起って鴉が一羽飛び立った。末座の薄闇がりに、一人出て手をついている。僧である。

今夜は御廟へまいる。湯あみをする。用意をするように――。

返事は聞えないで、何かから糸の響きのようなものが、耳に残った静けさである。

その間に桜が散り、一時は雪のように散って来た。音はしなかったが、人の来る感じはした。さっきのところに畏《かしこま》っている僧である。

これよ。もそっと近よれ。

答えのない答えが、左大臣の耳に澄んで、若い僧は、柱間三つばかりおいた板間まで来て、頭をさげている。

まだ若いようだの。得度はいつした。

湯の用意が出来たか。案内せい。

前に立って行く僧の襟《えり》から肩、まだ成就しきらない後姿の背筋、山にもこうした育ちのよい新発意《しんぼち》がいたかと思った。

次の間は、塗《ぬ》り籠《こ》めになって一方だけのあいた三間四方の簀《す》の子《こ》の落ち間である。湯が幾杯も桶に満して積んである。

御免。

大臣の後へ廻って、湯をかけた。仄《ほの》ぐらい湯殿に白じろと見える肌に、山の風が伝うた。

新発意は、見ごとな若々しい肌を洗う手に、深いかいを感じて、一心にこすった。左大臣の肌は見る見る赤くなって行った。

勅使の一行が宿房を出たという知らせの来た時は、もう出るばかりの用意を整えた左大臣であった。

大塔は、夜の森の中にひそまっている。ま夜中の月は、天心に来ていた。

白々と輝く道が、真東へ向いて見わたされた。高野が原とこの山をいうのは、ほんとうだと思った。

（第二稿）

山々の桜の散り尽した後に、大塔中堂の造立供養は行われたのであった。それでも、春の旅と言えば、まず桜を思う習《なら》わしから、大臣は薄い望みを懸《か》けていた。若《も》し、高野や、吉野の奥の花を見られることのありそうな、静かな心踊りを感じて居たのであった。

二十七日――。山に著《つ》いて、まず問うたのも、花のうえであった。ことしはとり別《わ》け、早く過ぎて、もう十日前に、開山大師の御廟《みみょう》から先にも、咲き残った梢はなかった。こう言う、僅《わず》かなことの答えにも、極度に遜《へ》り降《くだ》った語つきに、固い表情を、びくともさせる房主《ぼうず》ではなかった。卑下慢《ひげまん》とは、之《これ》を言うのか、顔を見るから、相手を呑《の》んでかかる工夫をしている。凡《およそ》高い身分の人間と言うのは、こう言うものだと、たかをくくって居る。其《それ》にしても、語の洗煉《せんれん》せられて、謙遜《けんそん》で、清潔なことは、どうだ。これで、発音に濁《た》みた所さえなかったら、都の公家詞《くげことば》などは、とても及ばないだろう。この短い逗留の中に、謁見《えっけん》した一山の房主と言う房主は、皆この美しい詞《ことば》で、大臣を驚《おどろか》した。其だけに、面従で、口煩《くちうるさ》い京《きょう》の実務官たちと、おなじで何処《どこ》か違った所のある、――気の緩《ゆる》せない気持ちがした。

風流なことだ。桜を惜しむの、春のなごりのと、文学にばかり凝って、天下のことは、思って見もしないのだろう。この大臣は――。

そう言う語を飜訳《ほんやく》しながら、あの流暢《りゅうちょう》な詞を、山鴉が囀《さえず》っているのである。

自然の移りかわりを見ても、心を動している暇《ひま》もございません。そんな明け暮れに、――世間を救う経文《きょうもん》の学問すら出来んで暮して居ります。

こんなもの言いが、人に恥じをかかせる、と言うことも考えないで言うている。そうではなかろう――。恥じをかかせて――、恥しめられた者の持つ後味《あとあじ》のわるさを思いもしないで、言ういたわりのなさが、やはり房主の生活のあさましさなのだ。

――大臣は、瞬間公家絵《え》かきの此頃《このごろ》かく、肖像画を思い浮べていた。その絵の人物になったようなおおどかな気分で、ものを言い出した。

其でも、卿《そこ》たちは羨《うらやま》しい暇《ひま》を持っておいでだ。美しい稚《ち》児《ご》法師に学問を為込《しこ》まれる。それから、一かどの学生《がくしょう》に育てて、一生は手もとで見て行かれる。羨しいものだと、高野に来た誰も彼もが言うが、――内典を研究する人たちには、そう言うゆとりがあるから羨しいよ。博士よ進士《しんじ》よと言っても、皆陋《さも》しい者ばかりでね――。

大臣は、いやな下﨟《げろう》たちを、二重に叩きつけるようなもの言いをした。物体《もったい》らしくものを言う人たちを見ると、自分より教養の低いものたちから、無理やりに教育を強いられているような気がして、堪《たま》らなかった。房主もいやだが、博士たちも小半刻も話している間に、世の中があさましいものになったような、どんよりとしたものにしか感じられなくなるのだった。房主たちをおし臥《ふ》せるような気持ちで、二重底のある語を語っていると思うていると、駆り立てられた情熱が、当代の学者たちを打ち臥せるような語気を烈《はげ》しく持って来ていた。

現に今度の高野参詣も、出掛けの前夜になって、ものものしく、異見を言って来た俊西入道があった。儀礼にこうある、帝堯篇には、ああ書かれている、――そんなことが、天文の急変ではあるまいし、出立ちを三刻後《みときあと》に控えて、言うようでは、手ぬかりも甚《はなはだ》しい。其も易や、陰陽の方で、言い出すのなら、まだしも意味がある。ただ其が礼法でないの、先例がどうのと言い出すのでは、話にもならぬ。

やまには宿曜《しゅくよう》経を見る大徳《だいとく》が居るだろうな。

お見せになりますか。当山では、経の片端でも読みはじめたものは、なぐさみ半分に、あれは致します。御座輿にならば、私でも見てさしあげます。

ほう――。そこがね。

宿曜師など言うほどのことも御座いませんので――。本道《ほんとう》を申せば、いろいろな術を伝えて居ります山で、――

開山が、易の八卦をはじめて伝えられたとも聞いているが、其はどうなって居る――。

この時、相手に出ていた手恵律師というのが、不用意に動した表情を忘れない。「此《これ》は、山の人々が考えていたような、公家衆ではないかも知れぬ。」そう謂《い》った警戒の様子を、ちらとほのめかした。

大師が唐土から将来せられたというのは、易の八卦ばかりでは御座いません。もっと、西域の方から長安の都に伝って居ました日京卜という、物の枝を探って、虚空へ投げて卜《うらな》う術まで伝えて還られました。

大臣は、自分の耳を疑うような顔をした。

なに、木枝を投げて卜う――。

見る見る和《なご》やかで、極度に謙虚な様子が、顔ばかりではない。肩に、腕に、膝に流れて来た。

其を聞してほしいものだ。……波斯《はし》人とやらが伝来した法かも知れぬ。

俄《にわ》かに、友人に対するように親しい感情が漲《みなぎ》って来た。

遺憾《いかん》なことには、其以上承って居りません。

誰か、もっとくわしく伝えている人はないものかな。

いや、日京卜に限りましては、知ったものが、一人も山には残って居りません。

それにしても、ありそうなものだが……。其に関聯《かんれん》した記録類があるだろう――。

いえ――。其さえ百年前の□□(欠字)天火《てんぴ》で炎上いたしました。

その書き物が焼けたという証拠があって、そう言うのだろうか。

いえ、全く噂ばかりで御座います。明らかに亡くなったということは伝えて居りませぬ。ですが――、何分百年此方《このかた》、誰もその書き物を見たと申しませんから――。

それもある――。やっぱりあきらめるのかな。

大臣は、日京卜の文献が、曾《かつ》て自分の所蔵であったと言うような気持ちになって居るのであろう。

だが――何とか調べる方法はないかね。

律師は、返事をしないで、敬虔《けいけん》で空虚な沈黙の表情を守っていた。

若《も》し御参考になれば、結構だと存じますが、こう言う話は、御役に立ちませんでしょうか。

百年以来姿を見せなくなった書物を探し出す方法があると言うのだね。

そんな確かなことではありません。唯此山《ただこのやま》でも、外には一切しない方法で、トいをする時が、たった一度御座いますので――すが、まるまる関係ありそうでもないのですが、開山大師の御廟に限ってすることでありますし、――

大臣は、はやくも、三百年前帰朝僧の船で、大唐から持ち還られた古い書物の行間に身を踊らし、輝かしている紙魚《しみ》に、自分がなっている気がしていた。

大師だけの大徳になりますと、死後一百年の今に到りましても、まだ鬢髪《びんぱつ》が伸びます。

ああそうか――。其は聞いた気がする。それそれ太平広記という――これは雑書だがね――、その書物には、身毒《しんどく》の人屍《しかばね》を以《もっ》て、臘人《ろうじん》を作るとあるがな。臘人を掘り出して薬用にする。其新《その》しき物には、鬢髪を生ずるものあり、とある其《それ》だね。

律師は、手ごたえがあるにはあったが、はぐらかされたような気がした。其よりも、高徳の人なればこそある奇蹟だのに、それを事もなげに、ざらにあるようにとりあしらう、此貴人の冒瀆《ぼうとく》的な物言いを咎《とが》める心で一ぱいになっていた。

此人は、自分、大師以上の人間だと思うて御座る。そうした生れついた門地の高さがさせる思いあがりを、懲《こ》らしめたい心で燃えていた。

大師は、今に生きておわしますのです。屍から化してなる屍臘《しろう》のたぐいと、一つに御考えになったようですが、——

いや尤《もっと》もだ。だが、おこるなおこるな。開山大師はもっと、人柄が大きいぞ。其にどこまでも知識を尊《とうと》んだ人だ。内典の学問ばかりか、外典は固《もと》より、陰陽から遁甲《とんこう》の学、もっと遠く大日教の教義まで知りぬいた人だった。あああの学問の十分の一もおれにはない。

二十年に一度、京の禁中から髪剃《こうぞ》り使《づかい》が立ちます。私もその際、立ちおうたとは申しかねます。が、もう十年も前、御廟へその勅使が立ちました節、尊《とうと》や尊やあなかしこ、近々と拝し奉りました。まこと衰えさせられて黒みやつれては居られますが、目は爛《らん》々《らん》と見ひらいていられました。袈裟《けさ》をお替え申しあげるかい添えを勤仕《ごんし》いたしました。末代の不思議——現世の増上慢どもに対してのよい見せしめで御座ります。此ほどまざまざと、教法の尊さを示すことは御座いません。

そう言う姿を見たと言うことが、そこの大きな学問になったのだ。その時、開山の髪《かみ》髭《ひげ》はどう言う様子だった。

恐れおおいことで御座います。まことに、二寸ばかり伸びていさせられました。髭までは拝しあげる心にはなれませんでした。

心弱いことの。だがだが結構結構。そうした経験は、日本広しといえども、した人は二人三人《ふたりさんにん》ほか居まい。羨しいことだ。時にそれが、どう日京卜と繫《つなが》っているのだ。

律師は、知識の鬼のように、探究の目を輝して、真向いの貴人に、圧倒せられる様な気になっていた。

唯《ただ》、いつからの為来《しきた》りともなく、大師鬢髪の伸びぐあいをはかる占いめいた儀を行います。其は何ともはや、――謂わば、目にこそ見ざれ、今あること。其がただ肉眼では見えぬだけのこと。御廟の底の大師のお形を、幾重の岩を隔てて、透し見るだけのことで御座います。目ざす所は、いめどを抽《ぬ》き、亀や鹿の甲を灼《や》いて、未来の様を問おうとするのでは御座いません。

大臣は、考え深そうな、感情の素直になりきった顔をして聞いている。それに向って、少しでも誠実な心を示そうとする如く、ひたすらに語りつづける自分を反省することも忘れた律師である。

この山に九十九谷御座います谷の一つ、いずれの登り口からも離れました処に、下﨟《げろう》法師の屯《たむろ》する村が御座います。苅堂の非事吏《ひじり》と申して、頭を剃《そ》ることの許されて居らぬ、卑しい者たちの居る処……その苅堂の念仏聖《ねぶつひじり》と申す者どもが伝えて居ります。開山大師大唐よりお連れ帰りの、彼地の鬼神の子孫だとか申します。その者たちが、当山鎮護の為に、住みつきましたあとが、其だと申すのです。

貴人の心が、自分の詞に傾いているかどうかをはかるように、話の先を暫らく途《と》ぎらした。空目《そらめ》を使って、一瞥《いちべつ》した大臣の額のあたりののどかな光り――。

大唐以来大師の為に櫛笥《くしげ》をとり、湯殿の流しに仕えましたとかで、入滅の後も、この聖たちよりほかに、与《あずか》らせぬ行事も間々御座います。日京卜らしいものもその一つで――。髪剃の使が見えられて、愈々《いよいよ》御廟を開く三日前、一山の中唯《ただ》三人、身分の高下を言わず、髪剃りの役に当る者が卜い定められます。其《その》卜いを致すものが、苅堂の聖の中から出てまいります。以前はよく致しました。今は子どもも喜ばなくなりました博木《かり》をうつような事を致します。それも僅かに二本――、やや長めな二本の桜の木よ《たら》うの物の枝を持って、何やらあやしげな事をいたし居ります。それを色々おこつかした末に、大地の上に立てます。其《それ》が大日尊の姿だとか申して、その二本の枝を十文字に括《くく》りつけます。此《これ》が尊者の身のゆき身のたけ、この竪横の身に、うき世の人の罪穢《けが》れを吸いとって、祓《はら》い清めるのだとか申します。

行法終りますと、西の空へ向けて、西の山の端に舞い落ちようとする入り日に向けて、投げつけます。この磔物《はたもの》のように結ばれた棒が、峰々谷々の空飛び越えて、何処とも知れず飛び去ります。

まことに、偽りとも、まこととも、もうすだけがわれわれ学侶の身には、こけの沙汰で御座います。が、その時、磔物の柱のような木の枝が、鬢髪伸びるがままに生い垂れた、一人の高僧の姿となって見えるそうに申します。

此《この》御姿を拝んで、翌《あ》けの日御廟を開いて、大師のみかげをまのあたりに拝しまいらせますと、昨日見たままの髪髭の伸び加減だと申します。

御僧は、その目で、前の日の幻と、その日の正身《しょうじん》のみ姿とを見比べた訣《わけ》だな——。其が寸分違《たが》わぬと世俗に言う——その言い来たりのままだったかね。——ふうん、其《その》大師の鬢髪の伸びを勘《かんが》える、西域の占象《うらかた》だよ。占象では当らぬかな。招魂の法——あれだ。『波斯より更に遥かにして、夷人《いじん》極めて多し。中に、招魂千年の法を伝うるあり。謂《いい》は、千年の旧《ふる》き魂をも招き迎えて、目前に致すこと、生前の姿の如し。』と言う。暗記を復誦しながら、如何《いか》にも空想の愉しさに溺《おぼ》れているような大臣の顔である。西観唐紀の逸文にあるのだがね――、その後に、昔、神変不思議の術を持った一人の夷人が居てね。その不思議な術の為に、訝《いぶかし》まれ疑われて、磔物にかかって死んだ。其後夷人の教えが久しく伝って、今も行われている。長安の都にも、その教義をひろめる為に、私に寺を建てる者があって、盛んに招魂の法を行って、右の夷人の姿を招きよせて、礼拝する。信じる風が次第に君子士人の間に拡《ひろが》って流弊《りゅうへい》はかり難いものがある。とそう言う風のことが書いてあるのだがね。――ちょっと、空海和上が入唐したのが、大唐の貞元から元和へかけての間であったから、西観唐紀の出来て間のないことだ。

とにもかくにも、開山大師将来の日京卜のなごりらしく伝えるものは、此《これ》だけで御座います。

律師は、知識において大刀うちの出来そうもない相手だと悟った。それに、美しい詞――。美しい歯ぎれのすがすがしい詞を発する清らかな口――。ふくよかな頰――。

山に育って、青春を経仏堂の間で暮した山僧は、女を眺める心は、萎微《いび》していた。思いがけない美しさを感じる目で、周囲の男たちを凝視している時が多かった。律師は、まのあたりにくつろいだ貴人の、まだ見たことのないゆたけさの何処をとって見ても、美しさに帰せぬもののないのに驚きはじめていた。

ともかく招魂法を卜象《ぼくしょう》だと考えて来たのだね――。二百五十年以後、――知識の充満している山に、さりとては、智恵の光りの届かぬ隅もあるものだ。

貴人の顔は、いよいよ冴えて見えた。智恵の光りと言うのは、此だと律師には思われた。御廟の中で見た大師のみ姿――其を問われれば、隠しおおせることの出来ないような気がし出したのが、彼には恐しかった。

春の日はまだ、暮れるに間があろう。ぼつぼつ開山廟まで行きたくなった。そこに一つ案内を頼みたいが――。

僧綱《そうごう》にしては、少し口数が多過ぎると噂せられた律師は、静かな挙措《きょそ》に、僅かな詞をまじえるだけなのが、宿徳《しゅうとく》の老僧の外貌《がいぼう》を加えた。

一山を輝《かがや》かすような賻物《おくりもの》や禄《ろく》が、数多い房々に配られた。宮廷からのおぼしめしもあり、大臣の奇特な志を示すものもあった。中に、日頃の生活の乏しさを思い起させるほどきらびやかな歓喜を促したものは、この木幡の右大臣の北の方から寄進せられたという唐衣《からぎぬ》に所属する一そろいの女装束であった。勿論《もちろん》度々の先例もあることだし、一度も身につけない清浄な衣装は、中堂の本尊に供養して、あとを天野の社の姫神に献《たてまつ》るということになった。多くの久住《くじゅう》の宿徳僧《しゅうとくそう》にとっては、唯一流れの美しい色の奔流《ほんりゅう》として、槊木《ほこぎ》にかけられているばかりであるが、まだ心とどろき易い若さを失わぬ高位の僧たちには、様々な幻が、目や耳に寄って来るのが、防げなかった。まだ得度せぬ美しい稚児や、喝食《かつじき》を養うている人たちは、心ひそかに目と目とを見合せて、不思議な語を了解しあうのもあった。之を其等《それら》の性の定らぬような和やかな者の肌を掩《おお》わせて見たいという望みである。

翌《あ》けの日は、中堂大塔供養の当日である。護摩《ごま》の煙の渦に咽《む》せ返るような一日であった。丰恵律師は、其間《その》大臣の家の子から出て、入山したと言った俗縁ででもあるかと思われるほど、誠実に貴人に仕えている。中堂の扉がすっかり、あけひろげられた。私闇《わたしやみ》の中に、烈々と燃え盛っていた修法《しゅほう》の壇は、依然として、炎をあげていたが、夏近い明るい外光を受けた天井・柱・壁・床の新しい彩色が、一時に堂を明るくした。

折り重って光りの輪を交す大塔――それを廻る附属の建て物、朱と雄黄《ゆうおう》と緑青《ろくしょう》の虹がいぶり立つように四月に近い山の薄緑を凌《しの》ぐ明るさであった。

その日は思いの外に早く昏《くら》くなった。「弥生の立ち昏《く》れ」と山の人々は言う、そうした日が稀にはあった。晴れ過ぎる程明るい空が、急に曇《くも》るともなく薄暗くなって、そのまま夜になる。こう言う日は、宵も夜ふけも、かんかん響くほど空気が冴えて感じられる。

今は真夜中である。都では朧《おぼ》ろな夜の多い此頃《このごろ》を、此山では、冬の夜空のように乾いていた。生れてまだ記憶のない恐しい昨日の経験――それを此目で、も一度見定めようとしているのである。其に底の底まで青くふるい上った心が、今夜も亦《また》驚くか――、彼は二代の若い天子に仕えて来た。思う存分怒りを表現なさる上《うえ》の御気色《みけしき》に触れて困ったことも、度々あった。あんな凄さとも違っている。地獄変相図や、百鬼夜行絵《やぎょうえ》に出て来る鬼どもが、命に徹する畏怖《いふ》を与える、あれともかわっている。

とにかくに、こう言う常の生活に思いも及ばぬことがあろうとは思われぬ。だが目前に、この目で見た。信じている自分ではない。だが、自分で経験したものを、世間の平俗な考えが、容れないからと言って、其を此方《こちら》の思い違いときめるのは、恥しい凡下《ぼんげ》の心だ。

変って居れば変ったでよいではないか。おれは新しい現実を此目で見て、人間の知った世界をひろげるのだ。

――こう考え乍《なが》ら、歩みを移している。両方は深い叢《くさむら》で、卒塔婆《そとば》の散乱する塚原である。上は繁りおうた常盤木《ときわぎ》の木立ちで、道が白んで見える仄暗《ほのくら》さだ。沙煙《すな》――道の上五尺ほどの高さ、むらむらと沙が捲《ま》き立って行くようにも見える、淡い霧柱――大臣は、目を疑うた。立ち止って目を凝して見る。目の紛れではない。白くほのかに、凡《およそ》、人の背《せ》たけほど、移って行く煙――。二間ほど隔てて動いて行く影――。

明るくなった。水の響きが聞えて来た。

鶯《うぐいす》が鳴いている。山では聞かなかった。再《ふたたび》、拙《つたな》い夏声《なつごえ》にかわろうとしているのだ。水面を叩く高い水音が、次いで聞えて来た。蔀戸《しとみど》はおりて居て、枕辺は一面の闇がたけ高く聳《そび》えている。其を感じたのは、東側の奥の妻戸が、一枚送ってあって、もう早い朝の来ていることを示していたから、却《かえっ》て面南《みなみおもて》の西側近く寝ていると、やっと自身の手の動くのが、見える位であった。

村里へ出ているのだという心が、ひらりと、大臣の記憶がのり出して来る。おおそうだ。昨日――いや、おととい高野を降《くだ》った。あしこに居った数日の印象があまり、はっきりして居て却て昨日一日のことは拭いとったような静けさだった。今の今まで夢ともなく、聯想《れんそう》ともなく、はっきりと見えていたのは、其《それ》はおとといの夜、あったことだ。山の上の小川―玉川―にけぶるようにうつって居た月の光りに、五六間先を行く者の姿を、朧《おぼ》ろながら、確かに見た。「手恵か」と口まで出た詞を呑んでしまったのは、瞬間、其《その》姿があんまり生気のない謂わば陰の様な、それでいて、ずぬけてせいの高いものだったから——だ。

だがさう思った時、その姿はどこにもなかった。今見た一つづきの空想も、唯それだけだ。おれは、其《その》影のようなものを、つきとめたいと思うている。其《それ》で、眠りの中に、あれを見たのだ。——他愛もない幻。そんなものに囚《とら》われて考えるおれではなかった筈《はず》だ。——いや併《しか》し、あの前日のことがなかったら、こんなにとりとめもないような一つ事を考えるわけはない。——あの日、まだ黄昏《たそがれ》にもならぬ明るい午後、開山堂の中で見たのは、どうだった。

おれは、きっと開山の屍臘を見ることだろうと想像していた。そう信じて、二十年に一度開く勅封《ちょくふう》の扉を、開けさした時、其から□□□□□（欠字）その中の闇へ、五六歩降って行った時、手恵の持っていた燈《あかし》が、何を照し出したか。思い出すことと、嘔気《はきけ》とが、一つであった。思い出すことは、口に出して喋るのと、一つであった。考えをくみ立てるということが、自分の心に言って聞せることのように、気が咎《とが》めた。結局、何も考えないことが、一番心を鎮めて置くことになったのだ。大臣は、考えまいと尻ごみする心を激励している。

おれは、どうも血筋に引かれて、兄の殿や父君に、段々似通うて来る様だ。あの決断力のない関白の為方《しかた》を見てじりじりする自分ではないか。何事もうちちらかしておいて、其が収拾つかぬ処まで見きわめて、愉しんでもいるような、入道殿下《にゅうどうてんが》を見るのも厭《いと》わしい気のしたおれだったのに——。そのおれが、幻のような現実を、それが現実である為に、一層それに執著《しゅうちゃく》して細かに考えようとしている。無用の考えではないか。

急にこの建て物の中が、明るくなって来たのは、誰かが来て妻戸を開いたからである。おれはようべ、静かな考えごとをしたいからと言って、狭い放ち出での人気のとおいのを懇望《こんもう》して、ここに寝床を設けさせた。

ところが、夜一夜、おれは心で起きていたらしい。景色も、ある物もすべて、あの山の上の寺の町には見えたが、おれのからだは、この辺の野山をうろついていた気がする。

第一、あの山での逍遥《しょうよう》は、ちっともおのれの胸に息苦しい感じを与えなかった。住僧たちの上から下まで無学で、俗ぽかったことは、気にさわったけれど、少しも憂鬱な気持ちを起させる三日間ではなかった。

処《ところ》が、ようべ——けさの今まで続いていた夢―か―は、あの現実に続いているとも思われぬ、何かこうのしかかるもののあるような、——形だけは一つで、中身のすっかり変った事が入りかわっているようだ。

こりゃまるで伎楽《ぎがく》の仁王を見ていると思う間に、其《その》仁王の身に猿が入り替って、妙なふるまいを為出《しだ》したようなものだ。

そういう風に軽蔑してよいものにたとえることが出来たので、やっと、気の軽くなるのを感じた。ついで、広びろとした胸——、ああやっと平生のおれが還って来た。昔からこの国の第一人者といわれた人は、「不可思議」に心は拘《とら》えられなかった。「不可思議」のない空虚な天地に一人生きている——寂しさを、おれが感じるだけでも、昔の人たちとは違っているのでないか——そう気が咎めるほどなのだ。

……おおそうだ。すっかり忘れるところだった。山から貰《もら》いうけて来た楞善院《りょうぜんいん》の喝食は、ここに来ているのだろうか。

来《こ》うよ。こうよ。

すっかり明るくなっている妻戸の外に、衣摺《きぬず》れの音が起った。

召しますか。

美しい声だ。おれの殿には若いおのこども、若女房が沢山いるが、此ほど爽やかな声を聞いたことがない。あれだな——、敏《さと》いらしい者と感じたのだが、やっぱり——思う通りの若者だったな——。それに、あの嫺雅《かんが》なそぶりが、山のせいで、飛びぬけて美しく思われたのでなければ、——今度の旅の第一の獲物と考えてよいだろう。そう幸福な感じが張《みなぎ》って来るのを覚えた。

寺の者どもに聞け。ようべ、この山里には、何事もなかったかとの——。

次いで、すずやかな声が、それに受けこたえて、物音も立てずに、板間をわたって行った。

幾日か前からあるべき筈の知らせもなく、あったと思うと二刻も立たぬ間に、大臣の乗り物の輿が、本道から入りこんだ村里へ枉《ま》げられた。当麻の村に、俄《にわ》かに花が降り乱れて来た様に、光り充ちた騒々しさが湧き起った。

それも昨日、今日は都の貴人をやどす村里とも覚えぬしずけさである。

のどかな卯月の日がさして、砂を敷いた房の庭は、都らしく輝いている。岡の前《さき》が、庭にのり出て、まだ早い緑をひろげている。山の小鳥が揃うて、何か啄《ついば》んでいる。小さな池の汀《みぎわ》に咲き出した草の花があるのである。

召しもなくあがりました。手恵に勤まるような御用ならばと存じまして……。

おおそうだった、と言う軽い反省が起った。

ああ律師か。ひどい辛労だったな。山からここまで、常ならば、二日道《じ》だろうに。

いいえ、幼いから馴れた山育ちですから、山は楽過ぎます。却《かえっ》て昨日昼半日の平地《ひらち》の旅にはくたびれました様なことで御座います。

律師、その山から貰って来たせがれは、何というのだったね。

穴師丸。

なに穴師丸。妙な名だね。

手恵は、これで引きとります。ますますお栄えになりますよう。

手恵、山はよかった――。日京卜を伝えたり、穴師を育《はぐく》んだり……又登山するおりもあろうよ。

その節を待ち望《もう》けまする。

手恵阿闍梨《あじゃり》は、山の僧綱の志を代表して、麓の学文路村《かむろ》まで、大臣の乗り物を見送ろうと言うつもりで、山を降った。だが紀の川を見おろす処まで来ると、何かなごりの惜しい気持ちが湧いて来た。せめて大和境の真土《まつち》の関まで、お伴をしようと考えるようになった。国境の阪の辻まで来ると、何か牽《ひ》くもののあるような気持ちが圧えられなくなって、当麻寺まで送り届けよう。山の末寺でもあり、知己の僧たちにも逢いたくなったのであった。

では、律師を送って、総門のあたりまで、おれも出て見よう。

やめに遊ばされませ。勿躰《もったい》なすぎます。

内《うち》の上《うえ》扱いは、よしたがよい。おれは、外の公家たちのようなことは、喜ばないぞ。

内の上と謂われた宮廷の主上は、出入りにも、御自身の御足を以ておひろいなされぬという噂は、世の中にひろまっていた空言であった。併し、その空言を凡《およそ》実現するのは、大貴族の人たちだった。近代になって、宮廷に行われている事で、大公家の家で行われていないことなど、凡一つもなかった。時々畏《おそ》れ多いなど言う考えを持つ人もあるが、其は宮中勤めの仲間をはずれて、稍《やや》老いはじめてから、公家女房に立ちまじるようになった古御達《ふるごたち》だけであった。内の上に限ってあることは、時々内侍所《ないしどころ》にお仕えになる日があることである。殊《こと》に冬に入ってからは、其が多かった。隙間風の激しい板敷きの上に半日以上、すわり暮しておいでの時もあり、夜中から暁方《あかつきがた》まで、冷えあがるような夜、三度までお湯をお使いあそばすこともあった。

神代以来の為来《しき》たりだとはいえ、内侍所に仕える女たちも、しみじみつらく感じている。

其をもっと烈《はげ》しい度合いでなさるのが、内の上の、神様に対してのお勤めであった。

こう言うことの真似びは、公家のどの家でもすることではなかった。

南北三町・東西五町にあまる境内。総門は南の岡の上にあって、少しの勾配《こうばい》を降ると、七堂伽藍《しちどうがらん》の立つ平地である。門の東西に離れて、向きあった岡の高みに、双塔が立っている。

寺は、松の林の中にあって、門から一目に見おろされる構えであった。

今の京になって三百年、その前にまだ奈良の宮・飛鳥の都百五十年を隔《へだ》てた昔、この寺をここに建てた家は、一族ひろい氏であったが、其があとかたもなく亡びてしまって、氏寺だけが残った。

寺は、丹《に》も雄黄ももの古りたが、都の寺々にも劣らぬ結界の浄《きよ》らかさである。

門から南は、ただ野である。畠《はたけ》もない。だが林もない。叢と石原とが、次第上りの野に続いていて、末は、高い山になっていた。阿闍梨一行は昨日来た道を帰って行った。寺から下にある当麻の村にさがって行く道だから忽《たちまち》見えなくなった。葛城の峰は、門の簷《のき》から続いて、最後は、遠く雲に入っている。その高い頂ばかり見えるのが、葛城のこごせ山、それから稍《やや》低くこちらへ靡《なび》いているのが、かいな嶽。その北に長い尾根がなだれるように続いて、この寺の上まで来ている。そうして、門を圧するように立っているのが、二上山である。

大臣は、……(中絶)

口ぶえ

学校の後園に、あかしやの花が咲いて、生徒らの、めりやすのしゃつを脱ぐ、爽やかな五月は来た。

このごろ、時おり、非常に疲労を感じることがあるのを、安良《やすら》は不思議に思うている。かいだるいからだを地べたにこすりつけて居る犬になって見たい心もちがする。この気持ちを、なんといい表してよいか知らぬ彼は、叔母にさえ、聴いて貰《もら》うわけにはいかなかった。

身なりをかまわないというよりは、寧《むし》ろ無貪著《むとんじゃく》なのを誇る風《ふう》の傾きのある彼である。学校で、教師などが見かねて、あまり穢《むさ》い風はせぬように、と注意をあたえる様なことがあると、どういうものか、ぞくぞく言いしらぬ快感を覚えるのであった。母も、叔母も、店の忙しさにかまけて、安良の身のまわりのことにまで、気を配っていることは出来なかった。こういう家の事情に、根がおおまかでもあるが、凡でもあった彼のおいたちが、積りつもって、こういうつくろい心地を楽しむようにもなったらしいのである。

安良は、じりじりするほど、石段つづきの坂道をのぼって行く。坂の両側は、竹垣を結い廻《めぐ》らした墓原《はかわら》である。竹の古葉の堆《うずたか》い土の処々に、筍《たけのこ》が勢よくのし出ていた。その藪《やぶ》を洩《も》るまぶしい朝の光に、目をつけて、安良はたち止った。きょうは、起きるから、いつもの変な心もちが、襲いかかっていた。彼は、目をおおきく大く睜《みひら》いて、気持ちをはっきりさせようと努めた。けれども、其もその時ぎりで、後《あと》はやっぱり、うっとりと沈んで来る。けれども行かねばならぬ学校があると思うと、そのまま歩き出した。

坂の上は、寺町の通りである。其を五六町行くと、学校だ。その建物の見え出すあたりに来ると、始業の鐘が鳴り出した。どんどん馳《か》けつけた勢で、教室へまっすぐに梯子段《はしごだん》を上《のぼ》って行った。教師はまだ見えて居なかった。けれども、生徒らはもうそれぞれ席に著《つ》いたり、人の机に立ちはだかったりして、がやがやさわいでいる。安良が息をはずまして這入《はい》って来たのを見て、みな一度にどっと笑い出す。

安良は、顔から火の出るのを感じた。身をすぼめるように、自分の床几《しょうぎ》に腰をおろした。

「漆間《うるま》のあたまに、火事がいてるで」

大ごえで、組じゅうの若者の注意を促した男がある。彼はとっさにあたまに手をやって、じめじめと濡れた髪の毛に触れた時、蒸発する汗を知った。と、頭をおさえた瞬間の姿が、心もちが、にわかしにでもなったように、反省せられて、再《ふたたび》激しく、消え入りたい気がした。

しばらくして、安らかな涼しい心地が、彼に帰って来た。

その時間は、とうとう先生は、出なかった。生徒らは、のびのびした気分で、広い運動場に、ふっとぼうるを追いまわった。

安良は朝の光を、せなか一ぱいに受けて、苜蓿草《うまごやし》の上に仆《たお》れていた。青空にしみ出て来る雲を、いつまでも見入っている。

あくる日は雨であった。

生ぬるい風が野近いことを思わせる様に、どうかすると、あたらしい野茨《のいばら》の香を教室に漂した。窓ぎわにいる安良は、吹きこむ細かな霧に湿うた上衣の、しっとりと膚《はだ》を圧する感覚を、よろこんでいた。彼は汗かきである。四月の末から、五月のはじめへかけては、殊《こと》に甚しいのである。

静平な顔つきをしている時分でも、清水の様に湧いて、皮膚を伝うていることが多かった。寝間を出るから、ねっとりと膚がたるんでいる様に感ぜられたので、いつもの半しゃつを着ないで、今日はやって来たのである。

教師は今、おもしろ相《そう》に「ここにおいて、ふりっつは、その狼を戸にむかって、力まかせにうちつけるよりほかには、しかたがなかった」と大きな声でいった。安良は、はじめから、この教科書の内容に、興味はなかった。岩見重太郎や、ぺるそいすの物語に、胸おどらしたのも、二三年あとに過ぎ去っていた。

それでも、ふわふわした雪のうえに、ふりっつの白い胸から、新しい血の迸《ほとばし》るありさまをおもい浮べていた。その夢のような予期が、人間の力を思わせる、やすらかな結局になりそうなのを、つまらなく感じた。講義がすむと、生徒は、われ一にと質問をした。けれども、彼には、疑問が残っていなかった。

三時間目は、体操であった。安良はとむねをつかれるものを覚えた。雨天体操場の正面の壇上には、蝦蟇《がま》といわれている大きな教師が、立った。そして徐《おも》ろに、上衣のぼたんを外しはじめた。

生徒らはみな上衣をとりかける。安良は、からだじゅうの血が、あたまにのぼった。やがて、

「気をつけ」の叫びを聞いた。

「柔軟体操第一運動第一節」太い声をはりあげた。同時に、

「漆間、上著《うわぎ》」

安良は、言うべき語が浮ばなかった。毛孔《けあな》の一度にひらくのをおぼえる。教師は、壇から飛びおりて、おどりかかった。

「なぜ、とらん」

まっかになって項垂《うなだ》れたままの安良の胸を鷲づかみにした。そして、第一のぼたん、第二のぼたんと、ひきはずして行く。ぼたんの一つは、ちぎれて、飛んだ。

遽《にわ》かに、無慚《むざん》な表情が、教師の顔に漲《みなぎ》った。

「よし壇の上へあがれ。貴様号令をかけるんだ」

安良は、我を忘れて、つかつかと進んだ。教師の手には、上衣が残っていた。

彼は壇上に顕《あらわ》れた。彼の上体は、一すじの糸をもかけて居ないのである。彼の顔は、青白く見えた。心もち昂《あが》った肩から、領《えり》へかけて、ほのぼのと流れる曲線、頤から胸へ、胸にたゆとうて臍《へそ》のあたりへはしるたわみ、白々として如月《きさらぎ》の雪は、生徒等の前に——。

その雪のきえたい思いに、よわよわと彼は壇上に立った。

同年級の生徒のある者は、さすがにいたましい目をして、彼を見た。

「柔軟体操第一運動　第一節。腕をあげ――」

澄み透った声は、生徒らの耳に徹した。

俘虜《とりこ》のように見えた彼は、きびしいえみを含んで、壇をおりて来る。


かえりは雲がきれて、燕《つばめ》はひらひらと白い腹を飜《ひるがえ》していた。

彼はさばさばした心で、夕立に洗われた土を蹈《ふ》んで行く。五六町来て、道は茶圃《ちゃばたけ》の間にはいる。

小高い塚の上に、五輪の塔が、午後の日をあびて居た。

茶の木のしげみから、大きな羽音をたてて、鳥が起《た》った。

安良は、塚の上に立って、鳥の行くえを見送った。

すると、鼻の心《しん》がからくなって、目がぼうっとして来る。

　ちぎりあれば　なにはのうらにうつりきて、なみのゆふひををがみぬるかな
その消え入るようなしらべが、彼のあたまの深い底から呼び起された。安良のおさない心にも、新古今集の歌人であったこの塚のあるじの、晩年が、何となく蕭条《しょうじょう》たるものに

思われて来た。その時、頬に伝わるものを覚えた。あたまの上の梢から、一枚の葉が、安良の目の前に落ちた。

見あげる彼の目に、柔かくふくらんだ、灰色の鳩の、枝を踏みかえたのが、見えた。そのいたましく赤い脚。不安な光に、彼を見つめた小鳥の瞳《め》。


一週間ばかり、降ったり照ったりして、むしむしと暑い日が次《つ》いだ。桐の花の紫が、白っぽく散る。

運動場の片隅に、十坪ばかりの地を畝《うな》うて、畑を作って居る彼であった。この頃では、朝夕二度水をやらなければならなくなった。去年、春蒔《ま》いて秋収めた種を、また畑におろしていたのである。

それがすこしずつ間をおいて、幾畝にもうつし植えられた時、この何百本の草の命として頒《わか》たれた自身の力を見つめているような心地が、あどけない心にも湧いていた。草のおおくは已《すで》に莟《つぼみ》をもっている。灌《そそ》いだ後からあとから、水はすうすうと吸いこまれて行った。

一時間ずつの授業のすんだ度ごとに馳けつけると、いつも、何処《どこ》にも濡れた部分は残っていなかった。安良は朝の授業の前と放課の後とには、きっと庭園に蹲《うずくま》って、細心の注意を草の一茎の上に放った。彼は朝晩に水をやるだけでは、満足が出来なくなって来た。思いたった時は、いつでも水をかけることにした。博物の先生が「そうやっては根がもたない」といったけれど、幼い心にほのかな反抗心をかためていた。

心なげに見える草や木の心も、あるじの胸にはあらわれる。わたしが水をやろうという考《かんがえ》を起すのは、とりもなおさず草や木の思いが伝わるのだ。草は彼のおもいどおりに、すくすくと延びて行く。蕾は処《ところ》どころ、黄ばんだのや、赤らみのさしたのが見えたりして来た。

やや斜《ななめ》になった日かげに、汗滲《にじ》む顔を伏せて、せっせと畝の手いれをしている。安良は小一時間もそうしていたが、ほっと息を吐《つ》いて立ち上った。急によろよろと仆れそうになったので、近くの垣によりかかると、ひどい耳鳴りがして鼻がつまって、息ぐるしくなって来た。同時に冷汗がさっと湧いて、いうべからざる悪寒を感じた。安良は芝生のうえに横になった。

そうして、やや暫く、安らかな呼吸にひき戻そうと、大きな息に調節を試みた。氷のようなもののけはいが、背すじをとおったかと思うと、汗が急に収《おさま》って、血が全身になり渡る。

ほてった頰をして彼は畠の畝《はたけ》の間に戻って来た。

二階の教室を、一番おくれて出て来た安良を、階段の下から実験室へかよう薄ぐらい廊下から、呼びかけたものがある。

「おい漆間君」

「なんや」

「ちょっと此処《ここ》までおりて来てくれ」

彼は声をきいた刹那《せつな》、ふとその男の顔が胸に浮んだ。何ごとか起ろうとしているという予覚におののいた。

「庭園の手いれがあるよってにな、またあとで来《こ》う」

と一気にいって、階段をはせ下って庭園へ走った。

「こら、まて」

とうとう、松や柳のうえこんである、庭園の隅まで追いつめられた。安良は身の瘦せるまで脅迫せられた。けれどもその男のいうことは聴かなかった。鐘が鳴る。生徒は教室へ潮の様に這入って行く。安良はふりきって逃げた。

「おぼえてえ」

と叫ぶ猛獣のような声が、彼の耳に残った。

彼は、しかし逃げもかくれもせなかった。昼の休みには庭園に出て草むしりをしている。

牧岡というさっきの男のほかに二人、おそろしい顔に面疱《にきび》の赤黒くふき出したのが垣のまわりをじろじろ睨《ね》めてあるいた。


白々とした夏服がしなやかな肩の輪廓を日なたに漂わして、六月に入る。

五六日降りつづいた雨のあがった日曜日である。安良は五時ごろに家を出て、東へ東へとあるいていた。一時間たって、広々とした野原に出た。土ぼこりのあがる野中の一本みちを、わき目もふらずにあるいて行く。町の方へ来る牛車に、いくつとなく出逢った。飛白《かすり》の筒袖のあたらしい紺の匂が、鼻にせまるほど日は照っている。

ある田舎町に来た。そこで桃や巴旦杏《はたんきょう》を買うて、雑嚢《ざつのう》におしこんだ。これから南へ行くと、墓場の間をとおって、緞通《だんつう》織る工女の歌のせわしい村に這入る。川があったり、大きな藪《やぶ》があったりして、一里あまりあるくと、目の前に白じろと連《つらな》る寺の壁が見え出した。

「まいるよりたのみをかくる藤井でら」という御詠歌が、内陣の隅から聞えて来る気がする。みくじを抽《ひ》いて見た。二十八番とある。判断の紙とかえてくれる人は何処にも見えない。白檀《びゃくだん》や沈香《じんこう》の沁みこんだ柱や帷帳《とばり》の奥のうす闇にいらっしゃる仏の目の光と、自分の目とが、ふと行きおうた様に感じて、心からお縋《すが》りもうしたい心地に浸っていた。

鶏が階段を上って来て、高い敷居をこえて本堂の蔀《しとみ》のもとで鳴く。

西国順礼の親子と見える二人づれがみたらしのわきにいた。てて親が水を飲んでいる。子は十歳《とお》そこそこのいたいけな手をして釣瓶《つるべ》を支えて、親の瓢子《ひしゃく》に、すこしずつ水を与えている。彼は目傷い思いを抱いて門を出る。正午に近い日ざしに、軒ごとの懸菜《かけな》が萎《しお》れている。風がかろく砂をふいてとおった。

さきのほどから、安良は肋《あばら》を圧するように、胃の疼《うず》くのを感じていた。それがひどくなって来た。草いきれの強い道ばたに踞《かが》んで、胸を押えて見た。突然、苦い液が咽喉《のど》をはせ昇って来た。吐き出すと、黄色な水である。

安良はそうしたまま暫くじっとしていた。野らしごとから昼寝にかえる男であろう、真白な菅笠《すげがさ》をかずいて、すたすたやって来たが、ふと立ち停って彼を一瞥《いちべつ》したまま、また静かに行きすぎた。異様な痙攣《けいれん》が、この時、安良の顎《あご》のつけ根をとおりすぎた。それはせつないけれども、しかし快い気もちを惹き起すようなものであった。

安良はのび上った。もうその時は、はるばるとつづく穂麦の末に、それかと見る菅笠がかすんでいた。浅黒い顔の、けれども鮮やかな目鼻だちをもった、中肉の男である。まくりあげていた二の腕は不思議に白く、ふくよかであった。勦《いた》わる様に見つめていた、柔らかなまなざしが胸に印せられた。

脇にそれて、狭い道がある。彼は項垂《うなだ》れながら、西へ西へと辿《たど》る。道傍《みちばた》には、積藁《つみわら》のいくつもいくつも立っているのが、夢の様に目をすぎた。その一つの陰にくずおれるようにすわりこむまでは、放散していた意識が、そうしているうちに、だんだん集中して来るのを感じて睜《みひら》いた目のまえに、蓮花草《れんげそう》が一茎あるかないかの風にゆらいでいる。呼吸の音は耳に荒く聞えて、ほてった頰にあつく触れる。彼は今《も》一度のび上って、充血した目をじっとすえた。しかし見わたすかぎりの麦生《むぎふ》に漲《みなぎ》る日光と、微風に漂う雲雀《ひばり》の声を聞くばかりである。

ぐったりとして、彼が重い脚をひきながら家に戻った時は、もう日はとっぷりと暮れていた。

はればれとした顔をして、学校へかよう日が三日とは続かなかった。朝は夙《はや》くから起きた。それに、毎日の様に遅刻する。けれどもどんなおりも決して休んだことがない。寝床を出るから、ぐんなりしていることが多かった。安良の丹誠《たんせい》が見えて、庭園には珍らしい西洋花が、日ましに咲いて行った。たゆい瞳《め》をして、草花の間に茫然と立ちつくしていることが、度々であった。

安良の学校への途に、愛染堂《あいぜんどう》がある。この辺には見かけない樺《かば》の木立を背にして、修覆《しゅふく》のまわった多宝塔《たほうとう》や、丹塗《にぬり》の黒ずんだ金堂《こんどう》がたっていた。堂の内には、堂守《どうもり》の一人ものの翁《じい》さんが住んで、朝の光、暮の日ざしを逐《お》うて、あちら此方《こちら》の半蔀《はじとみ》をあげたり、おろしたりしているのを見かける。林の間には、いつも落葉が積っていた。彼の道は落葉の上をふみ渡って、横手の小門に出るのである。

六月も、残りの日数の僅《わず》かになったある朝、安良は梢をすいて落ちる日かげをふり仰いで立ち停って、もしや、病ある身ではあるまいかと疑うた。

学校は今日もはじまっていた。数学の教師は、皮肉なえみを浮べて彼を責めた。耳朶《みみたぶ》まで真赤にして、顔もえあげない彼を見おろし見おろし、はては聞きにくい嘲弄《ちょうろう》までもした。

生徒が教壇に上って、幾何《きか》の問題を説き出すと、間もなく鐘がなり出した。教師は大きな声で、

「漆間のお蔭で、とうとう時間がつぶれてしまった。ああああ」

というてにやにやとした。

四年五年の生徒が、頰の白い子や骨ぐみのしなやかな少年を追いまわることが盛《さかん》になって行く。小さな生徒らは、とまりがけの修学旅行の来るのを、ひたすら恐れている。彼は、そんなことには貪著《とんじゃく》してはいなかったけれど、彼の道は、安良一人のほかかよう者がなかったので、かきみだされることなしに、静かな心をもって学校へ行ったり来たりした。

暑中休暇を目のまえに控えて学期試験が五六日つづいた、その、おわりの日である。彼は汗に浸って、ぐんなりとして戻って来る。校門を出ると、それでも涼しい風が頰に

触れた。閑静な片がわ町は、一方茶畑になっていて、白い砂にぎらぎらと正午の光が照っている。みちおしえが一匹、さっきから二三足《あし》ばかりまえを、彼に離れないで、飛んでは休み、休んでは飛びしている。

うなじのあたりに、不意に人の息ざしを感じた。突嗟《とっさ》、安良は、ほてった燃え立ちそうなからだに擁《だ》きすくめられていた。

はっとすると、汗が滝のように脊《せ》すじを流れる。

十八九の浅黒い、にがみばしった、髪の毛の太い男で、五年級の優等生といわれている庭球の選手であった。

「おい漆間。僕のところへよっていきたまえ。ついそこや。君に注意しとかんならんことがあるよって、どうや、家まで来るのがいやなら、愛染さんまで来てくれたまえ」

あらっぽい声だが、しんみりと、どこやら人をひきつける響が、うちわなないて聞えた。

安良はあらがうこころもちになれなかった。

そうして樺や槲《かしわ》の葉にさくさくと音をたてて、ふらふらと後について多宝塔の縁に上った。消えいるような、つぎ穂のないここちに、安良は漂うている。じっと、額のあたりを見つめている、岡沢の赤ばんだ目を感じながら、目を伏せて、

「漆間。君の家はとおいなあ。僕のうちは此処《こっ》から二町とない。ここまで来ると其《そん》だけ後《あと》戻りせんならんくらいや」

岡沢といったこの男は、わざわざ彼の後を尾《つ》けて来たのであった。安良はただうなだれている。

「君に注意せんならん、いうたのはな、僕らの組の黒川な、あいつが君をつけねろうてるのや。もう随分まえからやがな、ところがこの頃、梅野がまた、君をなにしだしたのや。そうそうもう二週間もあとのことやった、てにす競技《マッチ》があったやろ。あの後で運動場で選手ばっかり残ったその時、れいの牧岡と梅野め、君のことで喧嘩《けんか》しかけたんや。それを僕、中い這入《はい》って、ともかくも、口さきの議論でははじまらん。敵は本能寺に在《あ》りや。どっちか先に成功したものが大いに誇ってええ訣《わけ》やから、ひとつ実力あらそいをやって見いと、そういうたったんやがな。考えると、君には気の毒なことやった。じつ僕もな、あいつらがどんなことをしかけるかも知れんとおもたが、間もなく試験になるしな、注意しょう注意しょうと思い思い、今日までのばしてたが、試験が済んだら、あいつらあばれ出すさかいな、それで、きょう急にいうとかんならんおもて、追いついて来たんや。君、そやけど、僕も、ずいぶん妙なことといわれてるのやで。そのことがあってから、『岡沢め漆間におかしい』いう評判たてられてな」

と迷惑そうに呟《つぶや》いた。

しかしその刹那、ふとぬすみ見た岡沢の表情が、彼のことばを裏ぎっていた。

激しい息ざし、血ばしった瞳《ひとみ》、ひしびしと安良に圧しかかる触覚。安良はそっとあたりを見まわした。

日ざかりの森の外を、かよう人もない。


「岡沢君。ぼくは失敬します。ありがとう。出来るだけ気をつけます。さよなら」

夢ごこちに、一歩縁をおりた。

「漆間。ちょっと、これ見てんか。見て、返事やろおもたら、くれたまえ」

安良は、あいての顔をまともに見ることが出来なかった。

表門まで、ばたばたと馳《か》けて来て、ふりかえった時、矗立《すぐだち》の木の幹にもたれて、此方《こちら》を凝視《みつ》めて、あがった肩も淋しげに、自分を見おくっている男を、悲しむ心が湧いて来た。

＊　＊　＊

安良は幾度か、上級生から手渡された、さっきの手紙を開封しかけては、ためろうた。豊かな楽しい予期にまじる、心もとない哀愁に、胸はおそろしく浪立った。贓物《ぞうぶつ》を懐にした心もちで、あぶあぶとして家の敷居を跨《また》げた。家では、あらゆる隈々《くまぐま》から覗きこまれているようで、気が咎《とが》めた。

彼はとうどう蔵の二階へ上って行った。網戸の薄明《うすあかり》の下で、西洋罫紙《けいし》にはしりがきしたぺんのあとを辿った。

いいしらぬ心もちで、しばらくぼうとなって立っている。

網戸の前には、大きな青桐の葉が、日を受けて、陰鬱な光を漂わしていた。安良は重い窓の土扉《つちど》をひきよせて、暗い梯子をおりて来る。

＊　＊　＊

四五月ごろからつづいて来ただるい心地にしなえて、朝からなんにも手につかない。光を厭《いと》うて、うす暗い部屋を求めて机をうつした。日の暮になると、蝙蝠《こうもり》のように店さきへ出て、あかるい電燈の下で、大きな声でおもしろ相《そう》に、買い物に来る子どもをつかまえては、はなしかけたりした。

夏に這入って、一番あついという晩、彼は店の端《はな》の、あげ床《どこ》のうえに足をぶらさげながら、人どおりをながめていた。

家のうちは、一時間も前に夜のけしきになっているのに、空はまだ昏《く》れきっていなかった。西の方は、二月ごろの冴えきった空を思わせるように、うす白く光っている。

「安さん、安さん」

うちらから呼んだのは、叔母である。

「今夜、宮さんの会所で、浄瑠璃があるねといな。いきなはらん」

「しろうと」

「しろうと」

「村太夫だっしゃろ。こない暑いのに邪魔くさい」

「そないにいうもんやあれへん。安さんに聴いて貰いたいいうてはんのやで。村太夫やあれへん。貴鳳《きほう》や貴若《きじゃく》だっせな。いやだっか。そんなら、しっかり店番してとくんなはれや」

叔母は小女郎《こめろ》をつれて、糊気で夜目にも角《かど》ばった湯帷子《ゆかた》を着て出て行く。

「まっとくなはれ。いきまっさ」

「はよ行かんならん、そんなりおいで」

安良は、下駄つっかけて飛び出した。半袖という、帷子《かたびら》の膝ぶしまでしかないものを、一枚着たばかりである。

人々は、むっとする汗のにおいと、人いきれの中に、どんよりとしたらんぷの乏しい光のもとに、一様に団扇《うちわ》づかいをしていた。

その末の方に小女郎に持って来させた座蒲団《ざぶとん》をしいた。

一段は一段と、目に立って上衆《じょうず》が立ちかわった。里喜司《りきし》という若い男が、男性的なやわらかみを持った声で、ゆるやかにかたり出した頃から、耳が俄《にわ》かに澄んで来た。

茜染野中之隠井《あかねぞめのなかのかくれい》とかいう、梅の由兵衛《よしべえ》が物語の、聚洛町《じゅらくまち》の段である。安良は、この浄瑠璃は始めてであった。けれども、長吉が姉にいい聴かされるあたりで、これは主人のかねを盗み出して来たのだ、と直感して、あどけない長吉の画策の、しだいに崩されて行くのを悲しんだ。湯を沸かしに立って行くへんになって、胸ぐるしいまでに、目のまえをしょんぼりと台所へ行きすぎる、長吉の後姿を見つめていた。

長吉はとうとう姉の夫に殺された。その刹那、彼自身せねばならなかったことを果したような気もちで、はっと息をついた。

長吉の一太刀あびせられた瞬間の心は、直《すぐ》に安良の胸にとけこんで来た。来しないに死場所をさがして、野中の井戸を覗《のぞ》いて来たという処に来た時、水をあびせられたような感じが、あたまのなかをすうっと行きすぎた。

「あらな南のええ家《とこ》の若旦那だんね。うまいもんやな。貴鳳はんの後つぎだんな。文楽や堀江のわかてに、あんだけかたれるのはあれへん」

などと、わあわあさわいでいるなかに、安良は、淋しく野中の井戸の底にうつる、わが影を見つめていた。

二人ばかり、白髪《しらが》あたまの巧者な人が、短く端折《はしょ》ってかたって、貴若というのが床《ゆか》にあがった。さばさばしたうちに、みずみずしい感じを与える声で、堀川をかたる。

「越路《こしじ》もかなえしめへんで」

など喚《わめ》く男もあった。やがて、

「周防《すおう》町のどっさり」

「にっぽん一」

「文楽だおし」

こういう歓喜の声に迎えられて、今日のとりである貴鳳が、堂々と、寺子屋をかたり出す。

与次郎もお俊も、源蔵や松王までも、脆《もろ》く、はかない、泣きたいような情をそそった。いまにも摧《くだ》けそうな心を擁《だ》いて、会所を出る。朧々《ろうろう》たる月のまえに、みずまさ雲がぬっと伸《の》しあがっていた。

いつも寝間に這入ると、ぐっすり寝入ってしまう安良は、その夜、夢をおおく見た。

＊　＊　＊

寝汗をべっとりかいて、床を離れた目に、朝顔の花の濡れ色が、すがすがしく映った。

今日は終業式のある日なので、大いそぎで家を出た。愛染堂の前の坂みちにかかった時、ああきょうだと思った。

いよいよ今日になったのだ。彼は岡沢の心を忘れていた訣《わけ》ではなかったけれど、返事を書こうとは思いもよらなかったのである。それに今、あざやかに、返事を待つといった時の、あの男らしい顔に漲《みなぎ》っていた、憐《あわれ》みを請うような、悲しい表情が思いかえされたのである。

雪消《ゆきげ》の沢に春草を蹈《ふ》む、したには安からぬ思いを包みながら、うちなごんだ心地を楽しんでいた、夢ごこちがふっときれて、彼ははたと当惑した。どうしたらよいものか、実際あてがつかないのである。

木立の間をと息つきながら、だるい足をひいて考《かんがえ》に沈んだ。

ふと思いあたったのは「おもふことだまつてゐるかひきがへる」というどこやらで見た句である。

安良は手帳の紙を裂いて紫鉛筆でそれを走りがきした。

＊　＊　＊

水泳がはじまった。安良は毎日、日ざかりの道を、一里半もある大川へかようた。見る見る顔は焦げて行く。ぬるんだ水は、いつもすこし濁っている。雨の揚句《あげく》は、それが黄色になって流れた。彼は一年の時、二年の時、毎日欠かさず夏中通いとおした。けれども今におき、からだは浮こうかともせなかった。川中に樹《た》てた青竹をつかまえて、脚を張って水を搔《か》く稽古《けいこ》に、三夏もかかっているのだ。

水は、時としては、気味わるく銀色にうねって、安良の脇の下を潜っては、流れ流れした。彼は、おりには手をはなして、水底に沈んで見る。しかし立って見ると、乳のあたりまでしか水はなかった。炎天の下に、とろりと澱《よど》んでいる水の、ひたひたと皮膚を撫でて行く快さに、目を細めてじっとしていることなどもある。

彼は縄ばりを潜って、一町泳ぎのなかまのいる処へ、徒歩で行こうとした。三足四足踏み出すと俄《にわ》かに深くなったので、驚いてひきかえすと、あぶない足もとを、水がすくい相《そう》に、深いうねりをつくって流れた。彼はやっと境目の縄に縋《すが》りついて、ほっと息をついた。

ふと、五六間《けん》さきに、水面の唯《ただ》ならず動くのが目についた。しかもそれが、安良をめがけて、矢を射るように進んで来るのである。

彼は立ち蹙《すく》んだ。水の動揺が、彼の眼の前にひたと止って、同時に彼の足を捉えたなま温い掌《たなぞこ》を感じた。とたんに泡だった水面に纔《わず》かに首が出た。岡沢である。

岡沢はあとさきを見た。そうして手をつよく牽《ひ》いた。水中で、なかば自由を欠いている彼の腰は、縄のたるむままに、ゆらゆらと一二尺あとへなびいた。そこは急に川床が落ちていた。ふためいてひっかえそうとする安良のからだは、逞《たくま》しい腕にひしと抱えられた。発達した胸肉《むなじし》が、彼の背に触れる。突如として彼の頬に高く唇が鳴った。

浅瀬に流れよって、彼は苦しい息をついた。心臓は激しい鼓動に破れそうである。

「え。わるいことする気やないよって。こらえてくれたまえ。ずつないかったか。ほんまにあぶなかったで」

と小さな声で囁《ささや》いた。

「おとついもろた返事な、さっぱり意味がわかれへなんだんや。二日かかって考えたけど、僕は文学知らんもんな」

ちょうどこの時、おかに上る時を知らす鐘が、さわがしく水面に鳴りわたった。

安良は道の退屈を紛らすために、よく一町ごとに、辻をまわりまわりした。今日は考えねばならぬことのある心地で、わざといつも連れだつ友人のむれにはぐれて、さばさばとした肌から、新《あらた》ににじみ出て来る油汗の、煮えたちそうな天日《てんぴ》の下《もと》を、項垂《うなだ》れてあいた。彼の心はいま柔かいことばや、滑《なめら》かな触覚でいっぱいになっている。

安良はたくさんの人の見ている前で、あんなに近よって来た、岡沢の大胆な挙動に戦慄《せんりつ》した。ほんの暫くでも、ああした男から逃げ出すことの出来なかった、自身の心を打擲《ちょうちゃく》したく思うた。

あの男は、実際きょうはなしたとおり、文学を知らないのだ。なるほど、学問は出来そうだ。しかし牧岡だの、梅野だのという連中とああしている以上は、心のどっかに潜んでいる、野獣のような性質のあることを、思わずにはいられない。安良は子どもの時分から、ずいぶんと人にわけへだてをもっていた。それがどうした訣ともわからずにいたのが、今はじめて、思いあたったのである。じょうひんで脆い心もちが慕わしかったのだ。岡沢には、これが欠けているように思われた。それに、なぜこんなにまで心をひかれるのだろう。美しいものと思いつめていた心の奥に、これまで知らずにいた、そういう汚いおりがこびりついているのだと思うと、あたまがかきみだいたように、くらくらとして来る。

いつか一度異様な感覚をそそったおぼえのある痙攣《けいれん》が、岡沢という名を思いおこすたびに、顎のつけねをとおりすぎる。

彼の胸はこぼれそうになっていた。すべての浄らかなものと、あらゆるけがらわしいものとが、小《ちい》さいあたまのなかで火の渦を巻いた。

目をあげると、大空は吸いこまれそうに青々と晴れて、陽炎《かげろう》がひらひらとゆらいでいる。

目がくらくらくなって来た。

「あぶないっ」

驚く彼の肱《ひじ》に、ひどい打撃をあたえて、車がはしりすぎた。狭い繁華な町は、向同士軒《むかいどうし》に日蓋《ひおおい》を引きわたして、さすがに凌《しの》ぎよい蔭を幾町もの間につくっていた。家と家とに囲まれた、やや広い八幡宮《はちまんぐう》のまえに出た。彼は祈りたくなって、広前《ひろまえ》に立って、心を集めてあたまをさげていた。けれども、なんと祈ってよいのかわからなかった。

油照りのせつない日よりがつづいた。

水撒《ま》き車の捏《こ》ねかえした道に陽炎が立って、昼網の獲物を市に搬《はこ》ぶりょうしの赤銅色の背に、幅広く日は照りつける。軒ならびのあそここでは、朝ごとに朝顔の大輪を誇って、かどに鉢を並べた。

昼すぎると人どおりのとだえた街の、古い家の格子の脇にすえた、麦茶を施す甕《かめ》から、茶碗についでは呑み、注《つ》いでは呑みしている白衣《びゃくえ》姿の、四国遍路の、舌うちする音なども聞えて来る。町をすこし離れた屠牛場《ば》へ牛肉をうけとりに行く車が、遠雷をおもわせるように響いて来るかと思うと、やがて恐しい地響《じひびき》を立てて、轟《とどろ》きすぎる。白と浅黄のだんだら染の日よけ暖簾《のれん》が、時おりの風に思い出したふうに、ふたふたと動く。

安良は、小学校この方《かた》昼寝の害を説かれて来た。それがあたまに深く印していて、今では、道徳的の属性を以て考えられるようになっていた。

死んだ父は、いつも土用の前後は、中食をすますと倉に這入って、そこにすえつけた籐の寝椅子の上で、日中《にっちゅう》をねることにきめていた。そうして、四時をまわって日が片かげりになると、倉から出て来た。彼と彼の兄とは、毎日のように閲《せ》りあいをした。泣きむしであった彼は意地のわるい末の兄のために、よく泣かされた。わっと声をあげると、土戸ががらがらとあいて、父が彼らの前に出て来て、兄弟を睨《にら》んだまま、奥の間へひっこむのが常であった。そういう日は、きまって機嫌がわるかった。父のことを考えると、今でもそうした場合の、充血した目をおもい起さずにはいられない。

母は、人なみとは非常に肥えている。かんかんと日の燃えるように輝く昼すぎになれば、安良に店の番をさせておいて、

「もう、どんならん」

といいいいうちらへはしりこんで寝た。ものの二十分も横になると、寝たんのうして出て来た。

父や母の昼寝は、安良の道徳的批判から超越していた。父は朱子や王陽明などいうむつ

かしい名の支那人の書いた書物をたくさん蓄えている学者で、母は女大学で育てあげられた女だということが、父母を美しいものに見せた。すといっく風な父のしつけで、安良はどんなおりも肩を脱いで汗をいれなかった。安良は店の帳台に凭《もた》れて、目の眩《くら》みそうに光るおもての通りを見つめていた。

「まあ、小ぼんちゃん。大きうおなりやして」

うとうととしかけた彼の耳もとに、寛闊《かんかつ》な京ことばがなめらかに聞えた。ふっと顔をあげると、それは京へ嫁いで四五年になる、安良の乳母であった。彼はどぎまぎして、急に、いうてよいことばが唇に上らなかった。

「お家さんや御寮人《ごりょうにん》さんは」

いいきらぬうちに、店から中戸の方へ這入って行く。彼はいそいそして、

「西京のばあやんが来まひたで」

と大きな声を出した。

うちらからは、暫く乳母のはしゃいだ話声や、高笑が手にとるように聞えて来た。

「まあ、お家さんのなに仰《お》っしゃるやら。もう、わたしのような運のわるい者はあかしまへんえ。さんざ心配さされた揚句が、おみかやん見たいに、血の道か肺でもうけて、

死ぬんやろとおもてますえな。小ぼんちゃんはもう中学校の三年生におなりやしたんどすか。早いもんどすえなあ」

彼は目をつぶって、じっと乳母の話に耳を凝《こら》していた。

安良はいま、乳母の家が、河内《かわち》の高安《たかやす》きっての旧家であったことや、よくはなして聴かせられた業平《なりひら》の恋の淵の話や、俊徳丸《しゅんとくまる》の因果物語を後から後から思い出して、その温い懐のうちで、やわらかな乳房をまさぐっているような心地にかえっている。するとひょっこり、がらんとした淋しい家が目に浮んで来る。高い梁《はり》は煤《すす》で黒びかりがしている。うしという天井の横木に、黄ばんだ護符《ごふ》が一枚くっきりと見える。彼はそれは火ぶせのお札だとおもいこんで見ている。ひろびろとした土間を見おろすような腰高なあがり框《かまち》のすぐうえは、六畳ばかりの落ち間になっていて、座敷のまんなかには大きないろりがきってある。

障子も襖《ふすま》もない次の間に、横窓からほの暗い光がこぼれている。その部屋の正面には、せの高い仏壇がすえてある。ここへ来た最初は、ただわくわくとしていたが、心がおちついて来ると、その仏壇の前に新蝶々というのに結うた女の、あちむきにねているのが見えて来る。安良はそれが乳母だと思うている。いろりを隔てて白髪のばあさんが糸を紡いでいる。これが、自身の乳母に乳を呑ました女なので、乳母の乳母ということに少からぬ興味を感じていた。小さい、日に焦げた顔に、目が大きくあいて、口は深くしまっている。安良に話一つしかけるでもなく、ゆるやかに糸車を動かす。浅葱《あさぎ》の着物を片《かた》袒《はだ》ぬぎにして、萎《しな》びてたるんだ膚《はだ》があさましく見える。口をきかないことが却《かえ》って安良にとっては、のんびりした心もちをもたせる。きちんと膝をそろえていた彼の足は、すこししびれごこちになって来る。

ばあさんは、余念なく車をぎいぎいぎいとまわしている。時々鋏《はさみ》をとりあげてちょっきりと糸を截《き》る。いつまでたっても、乳母は起きて来ない。はなれ島においてけぼりになった、よすがない心もちが湧いて来る。二十分、三十分、そうして四十分という風に時間がたって行く。ばあさんは、時々目をあげて、彼の方をきっと見る。彼はその度毎《たびごと》にびくりとする。ふと鶏の声が遠くで聞える。この家のまわり半町ほどに、家のないことは来しなに見て知っている。近ごろ乳母に連れられて見た、千日前《せんにちまえ》の緞帳《どんちょう》芝居の舞台が、思い出されて来る。やはりこういう野中の一軒家に、老婆が住んでいる。そこへ雫のたりそうな若侍と、美しい女とが、一夜の宿を求める。若侍は急に失念した物をおもい出して、若い女を残して置いて、いっさんに花道を馳《か》けて這入る。若い女は身持でいる。奥へ案内した老婆は、暫くすると出て来て、大きな出刃庖丁を荒砥《あらと》にかけはじめる。やがて、とぎすました庖丁を片手に、奥の間を見入ってにったりすると、白髪あたまの中から、大きな猫の耳が出る。

部屋に飛びこむや否や、悲鳴が聞えて、さっきの女が、髪ふりみだして、片袒《かたはだぬ》いだ襦袢《じゅばん》に、血を太く引いて逃げ出て来る。老婆が追うて出て、帯をとる。帯がくるくるとほどける。とうどう手負の女は、そこに仆《たお》れてしまう。すると、老婆は女の脇に立膝して腹を裂きにかかる。女は、時々四肢をびくびくと動かす。血みどろになった赤児をひき出して、爛《ただ》れたような満足の笑《えみ》を洩らす。そういうありさまが、まざまざと見えて来た。炉にはかんかん火が燃えている。堆《うずたか》い灰の中から、太い火箸《ひばし》がにょきにょきとあたまを出している。乳母は、ころされたその女のように、まるくなって寝ている。ばあさんは相かわらず糸を紡ぐ手をとめない。櫛《くし》をいれぬ髪が猫の耳を思わせるように、四五本わびしくそそけて立っていた。黒塚の話、一つ家《や》の怪談、有馬や鍋島の身の毛のよだつような物語が、続々胸にうかんで来る。彼は目を閉じて見た。そして時々おずおずと細目をあけて、ばあさんの容子《ようす》を見た。今にも、このばあさんが飛びかかって来るのじゃなかろうかと考えると、胸がどきどきして来る。乳母は、なぜ起きて来てくれないのだろう。もう半時間もたってから目を覚ますと、骨ばかりにせられている自分ではあるまいかと、おろおろとして涙さえにじんで来る。彼のからだ中が耳になって、ばあさんの身じろきする音まで聴き洩すまいとした。ふと見あげた目が、ばあさんの瞳とぴったり出逢うて、ひやりとした。安良はおびえ上った。いたたまらなくなって、かどへ逃げて出るすきを考えるようになって来た。

いいまなか程あけたままになっている戸口の外には、真紅の花が揺《ゆら》いでいる。けれども出ようとする瞬間、彼の背にうちこまれる、ばあさんの爪を予想せないではいられなかった。おさな心にも万一の同情を惹くつもりで、努めて大人しく、あわれっぽく、つくねんとすわっていたその容子が目につく。そうしていることが、唯ひとつの心頼みのような気がしていた。ひたと氷を抱きしめているようなはりつめた心もちが、一時間あまりもつづいた。

のびのびと、思いきり手足をひろげて、乳母の起きなおった時は、安良の恐怖は絶頂に達していた。ふと気がゆるむと、今までおさえにおさえた悲しみが、いち時《どき》に迸《ほとばし》って、わっと泣き出す。乳母はびっくりして走りよる。

乳母が西京へ嫁《ゆ》く前年であった。彼はそのさとへ一晩がけで行ったことがある。そのあわただしい間の記憶が、いんまあったことのように、思い出されて来たのである。

「今夜はまあゆっくりして、安さんと道頓堀やせんにちあたりあるいといでえな。おまえの好きやった、福円の芝居なと見たら、ええやろ」

母の声がする。

「まあ、えらいいわれ方やわ。あんた、そないいつまで、あほらしい、もうほんまに芝居て、京い行《い》てからいうもんは、こっからさきも見たことはおへんのどっせ。それに京いうとこは、愁嘆なとこどしてな、芝居いうたかて男はんばかしどっし、それにあんた、四条まで出んとおへんさかい、もうもう朝から晩まで、埃《ほこり》まぶれになって働いてあすけど、なんし亭主《うち》が肺どすやろ。そのうえ先《せん》の人の子が、もうな、織子と悶着ばかりしましてな、まだなんと十八どすのえ。それにまあ如何《どう》どす。織子をおいかけまわして、しよがおへんのどす。実の子はあるやなし、楽しみいうては、好きな芝居かて見られんし、あんまり末の見とおしがつかんので、時々には生きてるいうことにさい、ほっとすることがおすのどっせ」

大きな声ではあるが、さすがにうちしめって聞える。

「しかしまあ、世の中て、おもしろづくめのもんやあれへんさかいな」

叔母が慰めるようにいった。

「そうどすとも。苦しみに来た世界やもん、でけるだけ苦しんどいたら、末はどないなとなるやろおもいまひてな、この頃ではちょっとでも間があると、六条さまへおまいりいたしあす。そらなあ朝や等《みな》は、ひろうい、しいんとした御境内をあるいてますとな、ぞっと身にしゅんで、思わず知らずお念仏が出て来るのどすえ」

「けっこなこっちゃな」

離座敷にいるはずの、祖母の声までまじっている。

「なあ、お後室《かた》さん。お寺の院主《いんじゅ》さんも、そう仰っしゃるのどすえ。それからが道に這《は》入《い》るのや。その心がすぐ逃げるよっていかん。じっとはなさんようにせなならん、言やはります。そうそう、わたしもおととしな、お剃刀《かみそり》を頂きましてな、尼《あま》妙順たらいう、法名を頂戴しましたのどす。『妙順さん、ああい』宛然《まんで》どんどろの尼はん見たいな名どすな。あんまり喋って、口がしんどなりあした。ぶぶ一杯頂戴します」

今度は、方角ちがいの台所の方から、

「檀那《だあ》さんの一周忌にもようおまいりいたしえへんと、お戒名だけは、うちの過去帳い書き入れとおすのどすえ。檀那《だあ》さんは学者やったさかい、戒名までむつかしいて、わたしらには覚えてられあへん」

「ほんまにな、あの時分は、姉《おい》さんとわていと二人、どうしょおもて、途方にくれたわ。満中陰《まんちゅういん》の配り物をしてしもうて、店で二人すわったまま、顔見あわせたなり、とぼんとして、日がくれるのに店もしまわずに、じっとしてたことがありましたなあ。姉さん」

「ほにほに、そんなこともあったしな。あの時分は、御膳喰《た》べてても咽喉《のど》いつまるようやったわ。これからさき、五人の男の子を、どうさんばいつけて行こう思うと、考えるのも怖いような気がしたしな。おやな、そらな、このおいくやんが、どこいも嫁《ゆ》かずにいててくれたらこそやと、寝間の中で歯あ喰《く》いしばって、泣いたこともなん返《べん》やった知れえへん」

「あほらしい。そんなことおますもんかいな。けど商売は大きいやってるし、ほんまは、これまでも姉さんがおもにやっててやったにしたかて、兄さんがいてくれたはるので、どうなりこうなり凭《もた》れてたのに、ころっと死にやはったので、今度はわていに凭れかかって来てやったので、ほんまにどないしょうおもたわ。せめて、劉ちゃんでも卒業ひててくれたらなあと、なんぼおもた知れえへん。それからまる二年いうもん、ほんまに泳ぎつくようにしてるのやし。そいでもまだあと二年せな卒業せん思うと、そらなあのつほつするで。ばあやんが生きがいない思うのも無理はあれへん」

「まあ裏い来て、べべでも脱いでゆっくり京の話など、聴かしとくれ」

「へえ大け」

祖母がおやなを連れて立ったらしい。

家のうちはひっそりして筋向の下駄屋から借りて来た駒鳥が、つづけさまに高音をあげている。

安良は、硝子戸《がらすど》ごしにややかたかげりになって、人どおりのしかけたおもてを眺めている。

幾年ぶりに、やっとの思いで出て来たのだから、物見遊山で、大事の時間はつぶしたくない。それよりは、五年この方たまってる話がしたいといって、おやなは、其夜《その》どこへも出ないで、家内じゅうの耳を、暫くも休ませずに話しつづけた。

いろんな昔語《むかしがたり》をしているうちに、ゆったりとおちついて来て、ここにいた五年前の心もちがかえって来て、大阪ことばや、河内なまりがまじり出した。

「うちののらと小ぼんちゃんとは、たった一歳《ひとつ》よか違えへんのに、なんでこないに違いまんねやろ、小ぼんちゃんは勉強一まきやのにな、一体なんでうちらの子どもは、はよ色気づきまんのどっしゃろ」

「そのかわり、もう安さんはたべてたべてな。ばあやんが見たらびっくりするで。間《ま》がな隙《すき》がな、膳棚や押入あけてなんぞさがしてるのんや。くい気一方いうたかて、こないなも難儀やし」

母は瞼《まぶた》をしがめていうた。

「いいええな、それがええのどすえ。七八つの時分、屢魚辰《よう》のおこちゃんや、浜側のおすみさんらと遊んでてやっても、あんまりねきい来ると、ばばいばばいいうておこってどっしたが、やっぱり三歳児《みつご》の魂たらどすな、小ぼんちゃん、いつまでも、おなごなんて欲しいおもいなはんなや」

「知らん」

安良は顔赤めて起ってしまった。そうして、そっと二階へあがって行った。夜露の、しっとりおりている物干台に出て、穴にでも消え入りたい、心地にひたっていた。

＊　＊　＊

安良は、休暇になったはじめに、ふた朝つづけて、水かけに学校へ行ったきりで、その後は、畠《はたけ》の手いれをしてやる気にもなれなかった。初《はじめ》のうち、二三日はよく思い出した。草が水分を失って、一秒一秒と枯死に近づいて行く容子が、まざまざと目に見えて、矢も楯もたまらぬように蒲団のなかでいらいらした。しかしどういうものだか、思い立って学校へ行く心が起って来ない。四日五日と経つうちに、それほどには感ぜなくなった。ところが、ある朝、運動場に草がのびて、白い砂地にきらきらと露の光るありさまが、すがすがしく心にうつった。ふと、静まりかえった学校の庭に立って見たくなって、まだおもての大戸もあげないうちに、家を出た。思ったとおり、森閑とした運動場を、宿なし犬が二匹はしりまわっていた。庭園用の道具をとり出す為に、建物のなかに這入る。

宿直部屋には人の影もなく、白湯《さゆ》がしゃんしゃん煮立っている。閉めきった建物のなかに、煉瓦《れんが》の土のにおいが、いいしらぬなつかしみを漂わしていた。あたりを見まわして、そっと廊下に手をついて、匍匐《はらばい》加減になって、これまで知らずにいたものの香を、心ゆくまで嗅《か》いで見た。人の近づいて来るらしい物音の連続が、遠くから聞えて来るように思った。安良は起ち上った。けれども、それはそら耳であった。しかし彼の顔は、赤くなったように感ぜられた。

半時間の後、彼は庭園のすがれはてた草花の中に立って、茫《ぼう》としていた。さすがに、葉のところどころの幹に幾条《いくすじ》か青い処は残っていた。乾きに堪える帝王貝細工の花ばかりが、指を触れると、からから鳴りながら、色を失わないでおる。後悔の念・慙愧《ざんき》の心が、彼のあたまに湧きのぼって来る。ああ穢《きたな》い心を燃している間に、丹誠した草花は、みな枯れてしまった。美しい脆い心も、その草花と一処《いっしょ》に枯れてしまったのである。彼は、茶色になって萎《しな》え伏した草のうえに、まざまざと荒《すさ》んで行った少年の心のあとを見た。

ぼうっとあたりが曇ってきて、安良の瞼はもちこたえられなくなった。涙がぼろぼろと、草の葉にかかる。

安良の部屋は、二階の一間をあてがわれていた。これは物置部屋のようにつかわれていた処を、すこしばかりかたづけて、安良の机を、すえることの出来る様にしたのである。

しかしやはり、商売物の陳皮《ちんぴ》や重薬《じゅうやく》の袋が、山の如くつまれてあって、それが心を沈静さすように、におい立っている。

安良の机の脇には、叔母の大きな鏡台が一つ据えてある。家職にとりまぎれて、身じまいにかかっていることの出来なかった女の人たちは、鏡をさえも二階へ抛《ほう》りあげたままにしていた。それでも時おりは、買い出しに出かけるのだというて、母などが、鳥の巣のようになった髪を片手につかんで、上って来た。彼はそのふけの散るのを厭《いと》うて、そういう時は、きまって物干台へ出てしまう。そうして十分もすると、もう済んだ時分だと見て、こわごわ這入って来《き》い来いした。安良は本を読みながら、鏡のおもてにうつる自身の顔に、うっとり見入っているようなこともある。とんとんと梯子を上って来る音を聞くと、どぎまぎしながら本のうえに目を落して、あらぬ行を辿っていることも、度々であった。それは殆《ほと》んど半身をうつす鏡である。南受けの天井の低い二階座敷は、夜になっても、むっと温気《うんき》が籠っていた。

兄二人は、北国と九州とへ遊学に出ているので、男というては彼のほかには、まだ七つになったばかりの双生児《ふたご》の弟があるきりの家では、安良は、一人まえの男の待遇をうけている。彼の家では、夏は毎日、小女郎が湯をたてた。彼はいつも、まっさきに湯に入ることに極《き》められていた。彼の次には叔母が這入り母が這入った。安良はもう、小一時間も風呂にひたって、軟らかな湯に膚《はだ》を弄《もてあそ》ばせながら、身うごきもせないでいる。あかり窓をあけると、冷ややかな空気が、よみがえるように流れこんだ。母屋《おもや》と蔵との間の空地から、青空が見えている。

安良の考《かんがえ》は、そうしているうちに、岡沢のうえにそれて行った。この頃では思うことなすこと、すべて岡沢に根ざしているように見えた。それがまた彼には憎むべきものに思われた。

「安さん、まあどうしてなはんねん。溶けてなはれへんか」

叔母が座敷から呼んだ時に、安良は罪ある考を咎《とが》められたように、ぎょっとした。妙にそぐくさした返事をして、飛び出して、二階へはしり上った。

長い夏の日かげも傾いて、西のつきあげ窓の方から、低くさしこんで、畳の匂がいきれている。

安良の膚は、玉のように汗が伝わった。窓も障子もあけ放つ。梧桐《あおぎり》の葉が揺いで、風がさっと吹き入った。ふりかえると斜に傾いた鏡のおもてに、ゆらゆらとなびいて、安良の姿がうつっている。大理石の滑らかな膚を、日が朗らかに透いて見せた。近頃になって、むっちりと肉づいた肩のあたり、胸のやわらかなふくらみに、思い無げな瞳をして、じっと目を注《そそ》いでいた。

ふと腕をあげて、項《うなじ》のあたりにくみあわせる。ほそやかな二の腕のまわりに、むくむくと雪を束《たば》ねる。自身のからだのうちに潜んでいた、不思議なものを見つけたように、好奇の心が張りつめて来た。鏡を伏せ加減にして、片脚をまっすぐに立てて、今片方《もう》の脚を、内へ折り曲げるような姿勢をつくって見る。豊かな腹のたわみが、幾条の緊張した曲線を畳んで、ふくら脛《はぎ》のあたりへ流れる。後向きになって、肩ごしに後姿を見ようとして、さまざまにしなを凝《こら》して見る。その度毎に、色々な筋肉の、皮膚のなかを脈ばしるのが透いて見えて、いいしらぬ快い感覚に、ほれぼれとなっていた。すと彼の心を過《よぎ》った悲しいとも、楽しいとも名状の出来ぬ心もちがある。じいっと(以下欠字)

彼の生れた頃にはもうなくなっていた、祖父《じじ》があった。その人は養子として、漆間の家に来たのであるが、石嬬《うまずめ》であったうえに、夫にはやく死なれて、ずいぶん手びろくやっていた商売を、女手一つに支えて来た曾祖母《おおばば》は、遠縁の娘をいれて、それにめあわせた。

その祖父《じじ》は、大和の神職の出であった。祖父は死んで二十年にもなっているけれど、土地《ところ》では今でもなんかのはずみにはその名がひきあいに出て、春の海のような性情や、情深かった幾多の逸話が語られた。その頃大和の実家《さと》は祖父の兄が立てていたが、嫂《あによめ》にあたる人が邪見《じゃけん》なたちの人であったため、曾祖母の感情を害《そこな》うようなことが度々であった。それをまた祖父《じじ》が案じて、いろいろと融和をはかったけれど、両家の人々の心はだんだんはなれて行った。十八年の夏、これら病が流行した。医者であった祖父《じじ》は土地の人々のために、夜《よ》の目も寝ないで奔走していた。秋風が吹き出して病気の勢も衰えて来たので、ほっと安心をした気づかれに、今度は自身で死ななければならぬ病にとりつかれた。つつしみ深かった人が、被せても被せても蒲団を脱いでのたうって苦しんだ。祖父の死んだことが聞えると、近くの穢多村から、ぞろぞろと軒さきへ来てわあわあ泣いた。

「先生さんが死にゃはったら、わしら見たいな者は、これから病気になっても誰も見てくれる人はない」

と大声あげて哭《な》いた者もあったそうである。

祖父が死んで、気むつかしい父が代をついだ。田舎のたかもちの大百姓から出て、人にあたまをさげることを知らなかった父は、しちめんどうな親類づきあいに、心を悩ますのを嫌って、祖父のさととは音信不通になってしまっていた。

ところが、あちらでは嫂、兄、それから甥と、祖父の血縁は、だんだんへって行き、こちらでも、父が三年まえに、心臓痲痺《まひ》で亡くなって、どちらも大勢の子を抱えて、女ばかりが残された。

安良は、ものごころのつく頃から、大和に、そうした親類のあることを聞いて、なぜほかの親類のように、盆だの正月だの、やれ誰それの年忌だのというて往来をしないのだろう、と怪しんでいた。祖父も、父も、歌や詩を作り、古典にも多少の造詣《ぞうけい》は持っていたので、何も知らなかった安良も、いつの間にか、飛鳥や奈良の昔語に、胸おどらすようになっていた。大和国高市《たけち》郡《ぐん》飛鳥《あすか》、古い国、古い里、そこに二千年の歴史を持った、古い家。それが、安良の祖父《じじ》のさとである。彼はこう考えて来ると、からだが鳴りどよんで、不思議な力が、爪《つま》さきや髪の末までも、行きわたるのを覚えた。

彼はこれまで、一度も、とまりがけの一人旅をしたことがなかった。去年も、おととしも、春休みや暑中休暇には、叔母や母にせがんだけれども、あぶないからというて許されなかった。しかし、今年の夏は、やっと行ってもよいということになった。どこへ行くと問われて、大和へと躊躇《ちゅうちょ》せずに答えた後に、だれと行くと尋ねられて、ふと行きづまった。しかしことばは淀みなく、斎藤とと答えた。彼は腋《わき》の下に汗の伝わるのを覚えた。斎藤というのは、小学校から一処に、中学へ来た友だちである。そうしてやっと、では一晩だけという許しが出た。安良は天に上るような気になって、自分の部屋にあがって行った。しかし暫くして、その楽しい心地が、はたと物に躓《つまず》いたように、不満を感じ出した。どうして嘘などをいう気になったのだろう、と悲しくなって来る。叔母の目を見つめながら「斎藤と」と答えた時の、自身の顔が目に浮ぶ。こんなしらじらしい嘘に、誠らしい顔をつくって叔母をだました、あさましい心は、罵《ののし》っても罵っても慊《あきた》らなかった。

そうだ。たった一つ、この嘘を償う道がある。それは斎藤の家に行って、いやおうなしに斎藤に道づれになって貰うことだ、と思って、肩の凝りが一時に下ったように感じた。そうして、あわただしく十町の道を馳《は》せた。

「一ちゃんいやはりまっか」

客と話しながら、味噌の竹の皮包をいくつもいくつもこしらえていた斎藤の姉は、うち

らをむいて、

「一ちゃん、安さんが来てはるで」

「へえ」

斎藤は、彼とおないどしではあるけれど、なみの大人よりもずんとせが高い。しかし、青ばながいつも上唇のあたりまでさがっていた。それを時々ぐつぐつと音立てて啜《すす》る。そういう風な子であった。安良は、斎藤をおもてに連れ出して、うそうそと小さな声で耳うちした。

「いきたいけどな、おかはんがえらいわるうてな、姉さんやみなは毎日夜どおしやねん」

「とてもいかれんやろか」

「いきたいけど、今そんなことというたら、おこられる」

「そうやな、そんなら、僕ひとり行かんならんかいな」

「いきたいな、絵葉書なと送ってや、ええか」

「よっしゃ」

安良は泣きたくなった。

「漆間、大和の方の地図ないやろ。これなと持っていき」

一町ほどあるいた時分、斎藤が追っかけて来て、手垢でうすよごれのした地図を手渡した。

＊　＊　＊

朝からむしむしと暑い日である。鍔《つば》の広い、まっ白な麦藁《むぎわら》帽子をかずいて、停車場へ急いだ。しかし、どこやらおんもりと曇ったような心地でいる。叔母や母は、斎藤と同行するというので安心している。待ち心のときめきに、昨夜はまんじりともせなかった。この初旅の、快い予期《あらまし》を羽ぐくむように、大事に擁《だ》きしめて楽しんでいる心に、時々あらぬ雲がかかった。夜が明けると、一晩あれほどに、思いなやんだことが、なんだか夢のように考えられた。家を出る時は、それでも一人旅をするのだ、というようすがない不安な気分にとざされて、ひょっとすると、叔母や母をだましたばちに、恐ろしい宿運の待っている方へ近づいて行くのではなかろうか、と思うてどきりとした。汽車は、夏霞《なつがすみ》のたなびいた野を走る。もう叔母や母の手のとどかぬ処へ来ているのだ、とふと感じて、何やらたよりないうちに、のびのびした心もちを味おうた。

斎藤と一処でないことが、家の人々に知れはすまいか、こういうことが心配せられかけた。斎藤の家の人と、叔母や母とが出逢うような機会を、いろいろと心にくみ立てて見た。そうして、ひとりわくわくとなった。今日一日と、それから、明日戻るまで、そういう機会のないようにと、心のうちに祈って見た。しかし、こんな罪ある考を、神さまがゆるして下さるだろう、とは思われなかった。けれども、家の者に知れませぬように、と頼んだ。

二時間の後、汽車はある停車場にとまった。人どおりのとだえた田舎町のはずれに、大きな石井筒があって、柳の葉が、流し場に散っている。その脇に、檀特《だんどく》の花が萎れていた。赤蜻蛉《あかとんぼ》が、低い空を、目を迷わすように乱れていた。

川床の高い、幅の狭い、水の涸《か》れた川の堤に出た。若竹の深く茂った中から、おりおりぶるぶると、鳥の羽ぐきの音が聞えた。

神代の恋あらそいを偲《しの》べといった風に、大和三山が安良を中にとりこめて、やや遠くむかいおうている。この春はじめて、万葉集を買って貰うたはじめに、仲大兄《なかちおいね》と大海人《おおきあま》のお二方の争《あらそい》に、不快を感ずるばかりであったが、今では皇子たちの心もちが、幾分納得出来るようになっていた。

目を放つと、耳なし山の青々とした、まどかな曲線も、畝火山《うねびやま》の肩そびやかした男性的な姿も、香具山の盛時《さだ》過ぎた女のような形も、安良の心に、いいしらぬもののあわれをそそった。

静まりかえった野は、遠く青田がつづいて、陽炎がゆらゆらもえている。白日の下を、時々、風が砂を捲《ま》いてとおった。大きな樋《とい》の処に来た。樋の上には古い榎《えのき》が、広い蔭をつくっている。安良は、近頃、恐ろしいほど、世界がはっきりと見えて来た様な、あかるい心もちがする。ちょうど、大水の、一本の樋で堰《せ》かれていたのが、樋をぬくとどっと一時に、渦まいておし出して行くように、いじけきった夏草が、大雨の後に、おどろくばかり急にのびて来るように、のび広がる力のすさまじさを、まのあたりつくづくと見つめていた。

日は、空の雲を焼きつくして、青々とした空虚が何処までも続いている。

彼は磧《かわら》におりて、心ゆくまで放尿した。光はまともに、白い下腹を照らす。その瞬間、彼は非常な力の湧きのぼって来るのを感じた。

彼は磧を気狂のように、ま一文字に走った。

　さほ川の岸のつかさの　萱《かや》なかりそね
ありつゝも　君と二人が立ちかくるがね

身も裂けよとばかり、声はりあげて旋頭歌を歌った。すこし行くと穢多村がある。村のわりには大きな寺の屋根を見ながら、石橋の上に立つと、やや広くなった磧に、犬の皮が四五枚乾してあった。藪ぎわのあけはなした小さな家の縁ばなに、赤い褌《ふんどし》をした若い男が寝ている。その家の前に、唐碓《からうす》が淋しそうに首を低《た》れている。

豊浦の宮の趾と、たて石のある寺の近くに、岩が急に落ちて、自然にいでをつくっている処がある。此辺《この》へ来ると、水がちょろちょろと流れていた。石いでの下に、十六七と、十一二ぐらいの男の子が、二人、狭手《さで》をさしてざこをとっていた。

堤の上に立った人のけはいに、大きな方がふりあおいだ。

三分ばかりに延びた髪の生えぎわが、白いまる顔にうつって、くっきりと青く見える。涼しい目をあげて安良をじっと見た。

彼は、咎《とが》められたような気がして、顔がほてって来た。すたすたと歩く自身の後姿を見送っている、子どもの目を感じながら急いだ。

道は、横山を断ちきっている流れについて、山の裾を廻《めぐ》る。

どうも、あの顔には見おぼえがある。いつ見た人だろう、と記憶に遠のいていそうな顔を、あれこれと、胸にうかべて見た。しかしものごころがついてから、逢うた顔ではない、という心もちがする。もっともっと、古い昔に見たのだ。或は、目をあいて夢を見たねんねいの瞳におちた、その影ではなかったろうか、とも疑った。気がつくと、二町許《ばか》りさきの山方よりの畑中に、こんもりとした小山が見える。地図で見ると、もうあれが、祖父《じじ》の宮らしい。昼寝時の村は、真夜中のように、しいんとしていた。どこからか、糠《ぬか》をいる匂がして来る。杉の葉を、大きくたばねたさかばやしが、土ぼこりにまみれて、ある家の軒に吊ってあった。

したしたと、うしろからはしりよる跫音《あしおと》がした。ふりかえると、さっきの男の子が、大きな方の狭手を担《かた》げた後から、小さな方が、目笊《めざる》を抱えて走って来た。二人ながら、高くしりばしょりをして、跣足《はだし》のままで、あつい土の上を踏む。とおりすがりに、大きな方が安良の目にじっと見入った。

以前の山は、村の東はずれに、三十段ほどの、石のきだはしを見せていた。くずれた白壁をめぐらした大きな家が、その山の下に立っている。門の表札には、この村とおなじ苗字が、おぼろげに読まれた。安良はおずおずと、敷居を蹈《ふ》みこえた。玄関まで一間あまりの石畳を、はりつめた心地であるいた。

「ごめん」

咽喉につかえそうな気もちから、やっとこう叫んだ時に、一大事をしおうせたように感じて胸が落ちついて、家の容子も、目に入って来た。しかし、すべてがぼんやり予期していた心もちとちがっていなかった。誰も出て来そうにも見えない。

「ごめん下さい」

こんどはらくに声が出た。遠くの方から、板敷を蹈む音が聞えて、人が来る。

「どなた」

たてつけのわるい障子が開いて、五十前後の女の人が、顔を出した。

＊　＊　＊

古典にしばしばその稜威《りょうい》を見せている大社も、今では草のなかの野やしろとなって、古神道のはてを思わせるように傾いていた。後には、多武《とう》の峰の山つづきが聳《そび》えて、南へ長く尾をひいている。陽炎の立っている野には、まどかな青山がゆるい曲線を漂わして、横ほり臥した。

祖神の広前に蹲《うずく》まって、目を閉じていた。そうしているうちに、ひろい神の心が、安良の胸に、あたたかく溶けこんで来る。おまえたちとおなじようなことをやって来たわしだ。そんなことは、すべてわしの前には、罪とは見えない。おまえのせなければならぬことは、目のまえにあるではないか、と囁かれるような心もちがする。

せなければならぬこと、どんなことだろう。石段をくだりながら、彼は考えた。目の下には、祖父の育った家の中庭に雞《にわとり》の餌を拾うているのが、手にとるように見える。そうだ、遠ざかっている両家のあいだをもとどおりに戻すのだ、そう思いあたって、いそいそと走っておりた。門の前に来て、安良は立ちすくんだ。さっき出て来たのは、この伯母に相違ない。なぜあの時、これこれの者だといわなかったろう。どっからおいなはったと問われて、大阪からと答えたまま、お祓《はらい》を貰って逃げるように出て来たことが、後悔せられる。今更、どういいまいして這入って行くことが出来よう。最前見た伯母のほかに、どういう恐ろしい人がいるかも知れない。一度も逢ったことのない人、そういう人々とうけこたえをして行く、ということは、その容子を思い浮べて見るだけでも苦痛である。

ばたばたと走って出て来る音を聞いて、ふためいて身をひいた。半町あまりあるいてふり顧《かえ》ると、以前の大きな方の子が、じっとこちらを見送っていた。

村を南へ出はなれて、田圃《たんぼ》道を横にきれると、安居院《あんごいん》という寺がある。安良は狐格子の内を窺《うかが》った。暗闇のなかから蚊が飛び出して来て、睫《まつげ》に触れる。そうしているうちに、だんだんくらがりに馴れて、堂の中の容子が、すこしずつ見え出した。まっ黒な大仏の目ばかりが、金色にぴかぴか輝いている。蘇我《そが》の入鹿《いるか》の卵塔《らんとう》が、煙草畑の畔《あぜ》に立っていた。彼は後先を見まわした。そうして足をあげてはたと蹶《け》る。薩摩下駄がころりと鳴った。日は赤々と照って、地は黄色に萎えているように見えた。あちこちの竹藪がよれよれに縺《もつ》れて見える。二三軒、野中に見える小家が、困憊《こんぱい》にめまいして仆《たお》れようとしている。川に出る。磧《かわら》には青草がしなえ伏して、昼顔がほのぼのと白く咲いていた。

橘寺・岡寺をまわって、多武峰へ上って行く安良の単衣《ひとえ》の背は、汗で絞るほどになった。油蟬《あぶらぜみ》の声が梢に静まって、蜩《ひぐらし》が鉦《かね》を叩くように鳴き出した。

「長谷《はせ》い出るのはどっちへまいります」

やや傾いた日ざしの透く、杉木立の下に立っている老僧に問いかけた。

「これから本道を一里さがって倉橋いうとこい出なはって、そっから横にきれて、忍阪《おっさか》いう村を問うていきなはれ。けんど、よっぽどせかんと途《みち》で日が暮れますで」

忍阪へ出た時は、人顔もほのかになって、たそがれていた。名も知れぬ峰に夕日がさして、村の子らは道ばたに出て、石を投げおうている。一軒の家からは、風呂を焚く柴の煙が立っていた。新しい木の葉の焼ける匂が、せつないほど旅愁をうごかして、一時間の後、長谷についた頃は、日はとっぷり沈んでいた。宿屋の軒をならべた町を、幾度も行きかえりした。とうとう、思いきって、そのうちの一軒へ這入って行った。山ふところの町は、夜に入っても油汗が流れた。臭い油煙の香のこもった部屋を出て、長谷寺の本堂の方へのぼって行く。長く廻廊は急勾配をうねりうねりした。舞台に出ると、月がかすんで朧《おぼ》ろに影を板敷におとした。山にかかって、ここまで来る間に、人というては一人も逢わなかった。欄干に凭《よ》りかかって、町を見おろす。まだ起きている家の多かった町からは、物音も聞えて来ない。目を閉じていると、いつかうっとりとなって来る。この寺へ参籠《さんろう》に来た、平安朝の女性の心もちが、彼の胸に蘇って来る。そっと、うす目をあけて見ると、月が雲を出て、前山のおだやかな襞《ひだ》をまざまざとあらわしている。板敷を踏む自身の下駄の音が、峰や谷に谺《こだま》して、夜は更けしずまる。

太い円柱が処々に立って、ほの暗い隈をつくっている。安良は音も立てないでつつましやかに堂のまわりをあるいて見た。ひとまわりして、もとの舞台に戻って来て、ふとふりむくと、堂の立蔀《たてじとみ》に身をよせてすうっと白い姿がうごく。安良は瞳を凝して、身じろきもせなかった。白い姿もじっと立ち止って動かない。安良は恐る恐る近よって行った。白い姿はだんだん輪廓が溶けて行って、夢のように消えてしまった。後の山でけたたましく鳥が鳴いた。

道はだんだん高みにのぼって行った。山も川も森も野も、目の下に眠っている。日はきらきらと輝いて、虫一つ鳴かぬ静かな朝である。

山の背づたいにはるかに南へ連っている道の末に、爪さきあがりの急阪が見える中平な場所が一町もつづいて、両側には、藪があったり木立があったりした。時おり思いがけないあたまの上から、ばさばさと鳥が飛び立った。露は白い脛《はぎ》を濡らす。木のすこしすいた処に塚がある。彼は一歩塚の方へ踏み入って、ぎょっとして立ちすくんだ。毛孔が一時に立って、冷汗がさっと滲《にじ》んだ。蛇だ。むらむらと恐怖がこみあげて来る。しかし、静かな心もちがすぐ彼に帰って来た。安良は、じっと目をさだめて見た。淡紅《とき》色の細紐が草のうえになびいていたのである。胸はまだどきどきしている。極端な憎悪に燃えた瞳に、今安らかに一すじ長く淡紅《とき》色の紐が、露深い叢《くさむら》に流れているのを、爪さきだてて見入っている。

きりぎりすが鳴き出して、昨日のようないらいらする天気になった。道が二股にわかれている。一つは、遠い尾の上の松原まで上って行く。見おろす山裾の小在所へ、も一つの道が、ひたくだりにさがっている。すこし手まえの蜜柑畠《みかんばたけ》の中に、野番小屋がある。安良はおずおずあゆみよった。見まわすと、すこし手まえの蜜柑畠の中に、野番小屋がある。安良はおずおずあゆみよった。つきあげ戸から覗きこんだ彼は、そこにあさましいものを見て、思わず二足三足後じさりした。小屋のなかからは、はたちあまりのがっちりした男が、愚鈍なおももちに、みだらなえみを湛えて、驚いたという風に戸にいざり出て、こちらを見つめていた。

安良はおりおり後さきをふりかえった。そうして蹲って、耳をそばだてた。深い檜林には、人音も聞えなかった。目を閉じると、淡紅色の蛇が、山番の裸体の肩や太股《ふともも》に絡みついているのが、まざまざと目にうつった。

昼すこし下って、焼けつくような白砂のうえに大杉が影をおとす三輪の社頭に立っていた。山颪《やまおろし》が今越えた峰のあたりから吹きおろす。

緒手巻塚《おだまきづか》杉酒屋の恋物語を、幾度かにれがみかえしながら、遥かな畷《なわて》を辿って行く。灯ともし頃になって疲れきったからだを、ある停車場のべんちによせかけていた。暮色は蒼然として漂うている。突然、彼の脇に歩みよった若者がある。

「君は大阪ですか」

「ええ」

「大阪は」

「南の方」

「学校は」

「百済《くだら》中学」

「あの学校に、渥美というのがありましょう、知ってますか」

渥美渥美、彼は深いねむりのどんぞこよりひき起されたような気がした。

「渥美、ええ、います」

「御存じ」

「おんなし三組です」

「そりゃ珍しい、実はぼくの親類なんです。従弟《いとこ》にあたるんですが、久しく逢いません。失礼ですが、今あなたは」

「三年で」

彼はしだいに息だわしくなって来た。

「まだ時間はありますよ、外へ出ちゃどうです。ここは暑くてたまらんですよ」

その若者は、畑の中を横ぎって、半町ばかりさきに見える堤の方へ進んで行った。月がゆらゆらと上って来た。夏涸れに痩せた水は、一尺ほどの幅で彼の足もとを流れた。月見草が、ほのぼのと咲いて、そぞろわしい匂が二人を包んだ。若者は磧《かわら》に腰をおろした。

「ああ、虫が、あれは知ってますか馬追《うまおい》というのです。それ、あちらに鳴いてるでしょう。あれが松虫。おや鈴虫もだ。ねえいい声でしょう。提灯《ちょうちん》をさげて来るとそりゃおもしろいんですよ。ちょいちょい飛びつくんです」

安良はなんかうけこたえをせなければならぬと思うている。しかし、そう考えれば考えるほど、胸がせまって一言もいい出せない。渥美の名を聞いた時に、彼の心は不思議なほど動揺を感じた。その渥美の従兄という人と、こういう処で出逢ったということが、いいしらずなつかしい心地に彼を導いた。

「ぼくは一高にいるんですがね、こうともう三年逢いません。渥美も大きくなったでしょうね。どうです。成績の方は」

「ええようでけます。いつでも特待生の候補になってます」

やわらかな光にほのめく月見草は、夜目にたよたよと、渥美のおもかげをおもわせてゆれている。

若者は帯の間から時計をとり出した。夜霧の中に、きしりと目を射る。

「もう帰りましょう。奈良行はすぐ来ますよ。渥美にお逢いになったら、丹波市の柳田がそういったって、勉強も大事だが、運動をよくしろといって下さい」

汽車が来た。若者は窓によって、

「失敬」といって、すてっきをぷらっとほうむにひいて出て行った。

その若者は骨々しい菱形の顔をした男であった。

帰って来た家には何事もなかった。叔母や母は、みやげ話を聴きたがった。多武峰《とうのみね》はどうだったの、長谷はよかったかなどと、あなぐって問うのが、いちいち試みられてるように胸にあたる。斎藤のことが今に出るかと思うて、ひやひやとしたが、何も知らぬ容子に胸を撫でる。

「しかし、ほんまに案じてたでな、あんたはあわてもんやさかい、そいから宮さんいまいっといなはった」

彼は活路を見出したような思いで、社の荒れはてている有様から、祖父の家の模様まで、自身でもおかしいほどはしゃいで語った。

「そうそう、お札いただいて来まひたねん」

雑嚢からとり出して、叔母に手渡した。

その夜は大きな蚊帳《かや》のなかに、唯一人まじまじとしていた。露原にわだかまる淡紅色の蛇が、まのあたりにとけたりほぐれたりして、ゆらゆらと輝いて見える。団扇《うちわ》を思い出したようにあおったが、汗は寝間着をしとどに濡らした。蚊帳を這い出して、縁端の椅子に腰をおろして見た。夜なべに豆をひく隣の豆腐屋の臼《うす》の音が聞える。風が蓬々《ほうほう》と吹いて来た。ややすがすがしい心地に戻って、彼は寝床へころげこんだ。そして、あたまから蒲団をかずいて、その下で目を固く閉じた。蒸れかえるようなかで、自身の二の腕を強く吸うて、このまま凝《こご》って行く人のようにじっとしていた。しかし、そのうち汗や温気に漂うて、彼は昏々《こんこん》と深い眠におちた。

＊　＊　＊

七夕も、盂蘭盆《うらぼん》も、この町では旧暦でするのであった。天の川は白じろと北へ流れている。日が暮れると、毎日のように寝ござをかかえて物干台に出た。あおむけに寝て、ひとつひとつ青空に生れ出る星をかぞえていると、なんだかこう飛び立ちたいような心もちがする。

「ぼんち、もう物干もひやついて来ましたな、ええ加減にやめようやめようおもてまっけど、蝙蝠《こうもり》が出る時分になると、ついうっかりかんびんさげてここいあがりまんね」

大人にでもいう風で話しかけたのは、東隣の鰻《うなぎ》屋の仁三郎という、五十いくつになる元気者である。大祖《おおはだぬ》ぎで膳を控えて、ひややっこを酒菜《さかな》に呑んでいる。

「ぼんち、もうつい徴兵だんな、ことしはもういくつになんなはってん」

「十五」

「ええ、十五、十七やばっかりおもてた」

と仰山《ぎょうさん》な嘆声を放った。

「まあ屋根づたいにここまでおいなはれえな。おっさんがええこと、おせたげまっさ」

仁三郎は、乳母の背にいた時分からの馴染《なじみ》である。乳母と変な評判をたてられたくらい、乳母は彼を負うて、いつも仁三郎の家へ遊びに出かけた。その頃、男ざかりであった仁三郎の姿が、今でも安良の目に失せないで、やや衰えはじめた仁三郎を、いつも若々しく見るのが癖であった。

煤煙でうすよごれのした東の空から、大きな月がのぼって来た。

「なあ、ぼんぼん。わてらな、若い時分には盆いうと、なかなか家にじっとひてしまえなんだで。湯帷子《ゆかた》がけで外い出て、おなごおわいかけまんね。そうだひたな、あれはこうつと、十四五からだひたな。あんたらそれから見るとえらいもんだんな。結構やな、やっぱり学問のりきだっしゃろ。なんちうても学問やらんとあかん。気いつけなはれや、男も一返《いっぺん》しくじると、それからは総くずれだっせ、のっけが大事だっしょってな、そのつもりでしっかりしなはれ。けど、ほしかったら一人世話しまひょか」

ひょうきんな事をいいながら、けらけらと笑っている。

「あほ言いな、この人は。お家《え》はんに叱られるでな。ぼんぼんおこっとおくんなはんなや。いやらしいことばっかりいいまんね。これも学のない悲しさだんな。ほんまにいつまで何ひてなはんねん。裸で、風邪ひくやないか。難波の源やんが、昼買うた青鰻《あおびり》のことで話があるいうて来てはるねんし。とっととおりいでえ。ぼんぼんおしまい」

仁三郎を追い立てて、後仕舞をして女房はおりて行った。ひやひやと板にまつわる夜気に背《そびら》をあてて目をつぶると、身も心も澄み透るように思われる。わやわやとおもてを行きかう人のもの声が聞える。月の光に星は疎らになったけれど、黄道光《おうどうこう》がほんのりと空をぼかしている。梧桐の葉が物干台とすれすれに枝を延ばして、その葉が一枚一枚、夜目にもほのぼの青く見える。

あくる日は一日、二階座敷にこもって、机にもたれたまま、目を閉じて、いつまでもじっとしていた。毎日、一時すぎから三時がまわるまで、きまって風がぴったりとまった。焦げつくような大空の底に、昼の月がほんのりと見える。うっとりとなった目の前に、古寺の大理石の礎《いしずえ》や見あげるような石のからとなどが、ちらちらとする。どうかすると、逆山参り《ぎゃくさんまい》の人々が、おりおり、吉野あたりの宿屋で貰った赤い団扇をつかいながら、五人十人、高声で国の畠《はたけ》の噂をして、とおりすぎたりした。からだはくたくたに疲れて、すべての感覚は殆《ほと》んど眠っているけれど、心だけは閉されたからだの内に起きていて、ありありとものを見つめていた。そのうち、油搾め木《あぶらしぎ》をしぼるような響をたてて、旧式なぼんぼん時計が三時をうった。彼の机には、活版ずりの山家集があいたままになっている。なくなった彼の父は、すこし俳句を解していた。安良が幼稚園から小学校へ進んだ頃、毎朝ほの暗いうちから寝床の中で目をあいていると、きっと安良、安良、と呼ぶ。ちょこちょこと二間ほど隔っている父の寝床へはしって行った。彼を蒲団のなかに抱き入れて、古池やの、かれ枝にのと、口うつしに暗誦させた。その頃からして、彼のあどけない心のうえに、うすら明るい知らぬ国の影がうつっていた。そうして、今でも二三十句ぐらいは、ところどころてにはのまちがったままにおぼえている。安良の心には、だんだん家というものより、もっとしみじみと自身には親しまれる世界のある心地がする。

　山寺のさびしさ告げよ野老《ところ》ほり

ふと浮んで来る句も来る句も、みな涙を催すようなものばかりであった。書物のうえに目を落すと「よしの山やがていでじと思ふ身を」などという行が見える。近ごろになって、西行や芭蕉などいう人の住んでいた世界が、彼の前にまざまざと隠れなく見え出した。彼はよくそんなはずはない、と思うことがある。あまりに世の中が脆《もろ》くはかなく見えすぎるのだ。時には、友だちの群からふと隠れて驚かしてやりたい、という風な気分のする時もあった。西行や芭蕉のあゆんだ道、そういう道が白じろと彼の前につづいている。安良がその道へ行こうとすると、どこからともなく淡紅色《とき》の蛇がちょろちょろと這い出して来て、行くてを遮《さえぎ》った。彼はいらいらと身もだえをした。髪の毛を、一本一本ひき抜いてしまいたいほどにあせって来る。

「安さん、手紙」

ふと見ると、梯子をあがりきらないで、母が状袋をもった手ばかりさしあげていた。

「へえ」

うけ取ったのは、二通である。

一つは絵はがきで、大きな富士山の前に松並木のつづいている写真の刷った上に、

これより富士へのぼるべく候。詳細は帰阪の上申しあぐべく候。尚倍旧の御愛顧を請う。

八月二十日　　　　　　　東門生

これは疑もなく、岡沢からよこしたものである。彼はおもわず噴き出した。そして倍旧の御愛顧を請う、と書いた彼《か》の男のさもしい心もちを、せせらわらわずにはいられなかったのである。久しい間囚《とら》われていた岡沢から、やっと脱れることの出来た心地に、なんとなき満足が感じられる。しかし、その下から、自身の浅はかさをあざける心もちが湧いて来るのを、じっとおさえて、状袋の裏をかえすと、京・西山にて渥美《あつみ》泰造《たいぞう》とある

のが、ちらと目にうつった。突嗟《とっさ》に、穴にでももぐりこみたいような気がして、顔が赤くなるのを感じた。彼の胸には大きな期待がこみ上げて来た。それでいて、どうしてもこの手紙を、おもいきって開くことが出来ない。彼は渥美の手紙をかかえて、座敷じゅうをうろうろとあるきまわった。

もっとおちついた静かな心、そういう心地で渥美の手紙を読みたい。いつも渥美とはなす時の、さわやかな気分で見なければならぬように思われた。彼は耳をわずらわす物音も聞えない場所を、あすここと胸に描いて見た。そうして、足音をぬすんで、そっとこのゆたかな心をはぐらかさぬように下りて行った。倉の蔭に不浄口へかよう空地がある。葉雞頭《はげいとう》の茎立《くくたち》の一廉《ひとかど》にのびたのが、残暑にめげて、日中は萎れていた。安良は、前栽《せんざい》から駒下駄をはいてまわって来た。穢《けが》れはてた心には、清らかな人の手紙を手に触れることさえ憚《はばか》られた。彼はおそるおそる封をきる。

……山の上の静かな書院の月光の中でひろひろと臥《ね》ていると淋しくもありますが、世の中から隔ったという心もちがしみじみと味われます。わたしは心からあなたに来ていただきたいと思うてますが、また、気にしてくださいますな、来ていただいて自身の思うてることの万分の一もいえないだろうという心がかりがあります。やはり手紙で書きましょう。どうしたというのでしょう。わたしはあなたとおはなしをしているとなんだかこうわくわくしておちついた気になれないのです。こう書いて見ると手紙がまた非常にもどかしく感ぜられて来ました。どうすれば、いいのでしょう。来てくださいとはえもうしませぬ。こういったしだいですから。けれども来て頂かれなければまた怨むかも知れませぬ。わたしには判断が出来なくなってしまいました。お心に任せるほかはありませぬ。あなたの御判断をわたし自身の判断として仰ぎます。訣《わけ》のわからぬへんなことを書くやつと御おもいになりましょうが……

安良は、とび立ちそうになるのをおさえることはむつかしかった。けれども、その時、ほのかに渥美を怨む心が、ふっと胸を掠《かす》めてとおった。

安良はいく度も幾度も読みかえした。しかし、どうも彼の胸にしっくりと納得の行かぬ処があるように思われる。また渥美とはなす時の心地が浮んで来た。あの朗らかな、木《き》海月《くらげ》を噛む歯ざわりを思わせるしなやかなことばで、はればれとした瞳をしてもの言う人に、どうしてこんな手紙が書けるのだろう。「わたしはあなたとおはなしをしているとなんだかこうわくわくしておちついた気になれないのです」実際、安良自身がいつも感じていることなのだ。なんだかくすぐったいような、あてこすられているのではあるまいかという心もちがするけれども、渥美はそんな人わるいことをしそうな人ではなかった。それにしても、なぜそんな気がするのだろう。どうしてああ平気に話が出来るのだろう。一年生の頃から、渥美の名を聞くと、軟らかなけばで撫でられた楽しい気もちになるのがくせだった。自身でも、なぜそうなるのだかわからなかった。きのうかえりの汽車のなかでとっくり考えて見たが、どうもそれが岡沢に対する心地と、さのみちがったものでないと思いあたって、不愉快な念に閉された。こういうむさい処に根ざした心で、浄らかな人を見るということが、なんだか渥美を汚すような気がした。その渥美が、自身らとおなじ心もちでいようとは信ぜられない。その西山の寺というのへ行ったら、万事の解決がつきそうに思われる。しかし昨日戻った今日、とてもいい出したところで駄目である。彼には渥美が近づきがたい人のように見えた。自身には、「倍旧の御愛顧を」と書いてよこした岡沢が似合わしく思われて、悲しくなる。ひそやかな昼ざかりに、こういう人目のない処に踞《かが》んで、油汗を流しながら、もの思いに耽っている自身の姿が、なんだか岩窟にせなをまるくしている獣のように目にうつる。裏通の粉屋で踏む碓《いしうす》の音が、とんとんと聞え出して、地響がびりびりと身うちに伝わる。倉の裾まわりには、どくだみの青じろい花が二つばかりかたまって咲いていた。安良は手をのべて花を摘んだ。黴《かび》の生えた腐肉のような異臭が鼻をつきぬいた。彼は花を地に叩きつけた。そうして心ゆくまで蹂躪《ふみにじ》った。五つの指には、その花のにおいが、いつまでもいつまでもまつわっていた。

＊　＊　＊

まがりくねった道が、谷をわたってまたひとめぐり、阪道にかかった時、崖を掩《おお》うて茂りあう木の間に、大門《だいもん》の屋根の片端を見た。やれやれと思うと、急勾配を辿っているという心もちが明らかに浮んで来て、一町の距離に非常な焦慮を感じた。大門の下に来て、しき甃《がわら》の上に腰をおとすと、暫くは、集中していた意識の俄《にわ》かに放散して行くのをおぼえて、恍《こう》としている。やがて、此《この》門の廂《ひさし》につっかかるように聳《そび》えた夏枯のした山の頂の松に、夕日のさしているのが眼に入って来る。渥美君はいるか知らん、その坊の白壁も見えるはずの辺まで来ているのだと思うと、追い立てられるようになってあるき出した。

安良のあたまと殆んど摩《す》れるかと思うほど低い空を、鴉が大きな羽ばたきをして飛んだ時には、もう本堂の鴟尾《しび》を左手に見おろす塔頭《たっちゅう》へのだらだら坂を上っていた。本坊の低い門ごしに、白壁に黒く輪廓をとった、大きな櫛形《くしがた》の窓がまず目に入った。夏菊がたった一本、なんということなしにゆれながら立っている庭は、赤土のたたきになっていて、その隅の方につっ立っている土蔵に、夕靄《ゆうもや》のかかっているのも、静かな夕ぐれである。渥美は早朝から和尚さまに連れられて峰づたいに花の寺まで行ったそうで、青黛《せいたい》を塗ったように青いあたまをした番僧が書院へ案内をしてくれた。

渥美の手紙にあったのは、ここだなと、まずなつかしい心地がこみあげる。山は今暫くで全く暮れようとして静まりかえっている。突然、安らかな空気を破って、湊《みなと》の町の夕とどろきが聞えた。しかし、それはそら耳であった。

湯に入れとのことに、長い縁側をまわって湯殿へ這入った。ほの暗い湯槽《ゆぶね》の蔭から、蚊の細声がする。

青竹で筧《かけひ》の水をひき入れてある。窓から見える、あの淋しい夕靄の中に籠っている山のあたりから流れて来るのだろう、と考えながら、ざあざあと湯をあびる。時々手をとめて、肩ごしに湯槽に落ちる水のほのぐらい色に目をとめた。

どの道をどう来て山にかかったのか、どう考えて見ても思い出されない。叔母や母の許しをうけたという記憶もなかった。軽い不安がとおり過ぎた。いろんなことを考えているうちに、いつか渥美のうえに落ちて行った。渥美君はこんな処にいて、しまいには坊さんにせられるのではないだろうか。花の寺とやらから帰ったあの人のあたまが、最前の番僧のように剃りまろめられていたらどうしよう。こういう風に考えて来ると、ものの静かなるいつもの渥美の態度が、そういう宿世をもって生れた人のように思われ出すのである。

とっぷり日は暮れてしまって、目の下に黒ずむ竹藪をわたる風の音が耳につき出した頃、安良は湯あがりの膚《はだ》に触れる冷気を喜びながら膳についた。

夜に入って、山の蛾《が》の来る大きならんぷを据えて、ひとり机によりかかっていると、遥かな台所の話声や、柴のはぜる音が、手にとるように聞えて来る。

そのうち、つい昼の疲れが出てうとうとすると、もののけはいを感じてふと目があいた。ふりむくと、音を立てぬように襖《ふすま》をしめている渥美の細やかな後姿が目につく。

あわてていずまいをなおす安良をやさしく制して、しとやかにすわった。

「よう出られまひたな」

「ええ」

「手紙はつきまひたか」

「ええ、ありがと」

渥美のことばは、いつものとおりにしか彼の耳には聞えなかった。やすらかにこだわりのない口ぶりが、彼の予期とは非常にちがっていた。それに自身はどうだろう、こんなにどぎまぎして、と思うと顔もあげられない。伏目になって青畳を見つめている。

「ここはわての叔父が住職してますね。それで、休みいうとじっきにここへ来ますのだすが、そら静かなことというたらな、いつでもこない凄いくらいだすし、蚊かて一匹もいえしまへんしな」

こうあいてがはなしているうちに、安良はそっと上目づかいに渥美の顔をぬすみ見た。青白く殺《そ》がれた頬を淋しみながら、夏痩する渥美のくせを知っている安良は、さまで驚きはしなかったが、目をおとすと、きちんと揃えた膝がほっそりといたましくうつって来て、それが心もちわななないて見える。

「漆間君、わては時々ここへ来て、坊主んでもなって見ようか知らん思うのだす」

これがああした手紙を書いた人だろうか、何やらだまされたような気もちになって来る。

あれを見て、天へものぼる心地で、叔母や母によい加減ないいまいいをしてやって来たかるはずみが見すかされたように感じた。しかし、渥美のなめやかなことばの抑揚に従うて心を漂わしているうちに、何もかも忘れた風になって、浮き足軽く青草原をわたる気分になって来る。

「あんたは今年いくつだひたいな、そうそう十五。わての方が一つ兄だすな」

ふと口ごもってしまった。おずおず目をあげると、胸のあたりがげっそり薄く見えた。安良は渥美ばかりにものをいわせておいて、自身はただ頷《うなず》いて見せたり、「ええ」といって見たりするだけでは、嘸《さぞ》渥美にしてもものたらないだろうと思えば思うほど、話の題目をとりはぐらした。

彼は渥美のことばが、こちらの胸に、一々深く滲《し》み透っている、ということを知らせたい思いで一ぱいになっていた。どうしてこの人はこんなことまで考えているのだろう、と思うて来ると、なんだかこう身が窄《すぼ》んで来るように感ぜられる。

遠くの方から、まわり縁《えん》の板を蹈《ふ》む音が高く聞えて、誰かがごほんごほんとせきながらやって来る。

「あら叔父だす」

声をほそめていった。

「やあ、これはお客さんかな、おおこれはこれははじめて。いつも泰造がお世話になります。まあゆっくりいてな、これの帰る時に一処にしなされ。寺は淋しいよって、ひとりでもお客のたんとある方が、にんにやかでええよってな」

うろうろとあたまばかりをさげている安良にものもいわせないで、うちとけて趺坐《あぐら》をかいた。そうして、子どもにわかりそうな大阪の噂や、十五・六年まえに天王寺の塔頭《たっちゅう》におった時分のことや、二人の耳を倦《う》ませないで、白い眉を人さし指の腹で撫でながら、咳が出ると渥美にせなを叩かせたりしてはなしつづけた。一時間ばかりそうして、立ち上った。

「泰や、もう寝たらよかろ。床《とこ》をとって上げなさい。こちももう這入る。今日は泰のお伴で、花の寺までいて、くたぶれたくたぶれた」

安良よりもずっと小さな小僧が出て来て、雨戸をばたばたと繰《く》りはじめた。

「光香《こうきょう》さん、今夜はすこうし暑いさかい、ちいとあけといておくんなはれ」

「はい」

小僧は戸をさすのをやめて、敷居ぎわに来て手をつく。

「お休み」

といって深く凹んだ頂の見えるまであたまをさげて、庫裡《くり》の方へ行った。

「もうねまひょか」

「ええ」

安良は渥美のとってくれた床のなかでまるくなって、まじまじとしていた。らんぷも吹き消してほの暗くなると、心の俄かに沈静して行くのを感じる。

「漆間君」

「ええ」

「みんな大人の人が死なれん死なれんいいますけれど、わては死ぬくらいなことはなんでもないこっちゃ思います。死ぬことはどうもないけど、一人でええ、だれぞ知っててくれて、いつまでも可愛相やおもててくれとる人が一人でもあったら、今でもその人の前で死ぬ思いますがな、そやないとなんぼなんでも淋しいてな」

こういって暫くことばをきった。それは安良の答を待っているのだ。渥美のことばは、彼の心に強い力となっておっかぶさって来た。彼は唇までのぼって来たことばをあやうく喰いとめた。実際、この時彼のあたまを閃《ひらめ》きすぎた考があった。

「わたしも死ぬ」唯《ただ》それだけの答を聴こうとしているように、安良には直感せられた。けれども、もしもという疑念が恐しい力で舌のうえにのしかかって、彼に口を開かせなかった。唇は激しい痙攣《けいれん》にうちわなないた。

ふと目をあくと、しめ残した雨戸から、月が青くさしこんで、障子を照らしている。冷やかな山気が膚を圧して来る。ざあざあという音に、雨かしらと聴き耳を立てると、それは遥かな渓川の音であった。

渥美はかすかに糸を揺《ゆす》るような鼾《いびき》を立てて寝ている。寝がえりをうつと、そこに月あかりをうけた額が白々と見える。

河内の国も、ずっと北によって父方の親類が三軒まであった。父のさとと、父の二人の妹のかたづいた家といった風の縁つづきで、どれにも伯父や叔母がおった。五人の男兄弟のかしらに、唯一人の女であった彼の姉は、父のさとへ嫁入っている。彼や彼の兄たちは休暇になると、在所へ行くのだといって相乗車に三人がこぼれそうに乗って、よく出かけたものである。そうして、一月ほども、そこでざこすくいや川泳《かわおよぎ》に日をくらして、目ばかり光らして帰って来たものだ。兄二人が遊学に出てからというものは、人見しりの失《う》せない彼は、伯父や叔母の家で一夏を過す気にもなれなかった。それが大和から戻って一日おいて次の日「もうたった十日よかあれへんやないか」と叔母のとめるのをやっと納得させて、雲雀《ひばり》の揚る野を小二時間も車に揺られて行ったのである。地図でけんとうをつけていた渥美のいる山が、左にあるかと思うと、まともにつきたって見えたりした。彼は恐しいたくみを擁《いだ》いていた。叔母や母をだました大和めぐりよりももっと根強い罪に対《むこ》うて行くのだと知っている。それに心は不思議なほどおだやかであった。姉の家に三日いて急に大阪へ帰るといい出した安良は、人々のとめるのも耳にはいれなかった。

京街道を北へ北へ行って、大きな河を三つも越えて、わき道へそれてからは、唯むにむさんに山をめあてに進んで来た。

夜具のなかで目を大きくあいている。こんなにしてだんだん悪事に馴れて、とどのつまりは救われぬ淵へおちて行くのだと思いかけると、堕落の日をまざまざと目の前に見ているようで胸がせまって来る。こういう心でのめのめと、仏のような人の前にいる自身が鞭《むち》うっても慊《あきた》らなくつらにくく感じられて、悲しくなって来る。天地の間に縋《すが》りつく処のない人のようなひとりぼっちの心もちになって涙ぐまれる。

「渥美君」

そっと呼んで見て、自身の声にどきりとした。寝ているとばかり思った渥美は起きていた。

「寝られえしまへんか」

彼はすっかり渥美に心をよみつくされたように感じて消え入りたくなった。

＊　＊　＊

次の日は起きるとすぐ帰るといい出した。しかし、渥美のとり縋るような目つきにひかれては、たってともいいはれなくなった。どうなりとなれ、という気で、もう一日おることにした。不安はしっきりなく彼の心をよぎった。昼は和尚と三人ゆばを焼いて飯を喰べた。安良には、その淡白な味がこよなうなつかしく思われた。

「泰や、谿《たに》へおつれもうしたらどうや」

和尚が箸をおさめながらいうた。

「はい。漆間君、川いいきますか」

「ええ」

二人は麦藁帽子をかずいて出て行く。ひたくだりの坂道を二町ばかりも下りると、そこが谿であった。裸形をはじらうように、二人はわかれわかれに着物を脱いだ。そうして、四五間もはなれて水の上に首だけを出している渥美の姿を見まい見まいとした。泳ぐことを知らぬ彼は浅瀬に膝をついて、青く流るる水の光を悲しんだ。鳥膚《とりはだ》のやうに粟《あわ》だった腕を摩《こ》すると赤らみの潮《さ》して来るのをじっと見つめていると、わけもなくよすがない心地が湧いて来る。渥美はと見ると、すこし川上の岩に這《は》ひ上《あが》ろうとしている。岩は水から三四尺つき出ていて、そのまわりには深い潭《ふち》がとろりと澱《よど》んで見える。友はあちむきに岩の上にすっくと立って、うつつなく水の面《おも》に見入っている。安良の胸には、弱々と地に這う山藤の花がふとおもかげに浮んだ。

「もうお寺いいにまひょうか」

彼は夢心地からよび醒まされた。

着物をつけた渥美は、安良と並んで青淵《あおぶち》に臨んで腰をおろした。なぜか今朝からものかずもいわないでいた友は、項垂《うなだ》れたまま青ざめた頰を手にささえて、吸いつけられたような目つきをして、淵の色に見入っている。彼は悲しくわなないた。青い月夜の光を夢みるような目をあげて時々空を仰いだ。松の梢から、すこしばかり空が透いて見えた。俄かに彼は、心もちの異常に動揺するのを感じて友の方を見た。顔をそむけていた渥美の頬には涙が伝うていた。

「さあいにまひょう」

急な斜面を一息にのぼって行く人の後姿を見ていると、なんだか涙ぐまれて来る。来た時とは違うた方角へ出た。西山から丹波の穴太寺《あなおでら》へかよう山径《やまみち》が、木の葉の下やせせらぎに沿うて、細ぼそと上へ上へとのぼっている。

両側からつき出た山と山との間に、高い峰が午後の光の下《もと》に代赭色《たいしゃいろ》にとろけて見える。

「釈迦《しゃか》ヶ嶽《たけ》。あれが」

立ちどまって指をさす。

「こっから、よっぽどありまっしゃろか」

「香朝《こうちょう》といふ光香《こうきょう》さんの兄弟子で、江州阪本の大学林へいてる人とのぼったことがありましたが、そないにもおまへなんだ」

人ずくなな寺のうちにいても、唯二人でないということが、彼には不満であったのだ。

「そんならのぼりまひょう」

恐しいまでに自身の胸のうちを直感した渥美のことばに、彼はぎくりとした。杉林の木の間には、いくつもいくつも、道らしい下草のすき間があった。渥美は注意深い足どりで、うねりうねりのぼって行く。方幾町とも知れぬ林の中に、熊笹を踏みわける自身らの足音が高く耳に響いた。彼は一間ばかり前に進む友の息ざしや、動悸《どうき》の音までも耳について来るように思うた。

林を出ると、青空があざやかに二人の目にうつった。道は見あげるばかり高い処へのぼって行く。山の隈《くま》をめぐる。ざわざわ薄原《すすきはら》を踏みわけて来る物音がする。恐しい野獣の姿を思うておびえあがった。けれども瞬間に、二人だ、喰い殺されたって心残りがない、と思うと、その恐しい時の来るのを一刻も早く待つ様な心が湧いた。しかし、目の前の草をわけて出たのは、白衣姿の巡礼で、顔の紫色にうだ脹《ば》れた中年の男であった。

「良峰《よしみね》さまへ行くのはこれかな」

と問いかけた。

「大《おお》きに大きに」

渥美のおしえた道をどんどん下《くだ》って行った。二人は、やや暫く立ちどまって、後姿を見送っている。鉞《まさかり》の刃をわたるような道がつづいた。安良は喘《あえ》ぎ喘ぎ急勾配をのぼって行く。渥美は立ち止って、無言のまま灌木《かんぼく》の隙間の草原を指《ゆびさ》した。彼はぐったりとくずおれるように座りこんだ。激しい動悸が肋《あばら》をつき破って飛び出しそうに、彼の掌《たなぞこ》に触れる。ああ心臓がわるいと思うと、青い顔をした父の死顔がまざまざと浮んで来る。静かに胸のあたりに手をやって、心のうちに、せつない胸をなでてくれる友の手を思うた。突嗟、

「動悸がしますか、撫でたげまひょう」

彼はまた驚かされた。汗にずっくりぬれた胸を露《あら》わして、抗《あらが》うことなく渥美のするままにまかせている。やがて暮れる空は青々と冴えきって、日の光が薄くなった。心もち大きな手にきゃしゃな指が白じろと開いて、ひらひらと胸の上に動く。

「もう、おさまりまひた、てっぺんまでいきまっさ」

とあるき出した彼に、時々いたわるような目をおこしながら、渥美が先に立って、時々仆《たお》れそうになる安良の手をとってのぼって行く。二人がこうした処をあるいていることを、叔母や母は知っていそうに思われた。家人の放つ冷やかな眼の光が胸を貫いた。今にも世界を始《はじめ》に戻す威力の、天地を覆《くつが》えす一大事が降りかかって来そうに思われた。小松のしげみが果てしれぬ空の奥までつづいているように見える。渥美も安良も一言も交《か》わさない。よろよろとして、松の間を縫うて、泳ぎつくように頂上を憧れた。渥美が木

の株に躓《つまず》いて仆れたそばに、彼はべたべたと座りこんだ。二人はそのまま身動きもせなかった。渾身《こんしん》の血が悉《ことごと》く汗になってからだの外に流れ出たように、ふらふらとするあたまをもちこたえていることが出来なかった。

しかし、二人には目に見えぬ力が迫って来て、抗うことを許さなかった。漂うような足どりで、二人はゆらゆらとあるいて行く。いただきに着いた二人は、衰えた顔を互にまじまじと見つめていた。ほの青い黄昏《たそがれ》の風が蓬々《ほうほう》と吹く。

彼は渥美の胸にあたまを埋めてひしと相擁《あいいだ》いた。渥美はつとたち上った。そうして細い踵《かかと》を吹き飛ばしそうな風の中を翔《かけ》るように、草原をわたって行く。安良はおい縋って崖の縁《へり》に立った。

黒ずんだ杉林が、遥かに遥かに谷の底までなだれ下っている。白い岩があちこちにその膚をあらわして、二人の目を射る。谷風が吹き上げて、二人の着物は身を離れて舞い立ちそうである。

「漆間君」

「渥美君」

二人ながら声はしわがれていた。

「死ぬのだ」という観念が、二人の胸に高いどよみをつくって流れこんだ。夕やけの色も沈んでしまった。目の下の谷はむくむくと浮き上って、踏みおりることも出来そうに見えるかと思うと、また俄かにどっと落ちこんで行く。二人の掌《たなぞこ》は、ふり放すことの出来ぬ力が加わったように、きびしく結びあわされている。

ぶるぶると総身《そうみ》のおののきが二人のからだにこもごも伝わった。氷の如き渦巻火《うずまきひ》のような流《ながれ》が、二人の身うちを唸《うなり》をあげてどよめきはしった。今、二人は、一歩岩角をのり出した。（前篇終）

注　解

これまで「死者の書」に関しては、日本近代文学大系四六『折口信夫集』（角川書店、一九七二年――以下、『折口信夫集』）における、池田彌三郎および関場武の両氏による徹底的で網羅的な注釈が存在している。また、現在では難解と思われる語句等については、ちくま日本文学二五『折口信夫』（筑摩書房、二〇〇八年――ちくま日本文学全集五九、一九九三年の再刊）が詳しい。本文庫では、両書を参照しつつ、物語の背景をなし、重要と思われる事項の説明に絞って注解を付した。「死者の書 続篇」と「口ぶえ」についても同様である。なお歴史的な事実の典拠としては、主に吉川弘文館の『国史大辞典』を用いたが、生没年・家族関係など異説がある場合には、必要に応じて変更した。また古典作品の現代語訳は、基本的に原文と訳文が併記された新潮日本古典集成にもとづき、一部改変の上利用した。

なお、折口信夫は「死者の書」において意図的に物語の時間経過を混乱させ、人名や場所の確定を曖昧にしている。以下に記した注解は物語の全体像を先取りし、物語の構造を前もって提示してしまうものである。折口が作品に込めたものを直に感じ取っていただくためには、まずは本編を通読された上で、注解を読みすすまれることが望ましいと思う。

死者の書

九 此おれは誰なのだ…… 物語の冒頭からただ「彼の人」とのみ記されていた人物にここではじめて歴史的な背景が与えられる。謀叛を企て、「訳語田」の家から引き出されて「磐余の池」で処刑された人物、折口がこの後一貫して「滋賀津彦」(初出三四頁)と記すのは、天武天皇の第三皇子(異説もある)、大津皇子(六六三―六八六)である。武勇に優れ、現存する日本最古の漢詩集『懐風藻』に四編の詩を残した皇子は、『万葉集』にも四首の歌を残し、『日本書紀』(折口は『日本紀』と記すが、本書では通例に従う)の巻三十(高天原広野姫尊すなわち持統天皇の生涯と業績を描いた巻)の冒頭に、その最期の有様が記されている。この記述と、『万葉集』巻三、四一六の皇子の歌(三〇頁)、「百伝ふ　磐余の池に　鳴く鴨を　今日のみ見てや　雲隠りなむ」(磐余の池に鳴いている鴨を見るのも今日を限りとして、私は死にゆくのか)を合わせて、折口は「死者の書」に描かれた滋賀津彦に関する情景を創り上げている。また「死者の書」に最初にあらわれる固有名である「耳面刀自」(八頁)について、折口は「四」で、「淡海公(藤原不比等)の妹君、郎女(藤原豊成の娘)の祖父君南家太政大臣(藤原武智麻呂)には、叔母君」にあたると明確に記している(三〇頁)。池田彌三郎によれば、藤原鎌足の娘にして、不比等の妹、大友皇子(弘文天皇)の妃となった人物である。なお、池田の証言によれば、折口が「滋賀津彦」という名を使ったのは時勢に配慮したためであり、折口の本意ではなかったとのことであるが(以上、『折口信夫集』より)、「死者の書」全体に見られるように断定を避け、曖昧さを残し、他のものとゆるやかに代替可能となる名前をもった主人公の造形に成功したと言うこともできるであろう(この点については一八頁と一三九頁の項で後述する)。

一〇 **伊勢の国に居られる貴い巫女――おれの姉御……**　大津皇子の同母姉である大伯皇女(六六一―七〇一)のことである。伊勢に斎宮制度が確立された際に、最初の斎宮(すなわち折口のいう「神の嫁」)になったともいわれている。『万葉集』には、謀叛発覚の直前、密かに伊勢に下った皇子との別れを惜しんだ二首と、処刑後に皇子を偲んだ四首の計六首の歌が収められている。折口がここで言及しているのはそのうちの二首、巻二の一六六「磯の上に　生ふる馬酔木を手折らめど　見すべき君が　在りと言はなくに」(岩のほとりに生えているあしびを手折ろうとしてみるけれど、それを見せたいと思う弟がまだこの現世にいると言ってくれる人はだれもいないではないか)と、一六五「うつそみの　人にある我れや　明日よりは　二上山を　弟背と我れ見む」(現世を生きる人であるこの私だから、明日からは二上山を愛する弟としてずっと見続けていよう)である。特に後者に付された詞書(物語中では言及されていない)、「大津皇子の屍を葛城の二上山に移し葬《はぶ》る時」を想起することによって、難波(河内)と飛鳥(大和)の境として存在する雌雄二峰に分かれた聖なる山、二上山の雄岳の頂上に葬られた荒ぶる貴人が大津皇子であることが読者に明かされる。

一六 **藤原南家郎女の御魂……**　藤原不比等の四子、武智麻呂・房前・宇合・麻呂のそれぞれが祖となった南家・北家・式家・京家からなる藤原の「四家」(「四門」とも)。その南家を興した武智麻呂の長子である豊成(「横佩大臣」)の娘が発心し、当麻寺に入り、蓮糸をもって曼陀羅を織り上げるというのが「死者の書」の骨格となった中将姫伝説である。『折口信夫集』によれば、折口が直接参照し、物語の源泉となったと思われるのは、『私聚百因縁集』に収められた「当麻曼陀羅事」と『中将姫行状記』の二つである。ただし中将姫伝説は、この他にも『古今著聞集』巻二、『元亨釈書』巻二十八、『続教訓抄』十三などに収録されたものを代表として、膨大なヴァリエーションが存在している。そのなかでも特に、「死者の書 続篇」に登場する藤原頼長や「口ぶえ」に登場する藤原家隆の挿話も多数収められた『古今著聞集』が、「死者の書」の一つの重要な原型であったと思われる。『古今著聞集』の説話には、二一一頁の項で述べる「役君小角」や「孔雀明王像」(二一一頁)、さらには化人(化尼)の出現(一三八頁)等のエピソードも収められている。

一八　天若日子……　記紀神話で、天孫降臨に先立ち、葦原中つ国の荒ぶる神々を平定するために、出雲の地に派遣された天上からの二度目の使者。『日本書紀』では天稚彦。大国主神の娘、下照姫を娶って、八年に至るまで復命せず、事の次第を問うために遣わされた天上の雉を射殺し、その返し矢で殺される。ここで、滋賀津彦は、天上に反逆したその神、「天の神々に弓引いた罪ある神」(三二頁)と重ね合わせられている。「十八」に登場し、同じように滋賀津彦と重ね合わせられる隼別もまた、天皇に反逆した皇子だった(一三九頁の項に後述)。折口はさらに「四」の末尾において、その天若日子を、「天若みこ」でもあると述べている。「天若みこ」(天稚御子)とは、『宇津保物語』の俊蔭の巻、『狭衣物語』などに登場する、音楽や織女と深い関係をもった一種の天人である。さらにこの天稚御子譚は、中世の御伽草子などでは天稚彦や

「雨若みこ」に姿を変え、やはり七夕に関係したさまざまな物語へと分化していった。代表的な説話である『天稚彦草子』は次のような物語である。長者の三人娘に求婚し、末娘とむすばれた大蛇の頭を刎ねると、立派な若者となる。若者は天稚御子と名乗り天に昇ってゆく。姉たちの奸計によって地上に戻れなくなった若者を追って、末娘もまた天に昇る。さまざまな試練を経た二人は七夕・彦星となった。

三　**万法蔵院……**　万法蔵院は当麻寺の前身のこと、「飛鳥の宮」は聖徳太子、「一人の尊いみ子」はその弟である麻呂子皇子を指す。麻呂子皇子は、当麻寺を創建し当麻氏の祖となった当麻皇子と同一人物ともいわれ、その子孫である当麻氏は八色の姓の施行に際して真人姓を授けられた。当麻寺の沿革については四一頁の項で述べる。

〃　**役君小角……**　役行者、役優婆塞《うばそく》とも。生没年不詳、奈良時代の代表的な山林修行者にして最大の呪術師。『続日本紀』に伊豆配流の記載が見られる他、その伝説的な生涯は『日本霊異記』、『三宝絵詞』、『今昔物語』などに記されている。正式な密教伝来以前の「雑密」の行者といわれ、孔雀明王(孔雀がよく蛇を食べることから、さまざまな害や患を除くために唱えられた呪文が神格化されたものといわれる)の秘法を用い、大和の葛城山を拠点として、吉野の金峯山、大峯山などを開いたという。すべての修験道各派が開祖として位置づけている。折口は、柳田国男の影響もあり、仏教以前の山に籠もる宗教に大きな関心をもっていた。当麻寺はもともと役優婆塞の領地であったという。

一四　**藤原のお家が……**　一六頁の項に述べた、大きく四つの家に分かれ発展した藤原氏の家系が起源までたどられている。「大織冠」は、死の直前にその位を授けられるとともに藤原の姓を賜った藤原氏の祖である藤原鎌足(六一四―六六九)を、「淡海公」は、鎌足の第二子であり嫡嗣となった不比等(六五九―七二〇)を指す。詔勅により不比等の家系以外は旧姓である中臣に復せられた。また「天押雲根」は藤原(中臣)の始祖である天児屋命《あめのこやねのみこと》の子である天押雲根命を指す。ここで当麻の「氏の語部」たる老女が語る歴史物語の後半部分は、「中臣寿詞《なかとみのよごと》」の概要とみることも可能である。「中臣寿詞」では藤原(中臣)の祖神である天児屋命が、皇祖の神から、皇孫が飲み食べるための「天つ水」を賜わったことが述べられている。天児屋命が天押雲根命を天の二上に上らせて「聖なる水」を汲ませるのである。その後、「聖なる水」を管理する一族であった藤原氏から、折口のいう「水の女」である王の「后」が輩出されてゆく。「中臣寿詞」は、「死者の書 続篇」の主要な登場人物である藤原頼長が『台記別記』(一五一頁の項参照)に記録したことで、古くから知られることになった。

二九 **高天原広野姫尊**…… 持統天皇(六四五―七〇二)のこと。天智天皇の第二女であり、大津皇子の実母・大田皇女の同母妹で、皇子にとっては叔母にあたる。天智の弟である大海人皇子(後の天武天皇、大津皇子の父)の妻となった。大海人につき従い、天智の没後、天智の息子として即位していた大友皇子(弘文天皇)に戦いを挑み、敗死させる(壬申の乱)。天武没後は、息子である草壁皇子を皇太子とし、ともに政治をとり仕切った。大津皇子の乱は、草壁の地位を護ろうとした持統天皇によって仕組まれたものではないかという推測もなされている。草壁が病死したあと正式に即位し、草壁の子である、つまり自身にとっては孫にあたる軽皇子(文武天皇)に位を譲った。のちに『古事記』や『日本書紀』として結実する「歴史」の編纂、さらには諸制度の整備など、天武－持統朝ではじめて着手されたものは数多い。

四一　**飛鳥の御世の、貴い御方……**　『上宮太子拾遺記』に記された当麻寺縁起によれば、推古天皇の時、用明天皇の皇子麻呂子親王が、兄である聖徳太子の教えによって味曾路に万法蔵院を造り、さらに天武天皇治世下の朱鳥六年に、親王の夢に下されたお告げによって宣旨を発し、伽藍を北方の現在地に移し、禅林寺と号したという。しかしながら、当麻寺についての正確な創建の記録が残っているわけではない。平安時代には興福寺の末寺であったが、江戸時代に同寺を離れ、真言宗と浄土宗の兼帯となった。『死者の書』が単行本として出版された一年後に発表され、のちには解説として巻末に収められることになる「山越しの阿弥陀像の画因」(一九四四年)によれば、折口は「死者の書」の根底に「山越しの阿弥陀像」が存在すると考えていた。「山越しの阿弥陀像」を感得し、「画」として、そのイメージを定着したとされる『往生要集』の編纂者である恵心院僧都源信は、この当麻の郷の出身である。源信は、山の彼方、山のあわいから出現する阿弥陀の姿を、比叡山の横川《よかわ》ばかりでなく、二上山から昇りまたそこに沈んでゆく太陽と重ね合わせて見ていたはずだと折口は述べている。

四四　**祖父武智麻呂……**　武智麻呂(六八〇－七三七)にはじまる藤原南家の第一子が郎女の父「難波大臣」もしくは「横佩大臣」と称された豊成(七〇四－七六五)であり、第二子が郎女の叔父・仲麻呂(後の恵美押勝)である。仲麻呂については六五頁の項で、またここで挙がっている『遊仙窟』の作者である「張文成」については一〇六頁の項で述べる。

四七 称讃浄土仏摂受経…… 玄奘《げんじょう》による仏説阿弥陀経の新訳。鳩摩羅什《くまらじゅう》による旧訳よりも詳細で、増広されている。黄金と宝石に満ち、曼陀羅華が降り注ぎ、さまざまな鳥や樹木が妙なる音楽を奏で続けている西方浄土、阿弥陀仏(無量光にして無量寿の仏)が支配する極楽の様相が説かれた経典である。仏説無量寿経、仏説観無量寿経とともに「浄土三部経」をなし、浄土宗諸派が正依する三経典となっている。折口の生家もまた「代々、木津願泉寺門徒。石山本願寺根来落ちに絡む由緒を伝えた百姓筋」(「自撰年譜」)、つまり浄土真宗を奉ずる家であった。物語の源泉である「当麻曼陀羅事」(一六頁の項参照)においても、姫君が称讃浄土経を千部書き写すことが記されている。さらに「山越しの阿弥陀像の画因」(四一頁の項参照)によれば、「死者の書」の根底には、浄土宗特有の「日想観」が存在しているのだという。「日想観」(日没を見つめ、そこに浄土の有様を思い浮かべる)とは、仏説観無量寿経で説かれた浄土観相法の初観である。その「日想観」が、「日神に対する特殊な信仰の表現」であった古代からの太陽信仰と結びつき、一つに融合し、太陽をめぐる神仏習合的な信仰の原初形態が形作られたのだと折口は述べている。人は「日の神」に導かれ、「法悦からした入水死」によって死を超えるのだ。この「日想観」は、「口ぶえ」では直接的に、「死者の書 続篇」でも間接的に描かれることになる。

六二 其飛鳥の都も…… 高天原広野姫尊(持統天皇)による藤原京遷都、持統天皇の孫(草壁皇子の子)である天真宗豊祖父尊(文武天皇、六八三―七〇七)の即位と死、その母で草壁皇子の妃でもあった日本根子天津御代豊国成姫尊(元明天皇、六六一―七二一)による平城京遷都が描かれている。

六三 **大伴家持**……　大伴家持(生年不詳—七八五)は大伴旅人(六六五—七三一)の子であり、父子ともに『万葉集』に著名な歌を多く残した。旅人は隼人の叛乱を鎮圧した武将として、また朝廷の重鎮として活躍した。その子である家持は、なによりも『万葉集』の編纂と成立に深く関わったことで知られている(『万葉集』の総歌数の一割以上を占める最多作者でもある)。『万葉集』には藤原仲麻呂の息子である久須麻呂との贈答歌も収められており(巻四、七八六—七九二)、次の「九」では、それらの歌の背景にあったといわれる家持の娘と久須麻呂の縁談がほのめかされている(六八頁)。折口は青年期には、家持と久須麻呂の間に同性愛的な結びつきがあることを推定していた(「久須麻呂は、家持が同性の愛人であったものと見える」『口訳万葉集』巻四)。仲麻呂と家持は、橘奈良麻呂の変(七二頁の項参照)、さらには「死者の書」の物語の時期ののちに勃発した藤原良継らとの仲麻呂暗殺計画などを通じて、絶えず複雑な緊張関係を維持していた。

六五 **大師藤原恵美中卿**……　藤原南家を興した武智麻呂の第二子、郎女の父である豊成の弟、藤原仲麻呂(七〇六—七六四)のこと。聖武天皇の時代、疱瘡(天然痘)の流行によって藤原四家の当主が次々と病没した後、その余波から生じた藤原広嗣の乱(七四〇年)や、天皇の相次ぐ新都造営や御幸が行われた頃から頭角をあらわした。聖武天皇の妃であり、慣習を破って臣下としてはじめて皇后となった光明皇后(藤原不比等の三女にあたるので仲麻呂とは叔母—甥の関係になる)の庇護のもと絶大な権力を握った。聖武天皇が譲位し、聖武と光明の娘である孝謙天皇が即位すると、仲麻呂は新設された令外の官である「紫微中台」の長官となり権勢を振るうようになった。聖武上皇が崩御し、奈良麻呂の変(次項参照)を未然に防ぐと、皇太子であった道祖王を廃して大炊王を皇太子として立て、孝謙天皇の譲位を受けて淳仁天皇として即位させた。奈良麻呂の変の直前に紫微内相に任命されていた仲麻呂は、この時に大保(右大臣)となり、「恵美押勝」の名前を賜ることになった。さらに二年後に大師(太政大臣)となり、名実ともに国家の最高権力者に登りつめた。しかし、ちょうどこの「死者の書」に描かれた時期から間もなくして、淳仁天皇と不仲になった孝謙上皇の寵愛を受けて台頭してきた義淵僧正の弟子である僧侶・弓削道鏡との対立が激しくなり、やがて道鏡を除こうとして準備を整えてきた叛乱の逆議が漏れ、討たれることになった(恵美押勝の乱)。

七三 **近頃見つけた歌儛所の古記録「東歌」……** 家持による「東歌」採集の様子が、折口の想像力によって再構成されている。取り上げられた歌は、『万葉集』巻十四、三四五二である――「おもしろき　野をばな焼きそ　古草に　新草交り　生ひは生ふるがに」(趣のある冬枯れの野を焼かないでおくれ、古草に混じって若草がさかんに萌え出すのだから)。この少し先に引かれる家持自身の歌は、同じく巻二十、四四八三である――「移りゆく　時見るごとに　心痛く　昔の人し　思ほゆるかも」(次々と移り変わってゆく季節のありさまを目にするたびに、心が痛むほど強く昔の人のことが思われてならない)。折口が非常に高く評価する歌である。その詞書によれば家持がこの歌を詠んだのは、橘奈良麻呂の変(七五七年)、つまり家持以外の大伴氏の主立ったメンバーも参加した藤原仲麻呂と大炊王(後の淳仁天皇)の襲撃計画が、密告によって潰え去る五日前のことだった。

七九 **疱瘡がはやり出した……**　『続日本紀』の天平七年(七三五)の条に疱瘡(天然痘)が流行したという記述がある。さらに天平九年にはこの病によって藤原四家の当主が相次いで病死し、奈良の都は大混乱に陥ることになった。大正十一年(一九二二)に発表された、「死者の書」の原型であり未完に終わった小説「神の嫁」は、この疫病の流行を物語の背景としており、郎女の前身である「横佩朝臣」の娘が、その身を犠牲にすることによって「疫《えやみ》」を鎮めることが意図されていた。姫がこう述べた後、物語は中断されることになった。「(私は)世間中の人の罪業を背負うて、疫病の神に随うて行く」のだ、と。

八三 **橘夫人の法華経……**　法隆寺の橘夫人厨子で知られる橘夫人とは、藤原不比等の妻にして光明皇后の母である県犬養三千代である(生年不詳―七三三)。「死者の書」のなかで法華経は、浄土三部経と並んで重要な役割を果たす。次の「十一」で『出雲国風土記』嶋根の郡・法吉《ほほき》の郷に由来する「法吉鳥」の説話が「法華経」の説話として読み替えられ(八八頁)、物語の末尾に描かれた、光り輝く「俤びと」の唯一人の色身から浮かび上がってくる無数の仏、「数千地涌の菩薩」(一四七頁)というイメージも、法華経の巻五、「従地涌出品《じゅうじゆじゅつほん》」に由来するという(『折口信夫集』)。折口は、小説の処女作である「口ぶえ」を連載した直後に発表した、「信仰の価値は態度に在る」という一節からはじまる断章形式のエッセイ「零時日記」のなかで、反家族主義を説く激烈なキリスト像と並ぶ「わが仏教」の担い手として、日蓮と親鸞をあげている。

〃 **今の皇太后様の楽毅論……**　藤原不比等の娘であり、聖武天皇の妃となり、孝謙天皇(のち称徳として重祚)を産んだ光明皇后(七〇一―七六〇)が残した書の手本。晋の王羲之《おうぎし》の書になる法帖の模本を臨書したもの。内容は、戦国時代、魏の夏侯玄が武将・楽毅を弁護したものである。先述したように(六五頁の項参照)、仲麻呂の後ろ盾となった光明皇后は、奈良政界の一つの焦点として、則天武后を範とした改革を意図していたともいわれている。それとともに仏教に篤く帰依して社会救済事業や文化事業にも奔走した。皇后の『楽毅論』が成ったのは天平十六年(七四四)であり、現在でも正倉院に伝存している。折口はこの『楽毅論』を、単行本『死者の書』初版の見返しに、紺紙金泥の写経風に印刷している。

一〇六 **お身は、宋玉や、王褒の……** 仲麻呂の発言のなかに出てくる人物たちを簡単に紹介する。「宋玉」は戦国時代の楚の詩人(「離騒」を残した屈原の弟子)、「王褒」は漢代の蜀の詩人王褒(子淵)。『万葉集』や『日本書紀』などにも大きな影響を与え、奈良時代の貴族の教養書であったとされる『文選』に両者の賦が採られている。「奈良麻呂」は橘奈良麻呂の変の首謀者その人、「古麻呂」は奈良麻呂の変に加わり刑死した大伴古麻呂を指す。この奈良麻呂の変の際、郎女の父である豊成は事実を知っていたのに奏上しなかったという罪、もしくは第三子乙縄が関係した罪に問われ、大宰員外帥に貶され、左遷された(恵美押勝の乱の後、復権する)。仲麻呂はわざわざ古麻呂と奈良麻呂の名前をここで出しているのである。それに答えなければならなかった家持の発言のなかに出てくる「張文成」とは、恋愛伝奇小説『遊仙窟』を残した唐代の詩人である(生涯、本名とも謎が多い)。『遊仙窟』は、旅の途中、主人公が路に迷って神仙の窟に入り、二人の仙女と遊び戯れるという一種のユートピア小説である。中国では早くに散逸してしまい、日本にだけ伝存していた。折口は早くから、多くの万葉歌人たちに『遊仙窟』が与えた大きな影響を説いていた。また、霊窟のなかにひらかれる死を超えた別世界の光景を描くという点で、「死者の書」および「死者の書 続篇」の両作品とも共通するものであると思われる。空海も『聾瞽指帰』(『三教指帰』の原本)に『遊仙窟』を引用している。

二一　今の阪上郎女……　大伴坂上郎女(生没年不詳)。大伴旅人の異母妹であり、母は石川郎女。万葉集を代表する女性歌人であり、坂上大嬢(家持の妻)と坂上二嬢を産んだ。一一三頁に出てくる「山部の何とか」は、やはり万葉集を代表する歌人である山部赤人のことであり、故意に冒頭部分を変更して引かれた歌は、巻三の三七九「いにしへの　古き堤は　年深み　池の渚に水草生ひにけり」(はるか昔から見慣れた池の堤は、手入れをする人もなく年を経て、渚にはびっしりと水草が生えてしまった)である。

二二〇　仏の花の青蓮華……　折口の短歌作品のなかには、青蓮華を歌った大変印象的な歌が存在する。『海やまのあひだ』に収められた、大正十年発表の「夜」の連作を形づくる一首、「うづ波のもなか　穿《う》けたり。見るくに　青蓮華のはな　咲き出づらし」(波が渦を巻くようにして、静かに流れていた川面に突如として穴が穿たれ、見る見るうちに、そこから青蓮華の花が咲き出てきた)である。この歌を作ったのは、山のなかにひらけた、しかも「海」という象徴的な名前をもった集落においてであった。花によって導かれる、現実と幻想の間に区別をつけることができないような表現の地平。折口が短歌によって、またこの夢の情景によって描こうとしたのは、まさにそのようなものであろう。

一三七　当麻氏から出られた大夫人……　仲麻呂が押し立て、孝謙天皇の譲位を受けて即位した淳仁天皇(七三三―七六五)の母は、当麻真人老の娘である山背だった。淳仁天皇の即位は天平宝字二年(七五八)のことである。

一三八　女は尼であった……　中将姫伝説には、姫を助ける化身の尼が登場する。折口は、「山越しの阿弥陀像の画因」でこう述べている――「当麻信仰には、妙に不思議な尼や、何ともわからぬ化身の人が出る。謡の『当麻《たえま》』にも、又其と一向関係もないらしいもので謂っても、『朝顔の露の宮』、あれなどにも、やはり化尼が出て来る」と。縁起や説話ばかりでなく謡曲や御伽草子にも共有されている当麻曼陀羅信仰、中将姫伝説の基本構造に従うために、折口はここで当麻の語り部の姥を「化尼」として再生させたのである。

一三九　女鳥の……　ここに記されているのは、『古事記』および『日本書紀』に残された「女鳥と隼別」の伝承である。『古事記』では女鳥と速総別、『日本書紀』では雌鳥と隼別と表記されている。両書に記録された物語は細部に相違がある。折口は両書に採用された名称を混在させ、ここでは『古事記』のエピソードを語っている。『古事記』の伝えるところでは、腹違いの妹、女鳥皇女に想いを伝えようと忍んでいった仁徳天皇(大鷦鷯《おおさざき》天皇――『日本書紀』)は、布を織っている女鳥に、誰のための衣を作っているのかと尋ねる。すると女鳥は、こう答える。空高く飛ぶ、あなたの弟、隼別皇子のお召し物を、と。女鳥は鷦鷯(ミソサザイ=仁徳天皇)よりも空高く飛ぶ隼(ハヤブサ=速総別王)を選んだわけである。天皇の求愛を断り、その弟と通じた女鳥は、愛する隼別とともに天皇に対する反逆者となり、やがて逃げだした二人は伊勢へ逃れる途中で天皇の追手によって討たれる。『日本書紀』においては伊勢の地で――あたかも叛乱直前の大津皇子が、伊勢の巫女、大伯皇女のもとを訪れたように。折口は、滋賀津彦、隼別、天若日子という時の権力に反逆し殺された王子の系譜をここで一つに重ね合わせているのである。

一四六 **曼陀羅の相を……**　当麻寺に伝来する織成の曼陀羅は、観無量寿経変相の一種で、その図案は唐の善導の『観無量寿仏経疏』に基づいているといわれている。しかし、折口が物語の最後に展開した光の楽土、一なる「俤びと」から無限の「菩薩」が涌き出でてくる有様は、先述したように(八三頁の項参照)、法華経「従地涌出品」に由来するであろう華麗な光景を描ききるものだった――わが滅後においても、ガンジス河の沙《すな》の数に等しいほどの幾千万億もの求法者とその眷属たちが、法華経を護持し、読誦し、説き広めていくだろうと仏が語ったその時まさに「娑婆世界の三千大千の国土は、地、皆、震裂して、その中より、無量千万億の菩薩・摩訶薩ありて、同時に涌出せり。この諸の菩薩は、身、皆、金色にして、三十二相と無量の光明とあり」(岩波文庫『法華経』、坂本幸男・岩本裕訳注より)。「従地涌出品」には、ラストシーンの少し前に折口が書きつけた一節、「兜率天宮のたたずまいさながらであった」と呼応するように、兜率天宮で未来の世界への下生を待つ、次なる仏である弥勒菩薩も登場し、現在の仏である釈迦牟尼仏と、さらにはその巨大な身体に重なり合った過去の仏たちと、対話を交わす。この曼陀羅を経て「死者の書」は、曼陀羅の将来者である空海を重要な登場人物とした「死者の書　続篇」へと転換してゆくのである。

一五一 ちょうど、その頃、左大臣は…… 「死者の書 続篇」の第一稿では「左大臣」もしくは「隆永」、第二稿では「大臣」とのみ記され、正確な名前が分からないこの物語の主人公のモデルは、藤原頼長(一一二〇—五六)である。院政期に卓抜な能力をもって左大臣にまでのぼりつめ、保元の乱を引き起こす張本人となり、敗死した。頼長は、慈円が『愚管抄』で「日本第一〔の〕大学生《だいがくしょう》」ではあるが、「はら悪くよろずにきわどき人なり」と記すように、学問に対する抜群な才能をもち異常なまでに勉学に励みながら、非妥協的ですべてにおいて極端な性格をもった異色の公卿で、「悪左府」とも称されていた。注目すべきは頼長の残した日記の『台記』である(重要事項を日次記とは別に書きとめた記録である『台記別記』も存在する)。『台記』には、頼長が執念をもって故事典礼を習得し儀式の詳細を記録したものの他に、頼長自身の男色関係を赤裸々に書き残した記事も含まれている。頼長の男色関係の中心には同じ貴族の子弟がいるが(院政期において政治と性は切り離すことができなかった)、その相手は従者(随身)から楽人(舞人)まで幅広い。折口は、頼長が『台記』に残した男色の記事をもとにこの物語の骨格を構築しているのである。たとえば頼長は、久安二年(一一四六)五月三日には陰陽師・安倍「泰親」(初出一五四頁)の呪符の力を借りて貴族の子弟と関係をもつことに成功した。実在する泰親は頼長より十歳年上で、後述する安倍晴明にまつわる神話・伝承を大成した人物である。翌久安三年の九月十三日には難波の四天王寺の「舞人」公方と同衾している(翌年の三月にも同じ四天王寺の舞人と関係をもとうとした)。泰親という名前も舞人という性格も、いずれも「死者の書　続篇」に姿を変え、同一人物として登場してくる。また、頼長が愛した随身で、怪力の持ち主である公春との関係は『古今著聞集』にも記されている。『台記』の男色関係の記事にあらためて注目したのは、南方熊楠との往復書簡で知られ、江戸川乱歩の親友でもあった鳥羽の民俗学者・岩田準一(『男色文献書志』および『本朝男色考』)であった。現代における『台記』研究は東野治之氏、五味文彦氏等によって推し進められており、ここでは両氏の論考を参照した。

一三 **陰陽博士安倍房明……**　安倍房明は折口の創作である。もともと中国に生まれた陰陽道は、特殊な卜占法をもって、四季のめぐりや方位などをもとに国家(社会)や個人の吉凶禍福を判定する方術であった。古く飛鳥時代にはすでに伝来していたが、平安時代中期に活躍した陰陽師である安倍晴明(九二一―一〇〇五)と師である賀茂忠行・保憲によって、その体系がより整備され大きく発展した。折口は、安倍晴明が重要な登場人物となる戯曲「花山寺縁起」を生涯にわたって書き継いでいった(結局未完に終わる)。また、伝説をもとに、晴明の父である保名と、白狐の化身である母「葛の葉」の出会いと別れを主題とした浄瑠璃『蘆屋道満大内鑑』が形づくられた。その物語を中心に論がすすめられる、大正十三年に発表された「信太《しのだ》妻の話」は、「妣《はは》が国」をめぐって書かれた、折口学を代表する論考となった。

一六 **住吉の伶人……**　折口が大正六年に発表した小説「身毒丸」の主人公である舞人の少年・身毒丸も「住吉から出た田楽師」の息子だった。「身毒丸」の源泉の一つである謡曲「弱法師《よろぼし》」の舞台は彼岸中日の四天王寺であり、その一節、「極楽の東門に　向ふ難波の西の海　入り日の影も　舞ふとかや」を冒頭に引くことから折口は「山越しの阿弥陀像の画因」をはじめている。また「口ぶえ」でも高安長者伝説、すなわち「弱法師」と同じ源泉から枝分かれした説経節の「俊徳丸」と浄瑠璃・歌舞伎の「摂州合邦辻」(その舞台は折口の生家のごく近くにある)への言及がみられ、その物語への深い愛着を感じとることができる。おそらく折口が創り上げた小説世界はすべて、相互に照応し合っているのである。

一六一　**天野**……　高野山に至る途中に突如としてひらける平地で、丹生(赤土＝水銀)を産出する土地でもある。この地には、丹生都比売《にうつひめ》神社が存在している。第二稿の「天野の社」(一七九頁)は、この神社をさすのだろう。空海がこの地に鎮座する丹生明神が化身した山人の案内を受け、高野山を譲り受けたという伝説や、第二稿に登場する「鬼神の子孫」(一七五頁)とされた高野聖たちなどにも思いを馳せ、折口が書き継ぐことができなかった物語の筋をあらためて推測してみることも興味深いであろう。

一六九　**宿曜経**……　ヘレニズム期のギリシアに一つの起源をもち、西域およびインドで大成された占星術にもとづいて作られた経典(サンスクリット語の原本が存在することには疑いがもたれている)。最初にこの経を「翻出」(宿曜経の序文より)した不空は、空海に密教を伝授した恵果の師である。空海は不空の生まれ変わりを自称していた。この宿曜経に描かれた天文学の知識を取り込むことで、陰陽道は飛躍的に発展することになった。

一七〇　**日京ト**……　「日京ト」という言葉は折口の創作であろう。折口はここで、唐の時代に長安に伝わったキリスト教異端ネストリウス派の教え、「景教」のことを暗示していると思われる(日京卜の最初の二字を組み合わせると「景」が現れる)。一七七頁ではより直接的に「磔」にかかって死んだ「夷人」等々といわれている。異端として追放されたネストリウス派はまずはイランの地で栄え、次いで唐に至ったので、伝来当初はその教えが波斯経教、その寺院が波斯寺、つまりペルシア人たちの宗教と呼ばれていた。やがて真の起源が大秦国(ローマ帝国)にあることが判明したので、波斯寺は大秦寺とあらためられることになった。異端宣告された最大の理由は、救世主(キリスト)の母であるマリアに断固として神性を認めなかった点にある。折口が「琉球の宗教」を寄せた『世界聖典外纂』には、ネストリウス派の歴史および教義を過不足なくまとめた佐伯好郎による「景教」の概説が収録されていた。

一七二　**大師だけの大徳になりますと……**　「死者の書 続篇」において、藤原頼長と並ぶもう一方の主人公が、高野山をひらいた弘法大師・空海(七七四―八三五)である。人間は身体をもったまま仏と一体化し、仏となることができるという「密教」(秘密の教え)の理念と、その際に人間の心のなかに展開してゆく、生成消滅する宇宙のヴィジョンそのものである「曼陀羅」というイメージを、はじめて日本にもたらした人物である。その生涯は後に膨大な伝説を生み出した。そのなかでかたちになったのが、現代にまで伝わり、折口が「死者の書 続篇」で取り上げることになった「入定留身《にゅうじょうるしん》」信仰である。大師は「入定」(目を閉じ言葉を発しない状態のまま、滅びることなく生き続けていることをいう)した後も、そのまま高野山奥の院の霊窟に生身を留め(「留身」)、未来の仏陀である弥勒菩薩がこの世界に下生してくるまで、われわれを見守り、救済し続けてくれるというものである。この入定留身信仰は十世紀なかばにその萌芽があらわれ、十一世紀初頭にほぼ確立し、十二世紀にかけて肉付けがなされていったと推定されている(武内孝善『弘法大師 伝承と史実』朱鷺書房、二〇〇八年より)。

一五五 **苅萱の非事吏……** 高野山から出て全国を回遊し、高野山の因縁を語って勧進した無数・無名の宗教者たちである高野聖を指す。その「聖」という存在を、宗教の起源に直結する民俗学上の大きな問題として最初に捉えたのが柳田国男である。大正二年から四年にかけて連載された「巫女考」と「毛坊主考」、さらには大正十年に連載された「俗聖沿革史」において、「聖」を中心に据えた柳田の宗教起源論の全貌をうかがうことができる(しかしいずれも単行本としてはまとめられなかった)。柳田が抽出した、遊行する宗教者にして芸能者としてある「聖」は、折口学を成り立たせる重要な概念である「ホカヒビト」に受け継がれていった。さらには「山越しの阿弥陀像の画因」に描かれた「日神」を追って旅する女性たちにも。

一七 **西観唐紀の逸文に……** 大臣・藤原頼長がこの発言以前に口にする「太平広記」(一七二頁)は、中国の北宋時代に成立した実在する百科全書的な構成の説話集であるが、「西観唐紀」なる書物は、おそらくは折口の創作である。ただしモデルは存在する。一七〇頁の項に先述したネストリウス派の人々が建中二年(七八一)に長安の大秦寺に建てた「大秦景教流行中国碑」である。そこには、これまでの伝来および布教の様子や教義が、シリア語と漢文で刻み込まれていた。その巨大な石碑のレプリカが、高野山奥の院の入口に建立されたのは明治四十四年(一九一一)のことである。実行したのは、弘法大師・空海が唐の都・長安でネストリウス派の教えを学び、それを密教の教義のなかに融かし込んで日本にもたらしたのだと確信した一人のイギリス人女性、エリザベス・アンナ・ゴルドン夫人(一八五一―一九二五)だった。折口がここで語っていることは、ゴルドン夫人の論考、さらには、空海とネストリウス派の人々が接触した可能性についてはじめて言及し、ゴルドン夫人に多大な示唆を与えた高楠順次郎(一八六六―一九四五)の論考にもとづいていると思われる。高楠は、空海の『請来目録』の原型となった、唐の円照が編纂した経録『貞元新定釈教目録』のなかに、空海のサンスクリット語の師であった般若三蔵の最初の協力者として「景浄(アダム)」という名前と「弥尸訶(メシア)」という言葉を発見した。景教が盛んになり、「大秦景教流行中国碑」が建てられたのは、空海が入唐する直前のことである。空海はおそらく「貞元から元和へかけての間」に唐で師を通じてネストリウス派の人々と接触したのではないのか。折口は、高楠＝ゴルドン夫人の見解を、ほとんどそのままのかたちで大臣に語らせているのである。

一八三　**おれは、どうも血筋に引かれて……**　保元の乱の一つの原因は、藤原頼長と異母兄の藤原忠通(「決断力のない関白」)との確執にある。その家族の角逐が、天皇家の後継者争い、すなわち鳥羽法皇(「入道殿下」)の息子たち、やはり異母兄弟同士である兄の崇徳上皇と弟の後白河天皇による、法皇没後の主導権争いと結びついて戦火が拡大した。頼長と崇徳上皇、忠通と後白河天皇の両陣営に分かれ、ちょうど成長期にあった武士集団を巻き込み二分する大規模な内乱となった。崇徳上皇と頼長方が敗れ、重傷を負った頼長は逃亡の途上で死亡し、上皇は捕らえられて讃岐に流され、二度と京には戻れなかった。結果として、貴族の時代から武士の時代へと転換してゆく大きなきっかけとなった内乱であった。

口ぶえ

一九八 小高い塚の上に、五輪の塔が…… 安良が訪れている場所は、折口も少年の頃、そこによくたたずんでいたと伝えられる天王寺(四天王寺)の夕陽ヶ丘である。「塚」は家隆塚《かりゅう》と呼ばれ、その主は『新古今和歌集』の撰者の一人、藤原家隆(一一五八―一二三七)である。晩年は不遇で、「日想観」のうちに往生することを願ってこの場所にたどり着き、ここに取り上げられた歌を含む七首の辞世の歌を詠み、滅したという。『古今著聞集』にその情景を描いた二つの説話と折口が引用した歌「契りあれば難波の里にやどりきて浪の入り日ををがみつる哉(「けるかな」とも)」(前世からの縁があったため難波の里に宿って、そこで西の海に沈む夕陽に祈りを捧げて極楽浄土往生を願います)が収められている。「日想観」を介して「口ぶえ」と「死者の書」が結びつくわけである。

二〇三 「まいるより……」 大阪府藤井寺市にある真言宗御室派の葛井寺のことである。折口の戯曲「花山院縁起」の主人公でもある花山法皇(九六八―一〇〇八)が四国巡礼の途中にこの寺に詣で、「まゐるより　頼みをかくる　藤井寺　花の台《うてな》に　紫の雲」と詠んだことから(御詠歌)、紫雲山三宝院剛琳寺と号する。西国三十三所観音霊場第五番札所。なおこの段落の最後の文は、折口自身がかつて詠んだ歌、「うす闇にいます仏の目の光　ふと　わが目逢ひ、やすくぬかづく」(『海やまのあひだ』の最後に収められた連作「奥熊野」末尾の一首。「やすく」は思わずの意)を意識的に散文化したものである。

二〇五 **安良の学校への途に、愛染堂がある……** 「口ぶえ」は、大学入学以前、少年期の折口が生活していた環境を舞台に物語が展開されている。家族関係の描写や旅の体験等もほとんど事実にもとづき、自伝的な「私小説」と言ってしまっても良いほどのものである。中村浩氏の労作『若き折口信夫』(中央公論社、一九七二年)より、中学校へ向かう折口が見たであろう通学路の光景を再構成してみる――「木津の市場筋を抜け出ると……広田神社と今宮戎神社との間を通り……至清水《きよみず》坂か愛染《あいぜん》坂か口縄《くちなわ》坂かを登って、新清水寺・愛染堂・家隆塚などのある夕陽ヶ丘の上に至り、六万体の寺町を経て学校にたどり着く」。あるいは、「今宮戎の傍らを過ぎ……恵美須町から逢阪下に向う。合邦ヶ辻閻魔堂の前を通り急な逢阪の切り岸を登りきると、一心寺・四天王寺が眼前に迫る。西門《さいもん》の手前を左に折れると伶人町、抜け切ると六万体の寺町となる」。『日本書紀』に厩戸皇子(聖徳太子)による建立縁起譚が記されている四天王寺を中心に、合邦ヶ辻閻魔堂、一心寺、夕陽ヶ丘、寿法寺(もみじ寺)、高安の里から四天王寺に通じる俊徳道と、少年時代の折口は、文字通り「日想観」と俊徳丸(弱法師)の世界を生きたのである。

二一三 **茜染野中之隠井……** 実在の殺人犯、大阪聚楽町の梅渋吉兵衛をモデルに作られた浄瑠璃の一つ。主を救う刀代に窮した由兵衛が、女房小梅の弟長吉を殺して金を奪う。以下、この場面で語られる浄瑠璃はいずれも肉親同士の悲劇的な場面を含んでいる。二一三頁に記された「堀川」は『近頃河原達引』の「堀川の段」で、悲劇的な道行に出る妹・お俊を兄・与次郎が猿回しの芸で送り出す。二一四頁の「寺子屋」は『菅原伝授手習鑑』の四段目、検校の松王は菅丞相(道真)の息子・秀才を救うため、身代わりに自分の子を武部源蔵に討ち取らせ、その首検分を行う。

二五 「おもふこと……　これは折口が創作したものではなく、其角を通じて芭蕉の門人となったといわれている曲翠(一六六〇―一七一七)が残した句である。芭蕉が「勇士」と讃えたように、曲翠は奸臣を討ち、自刃して果てた。

三三 乳母の家が、河内の高安きっての……　信貴生駒山脈の高安山西方に位置し、地内を恩智川が流れる高安の里(現・大阪府八尾市)は、古来よりさまざまな説話の舞台となった。謡曲「弱法師」では俊徳丸の父の長者屋敷がこの地にあるとされ、『伊勢物語』をもとに構成された謡曲「井筒」にも、この地の女のもとへ通う男(在原業平)の話がある。鴨長明の歌論書『無名抄』は、業平の通い女が業平を待ち続けた高安の里の家が土地の人に「中将の垣内」と呼ばれ、残されていたことを伝える。

三四 黒塚の話、一つ家の怪談……　行き暮れた旅人が、人里離れた野原の淋しい一軒家に泊めてもらい、その家の主(老婆=鬼女)の悪行を知るという類似の構造をもった説話が、全国各地に見られる。そのなかでも、浅茅ヶ原(浅草)を舞台にしたものと、安達ヶ原(奥州)を舞台にしたものが有名である。前者は「一つ家の怪談」として、後者は謡曲「黒塚」さらには歌舞伎、長唄、読本として後世に流布した。「有馬や鍋島」の物語とは、いずれも怪猫(化猫)を主題としたものである。

三三 兄二人は、北国と九州とへ遊学に出ているので……　やや時間関係が前後しているが、この後二三五頁から述べられる祖父の話ともども、折口の伝記的な事実とおおむね合致している。

二四二 **さほ川の……**　原歌は大伴坂上郎女が残した旋頭歌、『万葉集』巻四の五二九「佐保川の　岸のつかさの　柴な刈りそね　ありつつも　春し来らば　立ち隠るがね」(佐保川の川岸の高みを覆っている雑木を刈らないでおくれ、春が来てさらに生い茂ったならそこに隠れてそっとあの人を待つので)である。「春し来らば」を「君と二人が」という興味深い語句に変更している。

二四五 **古典にしばしばその稜威を見せている大社……**　安良の祖父の故郷である「大和国高市郡飛鳥、古い国、古い里」、そこに存在する「二千年の歴史を持った、古い家」(二三七頁)、それが飛鳥坐《あすかにいます》神社である。『日本書紀』や『延喜式』にも記された由緒正しいこの神社の神主のもとに折口の祖父・造酒《みき》ノ介はいったん養子に入り、さらにそこから折口家への婿養子に迎えられた。経歴は「口ぶえ」に書かれている通りである。没後、縁が切れてしまった祖父の養家・飛鳥家と折口家との交流を、明治三十七年(一九〇四)の春に行われた祖母つた、叔母えいとの当麻・吉野・飛鳥への旅によって回復させたのが、折口だった。それに先だって、たった一人で行われた飛鳥への旅が「口ぶえ」の背景にある。折口の「自撰年譜」の明治三十三年、数え年十四歳の項には、こう記されている。「夏、初めて一泊旅行を許され、大和廻りをして、飛鳥坐神社に詣る」。

二四八 **長谷寺の本堂の方へ……**　長谷寺は、奈良県桜井市初瀬にある真言宗豊山《ぶざん》派の総本山である。「この寺へ参籠に来た、平安朝の女性」とは、おそらく『更級日記』の作者、菅原孝標女のことを指すのであろう。折口が長谷寺から室生寺まで四泊に及ぶ一人旅をしたのは、明治三十七年の夏、中学校の卒業試験に落第し、前項に述べた祖母や叔母とともに飛鳥を訪ねる旅をした同じ年のことである。その時、折口は、室生寺の奥の院の岩に頭を打ちつけて自死を試みた若き日の釈契沖に想いを馳せ、自身も死の誘惑に駆られたという(『全集』の年譜による)。明治三十三年の飛鳥への一人旅と、この明治三十七年の長谷寺から室生寺への一人旅の間に、折口は、「口ぶえ」という物語の骨格をなすような体験をしたわけである。「零時日記」によれば、その間、明治三十五年の冬から翌三十六年の春にかけて折口は二度自死を試みている。

二五〇　**緒手巻塚杉酒屋の恋物語……**　『妹背山婦女庭訓』の四段目。烏帽子折りの貴公子・其原求女《そのはらもとめ》に扮した藤原淡海は蘇我入鹿を倒すために、入鹿の娘である橘姫に取り入り、言い交わした仲である杉酒屋の娘お三輪から渡された苧環《おだまき》の糸を縫い付け、そのあとを追う。橘姫と求女は赤い苧環の糸でむすばれ、求女とお三輪は白い苧環の糸でむすばれ、入鹿の御殿に到着する。

二五八　**山寺の……**　作中ではやや改変があるが、折口がここで引いているのは、それぞれ芭蕉の句と西行の歌である。芭蕉の句は、『笈の小文』に収められる際に「山寺の」が「この山の」と変更され、「この山の悲しさ告げよ野老《ところ》掘り」(山のほとりで一人わびしく野老——山野に自生するヤマイモ科の蔓植物——を掘る里人よ、この山寺が荒廃に帰した悲しい歴史を語っておくれ)となった。西行の歌、「吉野山　やがて出でじと　思ふ身を　花散りなばと　人や待つらん」(桜を愛でようと吉野山に入り、そのまま山を出るまいと決心しているこのわが身を、世間の人々は桜の花が散ったならこちらに戻ってくると考え、ずっと待っているのだろう)は、『山家集』に収められたものである(一〇三六)。折口は後に「西行や芭蕉のあゆんだ道」を、自由を貫くために社会から離脱し、その「外」の視点から、「無頼の味」をもって世間を批評する「隠者の文学」として捉え直し、自らもまたそのような表現世界を生涯をかけて詠い続けようとした。

二六二 **西山の寺……** 京都西山の釈迦岳の中腹にある善峯寺のこと。善峯寺は恵心僧都の弟子・源算上人の手によって開創された天台宗の寺であり、西国三十三所第二十番の札所である。また、渥美が出かけていた、善峯寺の峰伝いにある「花の寺」(二六四頁)とは、勝持寺のことである。折口は、国学院大学を卒業した翌月の明治四十三年八月もしくは九月のはじめ頃、この善峯寺を訪れ、数日を過ごしている。当時の善峯寺の住職は折口の「遠縁の聖」にあたる。折口が死後の法名を思わせる「釈迢空」という奇妙な筆名を使い出すのは、その直後からと見られる(現在判明している限りで、「釈迢空」という号の初見は、同年九月十五日に折口が出席した関西同人根岸短歌会の第九回例会においてである)。

二七〇 **唯一人の女であった彼の姉……** 国学者・敷田年治に師事し折口にも大きな影響を与えた姉あゐはこの記述にある通り、明治三十一年(一八九八)、父の生家である福井家に嫁いでいた。

解　説

安藤礼二

　本書は、国文学者であり民俗学者でもあった折口信夫（一八八七—一九五三）の手になる小説の代表作を集成したものである。「釈迢空《しゃくちょうくう》」という筆名で発表した二篇の小説——生涯で唯一小説として完成し単独の著作として刊行することのできた『死者の書』と、残念ながら未完に終わったがまだ無名だった二十代の頃にはじめて取り組まれた小説「口ぶえ」——さらには晩年に草稿のまま残された「死者の書　続篇」を収録した。

　折口は、この他にも「身毒丸」「神の嫁」「生き口を問ふ女」「家へ来る女」「寅吉」など小説的な表現を意図したと思われる作品群を残している（すべて『折口信夫全集』二七、中央公論社、一九九七年に収められている——以下、一九九五年から刊行がはじまった新版『折口信夫全集』の収録巻数を、『全集』二七のように省略して示す）。しかし、それらはいずれも未完成の小品であり、一部は断片である。そのうち主要なものは、現在では中公文庫版

『死者の書 身毒丸』(改版、一九九九年)およびちくま文庫版『文豪怪談傑作選 折口信夫集 神の嫁』(二〇〇九年)で読むことができる。

いずれにせよ、本書に収録した「死者の書」「死者の書 続篇」「口ぶえ」というこの三篇が、折口信夫の小説の代表作であるということは確実であろう。まずは各作品の書誌事項を簡単に記しておきたい。

死者の書

河内(大阪)と大和(奈良)の境にそそり立つ二上山の伝承とその麓の当麻寺に伝わる当麻曼陀羅縁起、そこからさらに説話や謡曲へと広がっていった中将姫伝説に源泉をもつこの作品の初出は、雑誌『日本評論』の昭和十四年(一九三九)一月号、二月号、三月号に、それぞれ「死者の書」「死者の書(正篇)」「死者の書(終篇)」として、釈迢空の筆名で発表されたものである——以下、単行本となった『死者の書』の著者名も一貫して釈迢空と記されている。このうち、雑誌連載の第一回目である「死者の書」と第二回目である「死者の書(正篇)」を構成するそれぞれの章を大幅に入れ替え、全体に増補訂正を加え、昭和十八年(一九四三)九月に青磁社より単行本として刊行されたものが、現在流布している小説『死者の書』の完成形にあたる。

雑誌連載と単行本の最大の違いは、現在では物語の「六」として読まれる、当麻寺を訪れた藤原南家郎女の情景から第一回目の連載がはじめられており、岩窟の暗闇から死者が目覚めてくるきわめて印象的な物語冒頭の情景は、第一回目の連載には登場しない点にある。折口は連載の第一回目と第二回目を成り立たせている最も重要なシーンを入れ替え、時間の経過通りに進行していた物語を一旦ばらばらに切り離し、あらためて映画のモンタージュのように自由につなぎ合わせたのだ。物語を流れる時間は錯綜し、物語の筋は混乱する。その結果、作品は謎に満ち、複雑な陰影をもつことになった。『死者の書』に「映画の影響はあるかも知れない」と語っているのは折口自身である(後に詳しく触れる加藤守雄『わが師　折口信夫』による)。四年以上に及ぶこの複雑な改稿作業が『死者の書』を難解に、つまり単純には読み解きがたくしている最大の理由である。当麻寺を訪れた少女(郎女)からはじまり、「当麻のみ寺のありの姿」を模した曼陀羅を織り上げ、描ききることで、自身が目覚めさせてしまったこの世に「執心」を残して死んだ死者の想いを昇華させる少女(郎女)で終わる、雑誌連載版の「死者の書」は、拙編著書『初稿・死者の書』(国書刊行会、二〇〇四年)のなかに復刻されている。

『死者の書』はさらに、戦後の昭和二十二年(一九四七)七月に、雑誌『八雲』第三輯(一九四四年七月)に発表された「山越しの阿弥陀像の画因」(『全集』三二)を、「山越しの弥陀」として巻末に付し、本文に若干の改変を加えた上で、角川書店より再刊された。「山越しの阿弥陀像の画因」によって、『死者の書』のなかに秘められていた謎の一部が解き明かされるとともに、その謎はより深められてしまった。つまり折口は、意識的に、もしくはある部分までは無意識的に、作品に込められた謎をより重層化していくような形で、『死者の書』に手を入れ続けたのである。

死者の書 続篇

第一稿、第二稿とも、それぞれ自装の手帖と大学ノートに残された草稿であり、内容の前後関係からこのような番号が付され、整理されている。第一稿は新版の『全集』にはじめて収録された。また正確な執筆時期は確定できないが、第二稿については新旧の『全集』編纂者の注記によれば、「昭和二十三、四年頃」(旧版「あとがき」)もしくは「昭和二十三年?」(新版)とされている。ただし「続篇」としたのは『全集』編纂者であり、折口はいずれも、ただ「死者の書」とのみ記していた。一方には保元の乱を引き起こす張本人となる男色者の「大臣」(藤原頼長と類推される)を配し、もう一方には高野山の奥の院に「入定留身」して生き続ける弘法大師・空海を配するといったように、物語の時代背景や登場人物も大きく変えられてはいるが、後述するように折口のなかでは「死者の書」と密接な関係をもち、「死者の書」が終わった地点から紡がれる新たな物語だったはずである。

口ぶえ

釈迢空の筆名で、『不二新聞』の大正三年(一九一四)三月二十四日から四月十九日付にかけて二十五回にわたって連載されたものが初出であり、折口が入念に手を入れた痕跡が残る原稿をもとに、旧版の『全集』にはじめて収録され、全貌が明らかとなった。連載前年にあたる大正二年九月二十六日付の書簡(中学時代の同級生で国文学者の武田祐吉宛)に、「口ぶえ」という自伝的な作品を「二百頁余」書いたと記されていることから、少なくともその時期までに草稿は準備されていたと思われる。「口ぶえ」の草稿が準備され、連載が開始される間に、折口は大学卒業後就いていた故郷大阪の今宮中学校嘱託教員を辞める決心をし、同じ年の四月実際に職を辞し、その後数年は生活上の困窮状態が続くことになる無鉄砲とも思われる再上京を敢行した。ほとんど自伝的な「私小説」ともいえる「口ぶえ」の主題となったのは、父の死や二度におよぶ自殺未遂、さらには落第による傷心の一人旅が行われた自身の中学校時代の記憶、「すべての浄らかなものと、あらゆるけがらわしいものとが」渾然一体となった記憶の再現である。

以上が三作品の概要である。それぞれ奈良時代と平安時代を舞台にした歴史小説である「死者の書」と「死者の書 続篇」、さらには現代の身近な土地を舞台にした私小説である「口ぶえ」。後述するように、時代背景と登場人物がまったく異なったこの三つの作品は、物語の深層のレベルにおいて根源的に類似し、共通の物語構造をもっている。しかし、物語の最も表層的なレベルにおいてさえ、無視することのできない共通点を見出すことが可能である。たとえば「口ぶえ」の安良が長谷寺で遭遇した、輪郭がだんだん溶けて夢のように消え去ってしまう「白い姿」(二四九頁)と、「死者の書 続篇」の大臣が高野山で遭遇した、影のように「白くほのかに、凡、人の背たけほど、移って行く煙」(一八一頁)……。

さらに「口ぶえ」と「死者の書」では、類似はより顕著になる。「口ぶえ」の安良も「死者の書」の郎女も、乳母をはじめとする女たちが紡ぐ物語のなかで育てられ、草花に対する鋭敏な感覚をもち、自身の魂の故郷である飛鳥にときめきとともに旅立つ。安良が「浄らかな」渥美と「けがらわしい」岡沢の間で引き裂かれているならば、郎女もまた、光のなかに神々しく屹立する「俤人」に憧れながら、闇のなかを骨だけの怪物のようになって訪れてくる「天若御子」を「骨の疼く戦慄の快感」（一一五頁）とともに待ちわびている。安良も郎女も、自身のうちに存在する浄らかなものとけがらわしいもの、光と闇とを一つに統合してくれるような「唯一人」の俤に救いを求め、家から出奔し、聖なる山の麓の寺院、釈迦岳の善峯寺と二上山の当麻寺に至る。そして物語の最後では、二人ともその聖なる山からさらに外へと旅立ち、おそらくこの現実世界には二度と戻ってこない……等々。

*

折口信夫にとって、文学さらには「小説」を書くとは、一体どのような意味をもつ行為だったのであろうか。まず「口ぶえ」の連載終了二か月後に公表された異様な日記であり、自身の信条告白であり、表現原理でもあった「零時日記」（『全集』三三）には、次のような一節が記されている。

文芸の原始的意義は、欲望の超経験超常識的の表現に在る。

折口にとって文学とは、自身のもつ欲望、「自己保存に関する食欲、並びに性欲」(以下、いずれも「零時日記」に残された折口自身の言葉である)を、現実を超えた世界の表現にまで昇華させるものであった。それは「無」(=死)の超越であり、「愛」よって個を脱することであった。この時、「芸術が超自然・超経験を希《こいねご》うた如く、愛は個体的区分を解脱する欲求なのだ」。この時、欲望は「態度」として実行され、「表現」として暗示される。だから折口にとって、文学は宗教的な行為ときわめて近しいものとなる。「芸術であれ、宗教であれ、行く処まで行かせれば、其処に一つの人格のうちに統合せられて来る」、さらには「信仰行為は瞬間瞬間を創造して行く盲動であります」とも。自身の内に働くこの盲目的な欲望の力によってのみ、人は超自然的な世界、つまり神に対してひらかれる。「瞬間の充実が、神を我に齎《もたら》し、我を神に放つ」。

おそらく折口は、「零時日記」に書かれていることを、「口ぶえ」で実践しようとしたのだ。その時、折口が理想とした文学者の一人が、瞬間を創造する「盲動」という理念を折口に授けてくれた、自然主義と象徴主義を「神秘的半獣主義」(一九〇六年)において一つに融合しようとした特異な文学者である岩野泡鳴《いわのほうめい》（一八七三―一九二〇）だった。だが、折口は「口ぶえ」を完成することができなかった。その地点に留まっていることはできなかった。「私」の欲望をなんらかの形で社会化していかなければならなかったのだ。そのような危機の時代に、折口の前に新たに登場したのが柳田国男（一八七五―一九六二）である。泡鳴とともに自然主義の文学運動を担い、次いで民俗学を創出した柳田は、『遠野物語』（一九一〇年）によって見えない世界（異界）と見える世界（現実界）を一つにつなぎ、「私」の心のなかに生まれてくる幻想と「社会」のなかに生まれてくる規範を同一の地平から捉えることを可能にした。折口は、「私」の内なる盲動から出発して、伝説そして「歴史」に至らなければならなかったのだ。

「私」の内部を描き尽くすことと、「私」の外部に存在する「歴史」を描き尽くすことが等しくなる。そのような不可能とも思える試みに挑んだのが、柳田との出会いの後にはじめて形にすることができた、大正六年（一九一七）の「身毒丸」である。その「附言」にはこうある――。

わたしどもには、歴史と伝説との間に、そう鮮やかなくぎりをつけて考えることは出来ません。殊に現今の史家の史論の可能性と表現法とを疑うて居ます。史論の効果は当然具体的に現れて来なければならぬもので、小説か或は更に進んで劇の形を採らねばならぬと考えます。わたしは、其《それ》で、伝説の研究の表現形式として、小説の形を使うて見たのです。

この話を読んで頂く方に願いたいのは、わたしに、ある伝説の原始様式の語りてという立脚地を認めて頂くことです。

先に引いた「零時日記」の一節と、「身毒丸」に残されたこの附言が交わる地点から、「死者の書」が立ち上がってくるのである。「私」の表現であるとともに「歴史」の表現でもあること。それが折口の小説のもつ独創性であり、同時にその分かりにくさとなっている。たとえば実在の固有名をもった登場人物と事件の数々によって、物語の展開する「時」を、古代の特定の年代に確実に想定することができる歴史小説として存在する「死者の書」のなかに、突如として、折口の「私」が侵入してくる。それを裏づける「山越しの阿弥陀像の画因」に記された有名な一節——。

何とも名状の出来ぬ、こぐらかったような夢をある朝見た。そうしてこれが書いて見たかったのだ。書いている中《うち》に、夢の中の自分の身が、いつか、中将姫の上になっていたのであった。

夢のなかで女性に変身することで折口は物語を紡ぐことが可能になったのだ。さらに折口はこう記している。『死者の書』を書き上げること、「そうする事が亦《また》、何とも知れぬかの昔の人の夢を私に見せた古い故人の為の罪障消滅の営みにもあたり、供養にもなるという様な気がしていたのである」と。折口はこの夢について、『死者の書』の単行本を刊行し「山越しの阿弥陀像の画因」を書き上げる前後まで同居し、その後出奔した弟子・加藤守雄に、その内実を赤裸々に語っている。「ある朝、奇妙な夢を見た。中学生のころ、友人だった男が夢の中に現れて、自分に対する恋を打ちあけた。その人がそんな気持ちを持っていたとは、その当時はもちろんのこと、いまのいままで、ついぞ思っても見なかった」と(『わが師 折口信夫』文芸春秋、一九六七年。朝日文庫、一九九一年)。『死者の書』の根底には、折口の秘められた同性への「愛」が隠されていたのだ。しかも折口の記述を正確にたどる限り、死者は二人存在している。中学生の頃の友人だった

「何とも知れぬかの昔の人」と、その「昔の人」の夢を見させた「古い故人」と。折口が『死者の書』を書くことによって「罪障消滅」の営みを、供養を行わなければならなかったのは後者の方、やはり同性の恋人と推定される「故人」に対してだった。折口が残してくれた貴重な証言をもとにもう一度全体を読み直してみると、一見すると無関係に思える「口ぶえ」「死者の書」「死者の書 続篇」（さらに「身毒丸」）といった折口の小説作品は、明らかにいくつかの主題を共有していることが分かる。

折口の「私」の側面から考えてみれば、特に「死者の書」の曼陀羅を織る少女・郎女が折口自身であったとした時にはっきりと見えてくるその主題とは、「口ぶえ」（と「身毒丸」）で濃厚に暗示され、「死者の書 続篇」で直接的に描かれた「男色」（ホモセクシュアリティ）の問題である。また一方で折口の「歴史」の側面から考えてみれば、その主題は「日想観」と諸宗教の「習合」の問題に集約される。浄土三部経の一つを構成する仏説観無量寿経に説かれた、西の空に沈む夕陽を見つめ、そこにこの世界を超え出た超自然的でなおかつ超現実的でもあるもう一つ別の世界、極楽浄土の姿をありありと観相し、さらにはその極楽浄土をいまここに顕現させる方法である「日想観」——。

折口は、「口ぶえ」の冒頭近くで、自身の分身である十五歳の少年・安良を、日想観往生を求めて四天王寺にたどり着いた藤原家隆の墓所（生家の近くに実在する夕陽ヶ丘）にたたずませる。「身毒丸」の源泉の一つであった謡曲「弱法師」は、四天王寺に伝わる日想観の風習を物語の背景としたものだった。そして「山越しの阿弥陀像の画因」によれば、『死者の書』全体を貫徹するのは、この列島に古代から存在した「日神に対する特殊な信仰」、太陽神と一体化することを求めて「太古のままの野山」を駆けまわっていた女性たちがもっていた信仰が、「仏者の説くところ〔日想観――引用者注〕に習合せられ」、新しい衣裳をまとったものだった。

日想観によって、人は「死」を超えることができる。「山越しの阿弥陀像の画因」ではこう説かれていた。「四天王寺には、古くは、日想観往生と謂《い》われる風習があって、多くの篤信者の魂が、西方の波にあくがれて海深く沈んで行ったのであった。熊野では、これと同じ事を、普陀落渡海と言うた。観音の浄土に往生する意味であって、淼々《びょうびょう》たる海波を漕ぎきって到り著く、と信じていたのがあわれである」。おそらくこの一節には、「口ぶえ」で提出され、若き折口信夫に取り憑いて離れなかった自死の問題も交響しているのだろう。しかも日想観によって、海に溶け入る太陽とともにもたらされる死は、単なる自殺ではなかった。死に魅入られ、死に近づきながらも、死を超えてゆくこと。

それが折口の生涯のテーマであったはずだ。

日想観もやはり、其と同じ、必《かならず》極楽東門に達するものと信じて、謂わば法悦からした入水死《じゅすい》である。そこまで信仰においつめられたと言うよりも寧《むしろ》、自ら霊《たま》のよるべをつきとめて、そこに立ち到ったのだと言う外はない。

そしてこの日想観は、折口の信仰およびさらなる「習合」の問題として展開されていった。単行本となった『死者の書』の「日想観」は、「古代の幻想」のなかで形になった列島の固有信仰と仏教の「習合」の有様を描いただけではなかった。折口は『死者の書』のカバーを、自身も「琉球の宗教」(『世界聖典外纂』所収)を寄稿した世界聖典全集を構成する重要な巻であり、英語からの重訳ではあったがはじめて完全な紹介がなされたエジプトの『死者之書』(上下二巻、一九二〇年)から選んだ図版、第八九章の「オシリスの霊魂」で飾っていたからだ。つまり滋賀津彦が郎女によって再生するという物語は、キリストの復活と重ね合わせることも可能なエジプト神話、ばらばらに切断された大神オシリスが妻であり妹である女神イシスによって冥界の神として復活するという、世界神話との「習合」さえ想定されていたのだ。折口自身、「えじぷともどきの本」(「山越しの阿弥陀像の画因」)と書き、またそうすることで、「倭・漢・洋の死者の書の趣きが重って来る様で、自分だけには、気がよかったのである」(同)とも記していた。その直後から、先ほど引用した「古い故人の為の罪障消滅」云々という一節がつづくのである。「漢の死者の書」とは、雑誌連載時のエピグラフに掲げられ、単行本では削除されてしまった「穆天子伝」を指す。

「死者の書 続篇」では、より規模が拡大された諸宗教の「習合」を描くことが意図されていたと思われる。光り輝く日輪の教え、すなわちキリスト教異端ネストリウス派の教えがアジアに伝来し変容して形になった「景教」と、空海が列島にはじめて将来した、宇宙の中心に位置する太陽神である大日如来から森羅万象が無数の度合いをもった光として流出する「曼陀羅」が、新たな「日想観」として一つに融合する様を、折口はまざまざと幻視していたのではないだろうか。

折口信夫の「私」と折口信夫の「歴史」が分かちがたく結びついた小説世界を読み解いていくための一つの鍵として、富岡多恵子氏と私は、折口がただ「自撰年譜」だけにその名前を残した九歳年上の一人の青年、新仏教家「藤無染」(一八七八—一九〇九)を見出し、「山越しの阿弥陀像の画因」に折口自身の手で記された「故人」として同定した。落第によって通常より一年遅れて中学校を卒業した折口は、決まっていた進学先を急遽変更して上京、国学院大学に入学手続きをとるとともに、藤無染との同居をはじめる。無染は仏陀とキリストの生涯と教説が同一であることを確信し、仏教とキリスト教が一つに融合することを願っていた。折口が自身の死後の名前(法名)ともなった「釈迢空」という筆名を使い、やがて「口ぶえ」を書き、「零時日記」を書いていくのは、無染の「死」の一年後からだった。詳細については富岡多恵子『釋迢空ノート』(岩波書店、二〇〇〇年。岩波現代文庫、二〇〇六年)および安藤礼二『光の曼陀羅 日本文学論』(講談社、二〇〇八年)を参照していただきたい。

しかし、「藤無染」は、折口が構築した複雑な小説世界の謎を解くための唯一の鍵ではない。「死者の書」において、滋賀津彦(大津皇子)に隼別や天若日子などの反逆の王子——「天の日に矢を射かける——。併し、極みなく美しいお人」(一四〇頁)——の「俤」が重ね合わされ、藤原南家郎女に耳面刀自や「太古のままの野山を馳けまわる女性」(「山越しの阿弥陀像の画因」)たちの「俤」が重ね合わされていたように、夢のなかで折口＝中将姫を「死者の書」に導き、動物でも植物でも鉱物でもある珊瑚の樹に変身させた「俤人」とは、ちょうど「死者の書」の末尾に折口が記した「唯一人の色身」から流出する「数千地涌の菩薩」のような、さまざまな要素が多様性をもったまま一つに重なり合った存在であるだろう。そこから無数の謎が生まれ、それ故私たちは、読書という苦痛と悦楽が一体となった行為によって、その謎を読み解くことを続けていかなければならないのだ。

＊

折口はなかば意図的に――「死者の書」の改稿作業にあらわれているように――自身の作品を迷宮のように作り上げている。折口が提供してくれた時間と空間の迷宮である小説世界をそのまま楽しんでいただくとともに、その謎を解くための導きの糸として、折口の「私」と折口の「歴史」に関して、物語と密接に結びついた事項についてのみ、やや長めの注解を付した。この注解は作品解釈のための、あくまでも一つの道標である。まずは物語の謎そのものを体感していただき、さらに注解を利用して、読者自身の新たな謎を発見し、そこから独自の物語を紡ぎ出していただきたいと思う。

「死者の書」関連系図

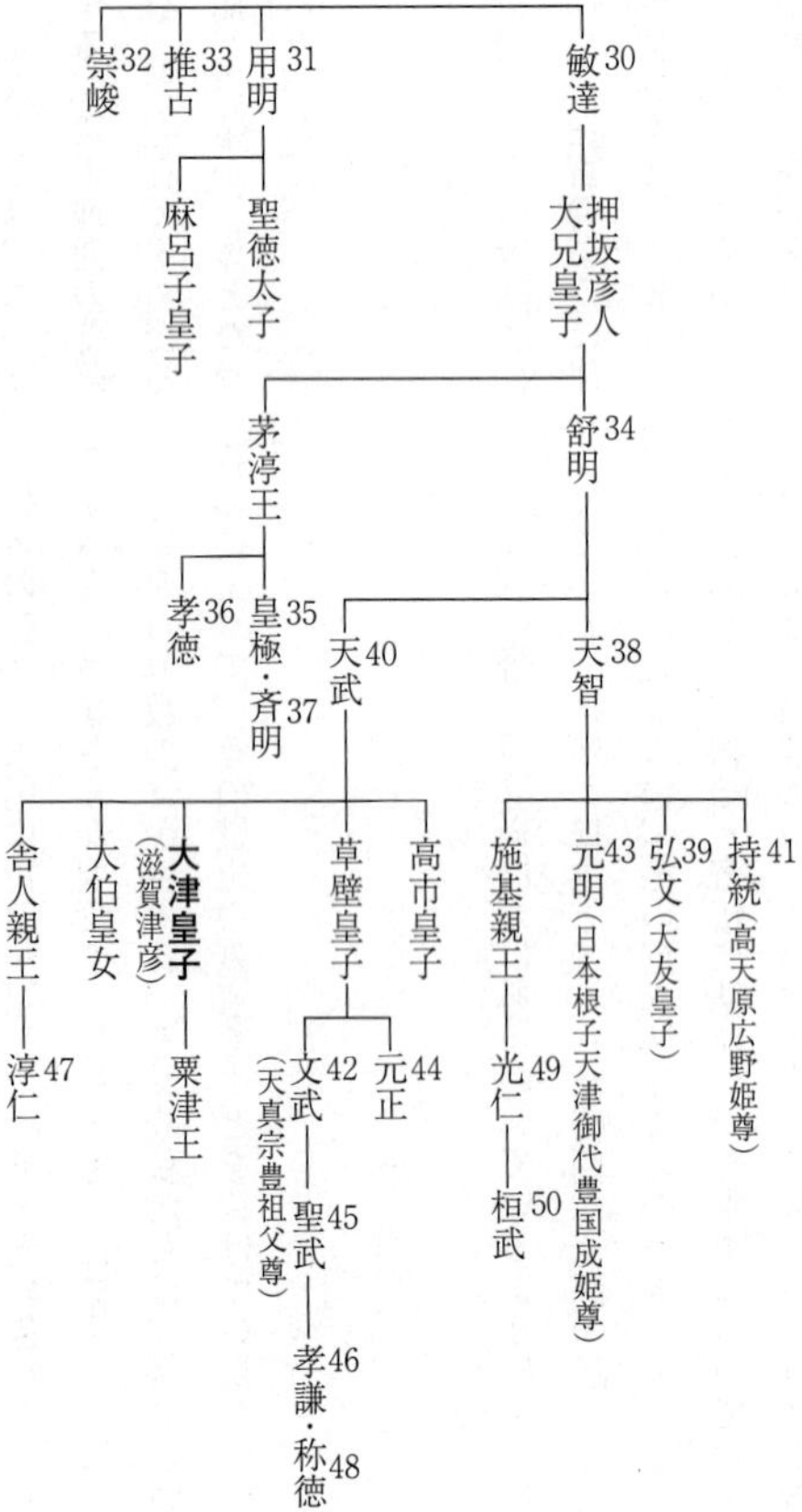

敏達 30
押坂彦人大兄皇子
舒明 34
天智 38
持統 41（高天原広野姫尊）
弘文 39（大友皇子）
元明 43（日本根子天津御代豊国成姫尊）
施基親王
光仁 49
桓武 50
天武 40
高市皇子
草壁皇子
元正 44
文武 42（天真宗豊祖父尊）
聖武 45
孝謙・称徳 46 48
大津皇子（滋賀津彦）
粟津王
大伯皇女
舎人親王
淳仁 47
茅渟王
皇極・斉明 35 37
孝徳 36
用明 31
聖徳太子
麻呂子皇子
推古 33
崇峻 32

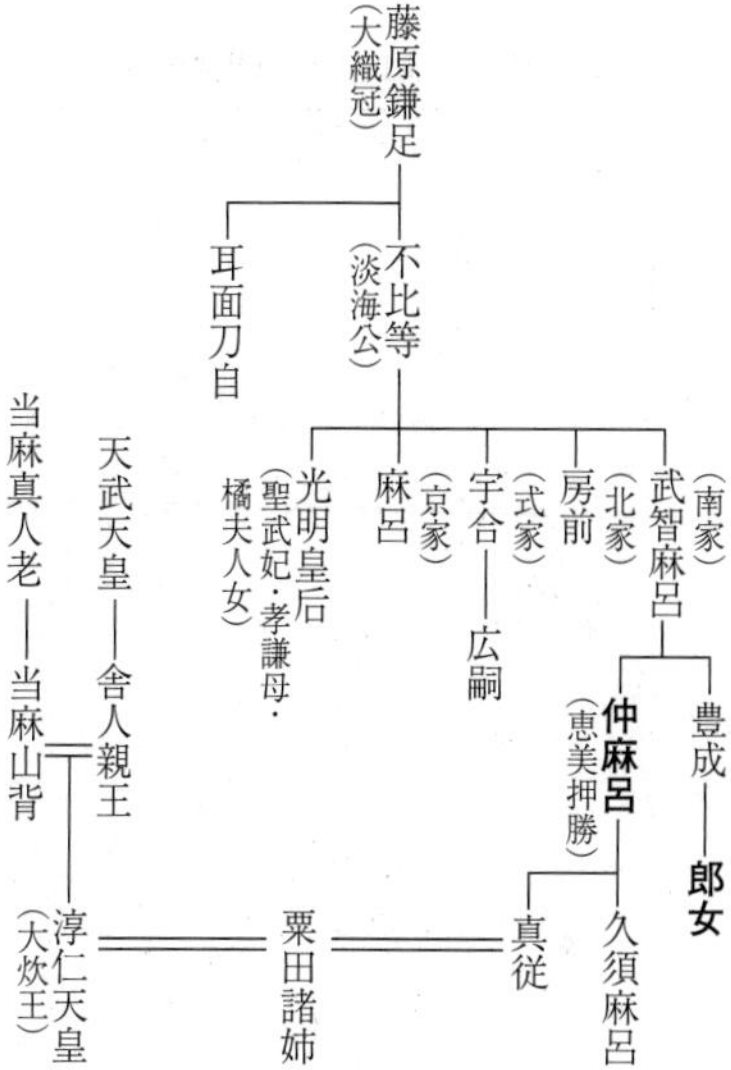
藤原鎌足
（大織冠）
不比等
（淡海公）
耳面刀自
武智麻呂
（南家）
房前
（北家）
宇合
（式家）
麻呂
（京家）
光明皇后
（聖武妃・孝謙母・橘夫人女）
広嗣
豊成
郎女
仲麻呂
（恵美押勝）
久須麻呂
真従
粟田諸姉
天武天皇
舎人親王
淳仁天皇
（大炊王）
当麻真人老
当麻山背

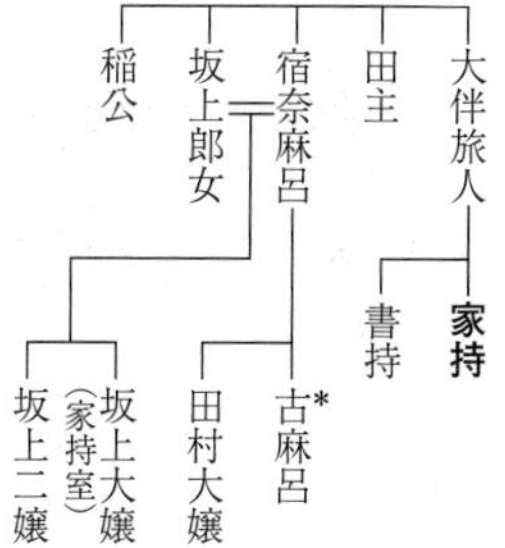
大伴旅人
田主
宿奈麻呂
坂上郎女
稲公
家持
書持
古麻呂*
田村大嬢
坂上大嬢
（家持室）
坂上二嬢

*父親について諸説あり

「死者の書」「口ぶえ」関連地図

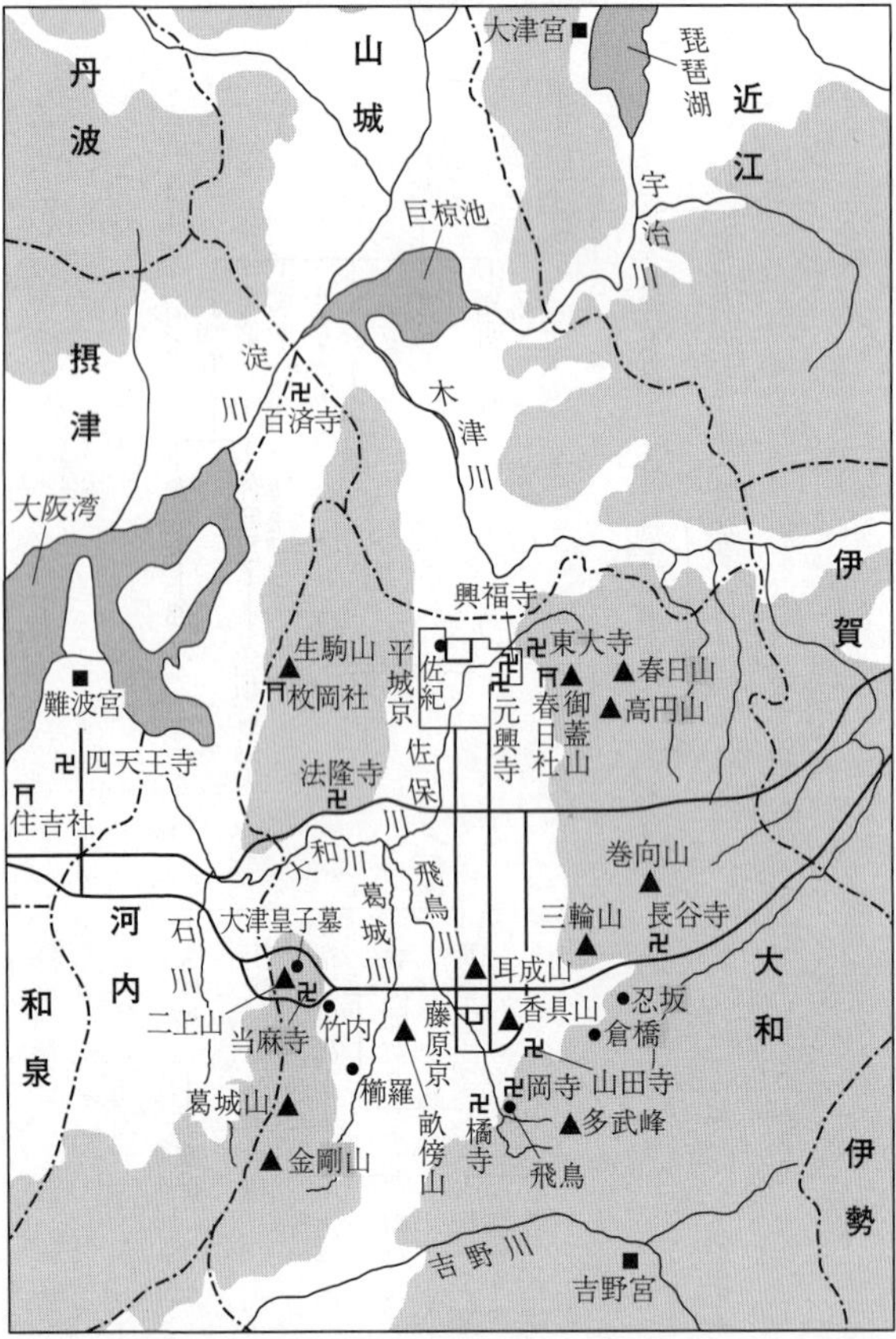

〔編集付記〕

一、本書の底本には、中央公論社版『折口信夫全集』第二十七巻(一九九七年刊)を用いた。

二、原則として、漢字の旧字体は新字体に、仮名づかいは現代仮名づかいに改め、適宜読み仮名を付した(底本では読み仮名にカタカナが使われているが、読み仮名は平仮名に統一した)。和歌・俳句については、漢字は新字体に改めたが、仮名づかいには手を加えず底本のままとした。

三、本書中に今日では差別的な表現とされる語が用いられているところがあるが、作者が故人であることなどを鑑みて、それらを改めることはしなかった。

(岩波文庫編集部)

死者《ししゃ》の書《しょ》・口《くち》ぶえ

2010年5月14日　第1刷発行
2022年12月5日　第17刷発行

作　者　折口信夫《おりくちしのぶ》

発行者　坂本政謙

発行所　株式会社 岩波書店
〒101-8002 東京都千代田区一ツ橋 2-5-5

案内 03-5210-4000　営業部 03-5210-4111
文庫編集部 03-5210-4051
https://www.iwanami.co.jp/

印刷 製本・法令印刷　カバー・精興社

ISBN 978-4-00-311862-7　Printed in Japan

読書子に寄す

――岩波文庫発刊に際して――

岩波茂雄

真理は万人によって求められることを自ら欲し、芸術は万人によって愛されることを自ら望む。かつては民を愚昧ならしめるために学芸が最も狭き堂宇に閉鎖されたことがあった。今や知識と美とを特権階級の独占より奪い返すことはつねに進取的なる民衆の切実なる要求である。岩波文庫はこの要求に応じそれに励まされて生まれた。それは生命ある不朽の書を少数者の書斎と研究室とより解放して街頭にくまなく立たしめ民衆に伍せしめるであろう。近時大量生産予約出版の流行を見る。その広告宣伝の狂態はしばらくおくも、後代にのこすと誇称する全集がその編集に万全の用意をなしたるか。千古の典籍の翻訳企図に敬虔の態度を欠かざりしか。さらに分売を許さず読者を繫縛して数十冊を強うるがごとき、はたしてその揚言する学芸解放のゆえんなりや。吾人は天下の名士の声に和してこれを推挙するに躊躇するものである。このときにあたって、岩波書店は自己の責務のいよいよ重大なるを思い、従来の方針の徹底を期するため、すでに十数年以前より志して来た計画を慎重審議この際断然実行することにした。吾人は範をかのレクラム文庫にとり、古今東西にわたって文芸・哲学・社会科学・自然科学等種類のいかんを問わず、いやしくも万人の必読すべき真に古典的価値ある書をきわめて簡易なる形式において逐次刊行し、あらゆる人間に須要なる生活向上の資料、生活批判の原理を提供せんと欲する。この文庫は予約出版の方法を排したるがゆえに、読者は自己の欲する時に自己の欲する書物を各個に自由に選択することができる。携帯に便にして価格の低きを最主とするがゆえに、外観を顧みざるも内容に至っては厳選最も力を尽くし、従来の岩波出版物の特色をますます発揮せしめようとする。この計画たるや世間の一時の投機的なるものと異なり、永遠の事業として吾人は微力を傾倒し、あらゆる犠牲を忍んで今後永久に継続発展せしめ、もって文庫の使命を遺憾なく果たさしめることを期する。芸術を愛し知識を求むる士の自ら進んでこの挙に参加し、希望と忠言とを寄せられることは吾人の熱望するところである。その性質上経済的には最も困難多きこの事業にあえて当たらんとする吾人の志を諒として、その達成のため世の読書子とのうるわしき共同を期待する。

昭和二年七月

《日本文学(現代)》〔緑〕

怪談 牡丹燈籠	三遊亭円朝
真景累ヶ淵	三遊亭円朝
小説神髄	坪内逍遥
当世書生気質	坪内逍遥
ウィタ・セクスアリス	森鷗外
青年	森鷗外
阿部一族 他二篇	森鷗外
山椒大夫・高瀬舟 他四篇	森鷗外
渋江抽斎	森鷗外
舞姫・うたかたの記 他三篇	森鷗外
鷗外随筆集	千葉俊二編
森鷗外 椋鳥通信 全三冊	池内紀編注
浮雲	二葉亭四迷 十川信介校注
野菊の墓 他四篇	伊藤左千夫
吾輩は猫である	夏目漱石
坊っちゃん	夏目漱石
草枕	夏目漱石
虞美人草	夏目漱石
三四郎	夏目漱石
それから	夏目漱石
門	夏目漱石
彼岸過迄	夏目漱石
漱石文芸論集	磯田光一編
行人	夏目漱石
こころ	夏目漱石
硝子戸の中	夏目漱石
道草	夏目漱石
明暗	夏目漱石
思い出す事など 他七篇	夏目漱石
文学評論 全二冊	夏目漱石
夢十夜 他二篇	夏目漱石
漱石文明論集	三好行雄編
倫敦塔・幻影の盾 他五篇	夏目漱石
漱石日記	平岡敏夫編
漱石書簡集	三好行雄編
漱石俳句集	坪内稔典編
漱石・子規往復書簡集	和田茂樹編
文学論 全二冊	夏目漱石
坑夫	夏目漱石
漱石紀行文集	藤井淑禎編
二百十日・野分	夏目漱石
五重塔	幸田露伴
努力論	幸田露伴
渋沢栄一伝	幸田露伴
子規句集	高浜虚子選
病牀六尺	正岡子規
子規歌集	土屋文明編
墨汁一滴	正岡子規
仰臥漫録	正岡子規
歌よみに与ふる書	正岡子規

獺祭書屋俳話・芭蕉雑談　正岡子規
子規紀行文集　復本一郎編
金色夜叉　全二冊　尾崎紅葉
二人比丘尼色懺悔　尾崎紅葉
不如帰　徳冨蘆花
謀叛論 他六篇 日記　徳冨健次郎　中野好夫編
武蔵野　国木田独歩
愛弟通信　国木田独歩
運命　国木田独歩
蒲団・一兵卒　田山花袋
田舎教師　田山花袋
一兵卒の銃殺　田山花袋
縮図　徳田秋声
あらくれ・新世帯　徳田秋声
藤村詩抄　島崎藤村自選
破戒　島崎藤村
春　島崎藤村

千曲川のスケッチ　島崎藤村
桜の実の熟する時　島崎藤村
新生　全二冊　島崎藤村
夜明け前　全四冊　島崎藤村
藤村文明論集　十川信介編
生ひ立ちの記 他一篇　島崎藤村
にごりえ・たけくらべ　樋口一葉
大つごもり・十三夜 他五篇　樋口一葉
修禅寺物語・正雪の二代目 他四篇　岡本綺堂
高野聖・眉かくしの霊　泉鏡花
歌行燈　泉鏡花
夜叉ケ池・天守物語　泉鏡花
草迷宮　泉鏡花
春昼・春昼後刻　泉鏡花
鏡花短篇集　川村二郎編
日本橋　泉鏡花
外科室・海城発電 他五篇　泉鏡花

湯島詣 他一篇　泉鏡花
鏡花随筆集　吉田昌志編
化鳥・三尺角 他六篇　泉鏡花
鏡花紀行文集　田中励儀編
俳句はかく解しかく味う　高浜虚子
回想 子規・漱石　高浜虚子
有明詩抄　蒲原有明
上田敏全訳詩集　山内義雄　矢野峰人編
宣言　有島武郎
一房の葡萄 他四篇　有島武郎
寺田寅彦随筆集　全五冊　小宮豊隆編
柿の種　寺田寅彦
与謝野晶子歌集　与謝野晶子自選
与謝野晶子評論集　鹿野政直　香内信子編
私の生い立ち　与謝野晶子
入江のほとり 他一篇　正宗白鳥
つゆのあとさき　永井荷風

濹東綺譚	永井荷風
荷風随筆集 全二冊	野口冨士男編
摘録 断腸亭日乗 全二冊	永井荷風 磯田光一編
すみだ川・新橋夜話 他一篇	永井荷風
あめりか物語	永井荷風
下谷叢話	永井荷風
ふらんす物語	永井荷風
浮沈・踊子 他三篇	永井荷風
花火・来訪者 他十一篇	永井荷風
問はずがたり・吾妻橋 他十六篇	永井荷風
斎藤茂吉歌集	山口茂吉 柴生田稔 佐藤佐太郎編
千鳥 他四篇	鈴木三重吉
鈴木三重吉童話集	勝尾金弥編
小僧の神様 他十篇	志賀直哉
万暦赤絵 他二十二篇	志賀直哉
暗夜行路 全二冊	志賀直哉
志賀直哉随筆集	高橋英夫編

高村光太郎詩集	高村光太郎
北原白秋歌集	高野公彦編
北原白秋詩集 全二冊	安藤元雄編
フレップ・トリップ	北原白秋
野上弥生子随筆集	竹西寛子編
野上弥生子短篇集	加賀乙彦編
お目出たき人・世間知らず	武者小路実篤
友情	武者小路実篤
釈迦	武者小路実篤
銀の匙	中勘助
鳥の物語	中勘助
若山牧水歌集	伊藤一彦編
新編 みなかみ紀行	若山牧水 池内紀編
新編 啄木歌集	久保田正文編
吉野葛・蘆刈	谷崎潤一郎
卍(まんじ)	谷崎潤一郎
幼少時代	谷崎潤一郎

谷崎潤一郎随筆集	篠田一士編
多情仏心 全二冊	里見弴
道元禅師の話	里見弴
今年竹 全二冊	里見弴
萩原朔太郎詩集	三好達治選
郷愁の詩人 与謝蕪村	萩原朔太郎
猫町 他十七篇	萩原朔太郎 清岡卓行編
恩讐の彼方に・忠直卿行状記 他八篇	菊池寛
父帰る・藤十郎の恋 菊池寛戯曲集	石割透編
河明り 老妓抄 他一篇	岡本かの子
春泥・花冷え	久保田万太郎
大寺学校 ゆく年	久保田万太郎
久保田万太郎俳句集	恩田侑布子編
室生犀星詩集	室生犀星自選
犀星王朝小品集	室生犀星
随筆 女ひと	室生犀星
出家とその弟子	倉田百三

羅生門・鼻・芋粥・偸盗	芥川竜之介
地獄変・邪宗門・好色・藪の中 他七篇	芥川竜之介
河童 他二篇	芥川竜之介
歯車 他二篇	芥川竜之介
蜘蛛の糸・杜子春・トロッコ 他十七篇	芥川竜之介
侏儒の言葉・文芸的な、余りに文芸的な	芥川竜之介
芥川竜之介俳句集	加藤郁乎編
芥川竜之介随筆集	石割透編
蜜柑・尾生の信 他十八篇	芥川竜之介
年末の一日・浅草公園 他十七篇	芥川竜之介
芥川竜之介紀行文集	山田俊治編
美しき町・西班牙犬の家 他六篇	佐藤春夫 池内紀編
海に生くる人々	葉山嘉樹
葉山嘉樹短篇集	道籏泰三編
日輪・春は馬車に乗って 他八篇	横光利一
宮沢賢治詩集	谷川徹三編
童話集 風の又三郎 他十八篇	宮沢賢治 谷川徹三編
童話集 銀河鉄道の夜 他十四篇	宮沢賢治 谷川徹三編
山椒魚・遙拝隊長 他七篇	井伏鱒二
井伏鱒二全詩集	井伏鱒二
太陽のない街	徳永直
黒島伝治作品集	紅野謙介編
伊豆の踊子・温泉宿 他四篇	川端康成
雪国	川端康成
山の音	川端康成
川端康成随筆集	川西政明編
三好達治詩集	桑原武夫 大槻鉄男選
詩を読む人のために	三好達治
中野重治詩集	中野重治
夏目漱石 全二冊	小宮豊隆
社会百面相 全二冊	内田魯庵
新編 思い出す人々	内田魯庵 紅野敏郎編
檸檬《レモン》・冬の日 他九篇	梶井基次郎
蟹工船 一九二八・三・一五	小林多喜二
富嶽百景・走れメロス 他八篇	太宰治
斜陽 他一篇	太宰治
人間失格・グッド・バイ 他一篇	太宰治
お伽草紙・新釈諸国噺	太宰治
真空地帯	野間宏
日本唱歌集	堀内敬三 井上武士編
日本童謡集	与田準一編
森鷗外	石川淳
至福千年	石川淳
近代日本人の発想の諸形式 他四篇	伊藤整
小説の認識	伊藤整
中原中也詩集	大岡昇平編
ランボオ詩集	中原中也訳
小熊秀雄詩集	岩田宏編
夕鶴・彦市ばなし 他二篇 —木下順二戯曲選Ⅱ—	木下順二
元禄忠臣蔵 全二冊	真山青果
随筆滝沢馬琴	真山青果

岩波文庫の最新刊

石母田正著／高橋昌明編
平家物語 他六篇

「見《み》るべき程の事は見つ、今は自害せん」。魅力的な知盛像や「年代記」を原点に成長してゆく平家物語と時代の心性を自在に論じ、歴史家の透徹した眼差しを伝える。〔青四三六-二〕 **定価九九〇円**

廣重徹著／西尾成子編
相対性理論の起原 他四篇

日本で本格的な科学史研究の道を切り拓いた廣重徹。本書ではとくに名高い、相対性理論の発見に関わる一連の論文を収録する。〔青九五三-一〕 **定価八五八円**

ヤン・ポトツキ作／畑浩一郎訳
サラゴサ手稿 (中)

ポーランドの鬼才の幻の長篇、初の全訳。族長の半生、公爵夫人の秘密、神に見棄てられた男の悲劇など、物語は次の物語を生み、六十一日間語り続けられる。(全三冊)〔赤N五一九-二〕 **定価一一七七円**

……今月の重版再開……

パストゥール著／山口清三郎訳
自然発生説の検討

定価七九二円 〔青九一五-一〕

岩槻邦男・須原準平訳
メンデル
雑種植物の研究

定価五七二円 〔青九三二-一〕

定価は消費税10％込です　2022.11